U0048500

大疫年紀事

A Journal of the Plague Year

史上第一部瘟疫文學,
歐洲小說之父丹尼爾‧狄福融合紀實與想像之震撼作品

Daniel Defoe
丹尼爾‧狄福 ————— 著
謝佳真 ————— 譯

目錄

導讀

瘟疫文學論

文／文化評論家　南方朔

就在加拿大也遭受SARS侵襲之際，已獲得布克獎的詩人暨小說家瑪格麗特・愛特伍（Margaret Atwood）適逢其會地出版了她第十七本小說《末世男女》（*Oryx and Crake*）[1]。

在「廿一世紀是病毒世紀」的此刻，這本小說已被評論家們認為是具有高度寓言性的瘟疫文學作品。有人以此書的出版時間與SARS蔓延巧合向她詢問。她笑著說：「你說的讓我覺得毛骨悚然，但我不否認其中有著對應性。」「今天各種疫病正橫掃著全球，而我們則是幸運的。多倫多以前有過瘧疾和黃熱病，但我們克服了這些，而今天我們所遇到的則是另一種新情勢。」那麼，她所謂的疫病新情勢又是什麼呢？

1　本文書於二〇〇三年SARS疫情期間，原發表於二〇〇三年六月號《聯合文學》二二四期。

這本厚近四百頁的《末世男女》，說的乃是生物科技和病毒人工變種所造成的人類幾近滅絕的故事。小說情節以現在和過去雙股交叉的筆法展開。一個自稱「雪人」（Snowman）的人，在渺無人煙的森林裡生活，他必須包著舊床單在樹上睡眠，因為森林裡有許多用生物科技做出來的奇怪動物在徜徉，例如有一種叫「狗狼」（wolvogs）——它是用基因裂解轉殖而做出來的動物，看到人會像狗一樣熱情地搖尾巴，但那是一種欺敵術，它其實殘狠如野狼，它被製造出來之目的即在於做欺敵性的攻擊。另外，例如還有一種動物叫作「器官豬」（pigoons）——它也是基因裂解轉殖所做的豬，專門用來生產人類所需要的各種器官，它壯碩無比，一隻可以生產好幾個心臟或腎臟之類的器官。「雪人」會偶爾去找一群叫作「克雷克們」（crakers）的小孩，到了小說的最後，讀者才會知道這一群模樣都不同的小孩，其實乃是一個叫作「克雷克」的生物科技天才用基因裂解轉殖技術所製造出來的。

那麼，「雪人」和「克雷克」又是什麼關係呢？在過去，「雪人」的本名是「幾米」（Jimmy），他們都是資賦秀異的天才兒童。幾米的父母都是頂級生醫學家，在他們那個時候，人們已分化成兩個階層，一個是高科技階層，他們住在戒備嚴密的高級社區，而另外的則是一般凡夫俗子。幾米的父親即是製造「狗狼」、「器官豬」、「蛛絲山羊」——蜘蛛和山羊基因重組，山羊奶裡可以抽出絲來製作防彈衣——之類的基因專家。而幾米在天才兒童裡乃是文采優秀、數理欠佳的類型。至於與單親母親生活的克雷克，則以科學見長，他們友情至深，後來在網站上他們認識了一個來自遠東的絕美雛妓歐依克絲。中學畢業後，克雷克進了最優秀的「華森─克里克研究所」深造，而幾米則進了瑪莎葛蘭姆學校。克雷克後來在基因科技上成就非凡，他也找到了真實生活中的歐依克絲，可能由於痛切地被她自幼即被出賣、跨洋為妓，而她又一切皆逆來順受的善良所撼動，於是他在所製造販售的生科商品裡遂暗嵌了定時發作的病毒。最後是克雷克與歐依克絲雙雙死亡，克雷克將自己製造的「克雷克們」託附給了幾米。幾米對這一群被歐依克絲教導過，因而至為單純無邪的小孩，遂以「雪人」的面目出現。書中提到人造病毒發作的情況時，如此寫道：

它最初在巴西，接著一個接一個，迅捷如火。台灣、曼谷、沙烏地阿拉伯、孟買、巴黎、柏林、芝加哥之西。……它不是若干零星的瘟疫點而已，而是一大片。……其症狀是發燒極高、眼睛和皮膚流出血來，痙攣，內部組織崩壞，繼之以死亡。從病徵浮顯到死亡的時間，短到讓人驚訝的程度。

《末世男女》，乃是多重喻義的科幻寓言。它具有性別意識、社會批判、文明和呈現記憶脆弱等意義，但最核心的則是「科技反烏托邦」的色彩。病毒的變種，尤其是人工變種，已成了足以毀滅世界的最大威脅。在「瘟疫文學」這個範疇裡，愛特伍的這部作品，可以說已是「第三波」的著作了。

由近代瘟疫史的研究，人們已可概括地認為，當人與微生物間的距離或許微妙，但脆弱的均衡一旦被打破，這種混亂所造成的巨大傷害即是瘟疫。諸如社會動亂、大規模人口移動、生物物種間關係的失衡（如生物入侵、人畜關係改變），尤其是若干最獨特的瘟疫溫床，如東非及中非、喜馬拉雅山麓、緬甸高原和東南亞雨林等被人類大量足跡走過，都最易引發瘟疫。近代生態學及生態史的學者已愈來愈傾向接受一種理論，那就是認為細菌與病毒等乃是地球真正的原住民，它們在人類持續的入侵裡節節敗退，並不斷以其構造簡單，因而變種容易的特性，重振旗鼓。進入一九九〇年代之後，細菌的「多重藥物抵抗品種」（ＭＤＲ）以及病毒變種所造成的新形態疫病日增，所代表的即是「地球反撲」的一種形態，尤其是病毒變種所引發的疫病最堪注意。

因此，作為「疫病文學」之一的「瘟疫文學」，由於它所造成重大且殘酷的死亡，它和其他疫病文學遂有了完全不同的風貌。許多其他疾病，有的可以延伸出審美的情趣，如西施的心痛可以形塑出「捧心而顰」，並被別人仿效；東漢末年大將軍梁冀的妻子孫壽，可以創造出「愁眉」、假裝牙痛的「齲齒笑」，以及彎著腰，彷彿極其病弱的「折腰步」等姿容，被人謳歌學樣；當然更別說林黛玉那種吐血賞花的肺病美學了。同樣的情況在西方亦然。十七和十八世紀的上流淑女，喜歡在夜晚睡眠時故意受涼，輕感冒的水汪汪眼睛和微啞的磁性聲音，被認為是性感的象徵；至於肺結核則使得拜倫亦有過「真想死於肺結核」之嘆。肺結核是熱情、欲望、頹廢的綜藝美學。但普通疫病的這種審美特性，卻和瘟疫無緣。瘟疫是另一個大開大闔的崇高美學場域，它所觸及的，乃是更宏偉及險峻的人性、社會及歷史的課題。疫病學史先驅傅科的得意弟子狄拉波特（Francois Delaporte）在《疫病與文明：一八三二年巴黎大霍亂》（*Disease and Civilization: The Cholera in Paris, 1832*）裡指出：「沒有疫病這樣的東西，有的是人對疫病所做的事。」他的意思是說，疫病乃是一種實踐，在實踐中疫病穿過了人性、文化、歷史的濾網。因而透過張望瘟疫，「瘟疫文學」也就張望到了人性、社會和歷史等崇高美學的課題。

而論「第一波」瘟疫文學，則當非以《魯賓遜漂流記》聞名的狄福所著的《大疫年紀事》莫屬，它可能是第一部以瘟疫為主題的小說創作。它寫的是一六六五年的倫敦鼠疫，那次鼠疫也橫掃了全歐。

狄福在文學上乃是「第三人稱現在式」這種紀實文體的先驅人物，也是西方小說進化過程中的奠基者，他創造了「比紀實報導還真實」的小說。他寫《大疫年紀事》時，現代預防醫學猶未萌芽，但這樣的限制，反而使得這本小說有了最堅固的瘟疫觀察之內容，也顯示出那個時代基督新教唯理、人道主義的進取面貌。英國名作家布吉斯（Anthony Burgess）在為該書企鵝版所寫的導讀中，即評價它為歷史內容和創造想像兩相得兼之傑作，這並非虛譽。

十七世紀的歐洲，醫學條件落後，瘟疫到來時，「鬼神論」和「天降報應論」仍然當道，而對疫情控制，強制性的殘酷隔離則是萬靈丹。那個時代的隔離，乃是將被認為已罹病者囚禁在自家中，形同讓他們集體自生自滅。而郊區之富人或者舉家落跑，或者即在較為安全的環境下有較大的幸運。《大疫年紀事》儘管通篇一氣呵成，但實質上則有三大重點，瘟疫初的「鬼神想像」，控制期間的實況，以及作者本身的瘟疫現象之評價。

在「鬼神想像」方面，我們可發現到《新約．啟示錄》裡的「四騎士」意象，長期以來皆主宰著西方的「災難論述」，對瘟疫尤然。倫敦瘟疫前和初，有人看到天空有劍指向倫敦城，彗尾掠空，有鬼怪穿過教堂墓園，甚至有人看到天空有靈柩棺木成行經過，小說的敘述者甚至看到一群人齊聚，抬頭望天，聲稱看到各種異象，而他抬頭則除了雲彩外，一無所見，至於民間猛出預言小冊及各類符咒，也都被作者拒斥，早期基督教唯理主義的價值觀，可謂顯現無遺。在那個時代，能有如此識見，洵屬不凡。

而在疫情控制的隔離手段上，未書之慘惻實在讓人難以卒讀，狄福廣搜具體資料，將各階段死亡數字一一彙整，將窮人被居家囚禁的慘狀，以及亂葬崗式地掩埋死者也詳細記述。還包括了社會失序的暴行、公權力執行者的殘暴等都寫進了故事中。狄福的小說寫作，其實也等於印證了「壓迫在預防隔離中」的道理。至於在作者評價部分，則以十七世紀英國新教的人道主義則做了詳細的鋪陳。由《大疫年紀事》，現代醫學發生前的那種以道德和理性論述瘟疫問題的進步思想，可謂已極清晰。這部作品在價值上，成了後來幾乎所有瘟疫文學的共同基礎。這也是個人將《大疫年紀事》視為瘟疫文學首選作品的原因。而《大疫年紀事》，當然也可以和與其同時，被認為是英國「日記文學」最重要的倍比士（Samuel Pepys）所寫的《日記》相互參證。

繼《大疫年紀事》這種第一波紀實型文學創作後，在所謂的「現代文學」裡，以瘟疫為主題者日增。其中，卡繆之《鼠疫》、法國作家吉歐諾（Jean Giono, 1895-1970）所著之《屋頂上的騎兵》、湯瑪斯・曼的《威尼斯之死》，以及諾貝爾文學獎一九九八年得主薩拉馬戈（José Saramago）的《盲目》，均極具代表性。在這些經典之作裡，瘟疫除了是一種現象外，同時也是隱喻或寓言。

在《威尼斯之死》裡，故事雖發生在瘟疫中的威尼斯，但瘟疫在這部作品裡，其實是被當作一種對照性的，或隱喻式的宇宙背景而使用的。這也就是說，湯瑪斯·曼藉著瘟疫和主角耽美後的結局，將耽美的墮落視為一種心靈上的瘟疫，而這種對照式的隱喻，它更背後的用意，則是將這種耽美與墮落，類比為整體的歐洲文化，而這當然也是隱晦地指涉著那種唯形式的納粹時代。

而這種將瘟疫視為一個大型隱喻的表現方式，繼湯瑪斯·曼之後，卡繆的《鼠疫》與吉歐諾的《屋頂上的騎兵》，也都有著相類似的意趣。《鼠疫》寫的是一九四〇年代法屬阿爾及利亞的一場鼠疫。它除了顯示出卡繆個人務實的人道改良主義精神外，它也是卡繆藉此對二戰期間法國維琪傀儡時代所做的隱晦式批判，那是一個人心淪為「瘟疫化」的見證。

而《屋頂上的騎兵》這本具有法式英雄浪漫主義，寫的是一八三二年的法國霍亂。在故事裡，主角具有古典騎士的精神，他與其他卑瑣的小人物做了有趣的對比。至於霍亂本身，對作者而言，也同樣被借喻來指左邊或右邊的極權主義，因而書中遂說道：

那些血氣較旺的憂鬱症患者，幾乎都會獻身於一些遠大的志業，帶著全民陷入比鼠疫或霍亂還要嚴重的大屠殺。

《鼠疫》和《屋頂上的騎兵》，都是比《威尼斯之死》更明確的「瘟疫文學」。這兩部小說都直接探討瘟疫本身和人在瘟疫中的行為。它們都強調瘟疫之所以可怕，乃是它在客觀上致人於死的同時，也引發由於驚慌而造成的自私、殘酷等心靈上的瘟疫，心靈瘟疫擴大了病原體的殺戮潛力，而只有回歸人性、回歸專業，瘟疫始有可能得到控制。

至於薩拉馬戈的《盲目》，則是進一步將「瘟疫」這個概念抽象化，使它變成一個範疇、一種寓言的作品了。有一個地方，突然發生了莫知來由的「失明」這種流行病，它以不可思議的方式蔓延，只要任何人與失明者打過照面，立即就會跟著失明。於是集中隔離，野蠻殘酷，進而整個社會為之暴亂癱瘓，最後，這種「失明」的流行病又以不可思議的方式突然全部消失。在這部作品裡，「瘟疫」經由這樣的抽象化，它本身已成了一艘愚人船，讓一切人間戲劇在其中上演，瘟疫已成了「心盲」的同義詞，而瘟疫現象也因而能以誇張性的方式更被突出。薩拉馬戈在扉頁裡引用《勸誡書》裡的金句稱：「若你看得到，就仔細看；若你能仔細看，就好好觀察。」他是在用「盲目」提醒著人們，不要成為這個世界的「睜眼瞎子」。而「盲目」這種低限生存的狀態，也是考驗一切和讓一切重新出發的原點。

此外，廣為讀者喜愛之賈西亞．馬奎斯（Gabriel Garcia Marquez）的《愛在瘟疫蔓延時》（*El amor en los tiempos del cólera*），雖然也被視為瘟疫文學；但是他畢竟談愛情多，瘟疫只是背景而已。

因此，「瘟疫文學」作為「疫病文學」裡的一支，無論就人或社會及歷史著眼，它們都有著獨特的意義。近代私人生活史學者指出，日記這種書寫形態的出現，標誌著人們「自我意識」的形成和「個人主義」的萌芽。而對「日記文學」的研究則顯示人對病痛的體察，對身體的注意，以及對因病而死的抵抗等問題意識被寫進日記裡，這都是「人在疫病中形成自己」的主要成分。而「瘟疫文學」則因它涉及了更大的範疇，因而它在「社會我」的形成過程中，扮演著極大的角色。在瘟疫的客觀歷史上，它是城市設計、公共衛生、居住空間、行為規範的根本。瘟疫過去在摧毀人類的同時，也重塑著人類的生活甚至制度。近代疫病學史家狄拉波特在《疫病與文明》裡視瘟疫為一種「論述醫學實踐」（Discursive medical practices），而瓦茲教授（Sheldon Watts）在《流行病和歷史：疫病、權力和帝國主義》（*Epidemics and History: Disease, Power and Imperialism*）裡則視瘟疫為一種「疫病建構」（Disease construct）——它指疫病是人對疫病的想像、理解、論述與實踐；莫特（Frank Mort）則在《危險的性：一八三〇年之後英國的醫學道德政治學》（*Dangerous Sexualities: Medico-Moral Politics in England Since 1830*）裡，視疫病為一種「醫學—道德論述」（Medico-Moral Discourse）。因此，瘟疫本質上可以說是病原體在穿過層層文明過濾網後留存在人們身上的一種結果。人在塑造著自然，也因而被自然所塑造，自然當然包括了最嚴峻的瘟疫。而「瘟疫文學」即是它的這部分沉澱。瘟疫讓人們更清楚地看到自己和自己的社會與歷史。

然而，瘟疫和人的關係，在經過一千多年的糾纏後，現在已似乎即將進入另一個新的階段。當代環境史學者麥克尼爾（John McNeil）在近著《太陽底下有新事：廿世紀環境史》（*Something New Under the Sun: An Environmental History of the Twentieth-Century World*）裡已指出，在往後的可見範圍內，乃是人與環境的關係更加緊張的時刻，基因重組後的細菌與病毒將會更加大量地出現，它們已成了地球生態系統對人類這種入侵者的抗戰前鋒。在這樣的背景下，第三波的瘟疫文學，遂到了出現的時候。愛特伍的《末世男女》預言人類裂解轉殖病毒而把文明摧毀，所顯示的即是這種「反烏托邦」訊息，而不久前普雷斯頓（Richard Preston）所著《伊波拉浩劫》（*The Hot Zone*）——它是電影《危機總動員》（*Outbreak*）的原著劇本，可能同樣值得注意。這部以一九八九年美國伊波拉病毒危機為題材的大眾紀實小說，將該次引而未爆的危機做了虛構的重組，但它已確實將瘟疫可能性的惡兆，準確地傳達了出來。狂牛症、愛滋、伊波拉、馬堡病毒、冠狀病毒。每一種病毒在電子顯微鏡下，都對稱、美麗、嬌豔如花，但它們就像是《末世男女》裡的「狗狼」一樣，在溫馴快樂的搖尾巴動作裡，所隱藏的極有可能是致命的一擊。這也是前述麥克尼爾教授所說的，病毒已成了人類生存狀態裡的背景音樂。過去的瘟疫文學之所以傑出，乃是它在瘟疫與人互動過程中，把人的限制與自我重塑的痕跡留存了下來，讓人看見自己走過的那個文明過濾網。而在病毒將成背景音樂的未來，瘟疫文學和人一樣，都將面對目前仍然未知的時代。

大疫年紀事

A Journal of the Plague Year

約莫是在一六六四年九月初時，我與街坊閒聊，從而聽說荷蘭又鬧瘟疫了。他們說一六六三年時那裡情況十分嚴重，尤以阿姆斯特丹及鹿特丹為甚。至於瘟疫源頭，有人說是義大利，有人說是他們土耳其船隊帶回國的黎凡特[2]貨物，有人說是甘第亞[3]，還有人說是塞普勒斯。雖然眾說紛紜，但大家一致同意，荷蘭又鬧瘟疫了。

那時可不比現在，有人集結傳聞及報導，修潤一番，印成報紙發行。當時這類消息是來自商人或其他有海外消息的人，全憑口耳相傳，不像現在訊息一下便能傳遍全國。但政府似乎清楚海外瘟疫的情況，數度開會，商討如何防止瘟疫傳進英國。不過政府諱莫如深，這事情便無人再提，彷彿是一件無人關心或不願置信的事般給淡忘了。後來一六六四年十一月底、十二月初時，隆阿克路靠近德瑞巷巷口處，有兩人染上瘟疫死了，聽說都是法國人。雖然他們的家人力圖隱瞞，卻被街坊傳揚出去。國務大臣們聽說了，著手調查，派了兩名內科醫師及一名外科醫師到喪家驗屍，以釐清真相。結果醫師們發現兩名死者都有明顯瘟疫病徵，公開出來。教區執事獲報後也向上呈報，每週死亡公報便刊登出來，依慣例印為：

2 黎凡特：Levant，地中海東岸地區，即今以色列、黎巴嫩、巴勒斯坦及敘利亞。
3 甘第亞：Candia，即克里特島。

瘟疫：兩人。受感染教區：一區。

人們對此十分關切，全城陷入恐慌。一六六四年十二月最末一週，同一戶人家又有一人死於同一種病，這下更是人心惶惶。之後約有六週時間，死的人全無瘟疫病徵，大家都說瘟疫結束了，又放寬心。可是後來，我記得是二月十二日左右，另一戶人家也死了一個人，不過也是在同一個教區、同一種死法。

這樣一來大家都注意起城裡那一帶的情況。根據每週死亡公報，聖吉爾斯教區葬禮比平常多。儘管他們極力保密，不讓人知道，大家還是懷疑那裡不但鬧瘟疫，而且死了很多人。人們滿腦子淨是這些事，非到萬不得已，沒幾個人肯到德瑞巷，或是其他可能發生過瘟疫的街道。

死亡人數增加的情況如下所示。在霍爾本區的野地聖吉爾斯教區及聖安德魯教區，一週下葬人數平日各在十一人至十七人，或十九人上下，可是自從聖吉爾斯教區傳出了瘟疫，人數大增。例如：

十二月二十七日至一月三日	聖吉爾斯	16
	聖安德魯	17
一月三日至一月十日	聖吉爾斯	12
	聖安德魯	25
一月十日至一月十七日	聖吉爾斯	18
	聖安德魯	18
一月十七日至一月二十四日	聖吉爾斯	23
	聖安德魯	16
一月二十四日至一月三十一日	聖吉爾斯	24
	聖安德魯	15
一月三十一日至二月七日	聖吉爾斯	21
	聖安德魯	23
二月七日至二月十四日	聖吉爾斯	24

霍爾本一側是聖布萊茲教區，另一側是克拉肯威爾的聖詹姆斯教區。這兩個相鄰教區每週死亡人數原本多為四人至六人或八人，但也增加了，如下所示：

十二月二十日至十二月二十七日	聖布萊茲	0
	聖詹姆斯	8
十二月二十七日至一月三日	聖布萊茲	6
	聖詹姆斯	9
一月三日至一月十日	聖布萊茲	11
	聖詹姆斯	7
一月十日至一月十七日	聖布萊茲	12
	聖詹姆斯	9
一月十七日至一月二十四日	聖布萊茲	9
	聖詹姆斯	15
一月二十四日至一月三十一日	聖布萊茲	8
	聖詹姆斯	12

一月三十一日至二月七日	聖布萊茲	13
	聖詹姆斯	5
二月七日至二月十四日	聖布萊茲	12
	聖詹姆斯	6

此外，那時本是死亡人數很少的時節，可是那幾週公報上的數字常常很高，人們不禁惴惴不安。

死亡公報上的一週下葬人數通常在兩百四十人到三百人之間，三百人就算相當高了。但我們發現其後人數不斷上升，數字如下：

十二月二十日至十二月二十七日	下葬	291		
十二月二十七日至一月三日	下葬	349	增加	58
一月三日至一月十日	下葬	394	增加	45
一月十日至一月十七日	下葬	415	增加	21
一月十七日至一月二十四日	下葬	474	增加	59

最末一組數字真駭人。從上回一六五六年瘟疫起，一週下葬人數便不曾這麼高過。

可是，這一切又停止了。那時天冷，十二月便降霜，甚至到了近二月底，霜氣仍是很重。風雖是微風，但寒氣森森。於是死亡人數又下降了，城裡恢復正常，人人都覺得危機已過。只有聖吉爾斯教區下葬人數仍居高不下。尤其從四月起，每週人數就維持在二十五人。四月十八日至二十五日那週，有三十人下葬，其中兩人死於瘟疫，八人死於斑疹熱，不過大家把兩種病混為一談。死於斑疹熱的人數，大體上也是增加的，前一週八人，而那一週是十二人。

這使我們大家再度恐慌起來，擔心不已。更糟的是，天氣漸暖，時序即將入夏。可是，隨後一週似乎又出現轉機。死亡人數減少了，總數不過三百八十八人，全都不是死於瘟疫，只有四人死於斑疹熱。

可是，次週情況又加重，而且擴散到兩、三個其他教區，有霍爾本的聖安德魯教區及聖克萊蒙丹恩教區等。位於城牆內的倫敦自治市也出現一名死者，就在聖瑪莉渥爾教堂教區畜肉市場附近的貝爾拜德巷，讓市民憂心忡忡。那週共有九人死於瘟疫，六人死於斑疹熱。但經過查證，發現貝爾拜德巷那位法國死者本來住在隆阿克路，靠近出過瘟疫的屋舍。他怕染病才遷居，卻不曉得自己已經病了。

那時是五月初，可是氣候溫和多變，也夠涼爽，人們還心存希望。全部九十七個教區總共僅五十四人下葬，人們覺得情況恢復正常，認為既然病患大多集中在那一帶，瘟疫也許不致擴散。更何況，九日到十六日那週僅三人死亡，而且全都不是死在全市九十七個教區及特區。而聖安德魯教區下葬人數很少，僅十五人。儘管聖吉爾斯教區確實有三十二人下葬，可是僅一人死於瘟疫，人們也就安心了。死亡總數也很低，前一週僅三百四十七人，那週則只三百四十三人。我們持續心懷希望，但沒幾天希望便破滅了。人們不再受蒙蔽，政府清查每戶人家，發現瘟疫當真無所不在，每天都死很多人。這下我們完全無法再自欺，瘟疫也隱瞞不住，一點也瞞不住了。事實很快就擺在眼前，瘟疫已大肆蔓延，無法控制。聖吉爾斯教區已有數條街道鬧了瘟疫，數戶人家全戶臥病。隨後一週的死亡公報讓情況更明顯。聖吉爾斯教區的確僅十四人死因登記為瘟疫，但那純粹是欺瞞矯飾。下葬的四十人雖然死因登記為其他疾病，但絕大多數肯定是得了瘟疫死的。儘管增加的下葬總數並未超過三十二人，死亡總數也僅三百八十五人，卻有十四人死於斑疹熱，另有十四人死於瘟疫。我們理所當然地認為，那週共有五十人死於瘟疫。

下一張死亡公報是從五月二十三日至三十日，瘟疫死亡人數為十七人；可是聖吉爾斯教區的下葬人數是五十三人，這數字真駭人！雖然其中僅九人死因登記為瘟疫，可是市長命令治安法官嚴加審查，發現至少還有二十人其實是死於瘟疫，卻記錄為斑疹熱或其他疾病、其他死因。

與隨後發生的事一比，這卻微不足道。因為天氣暖了，一入六月瘟疫擴散的速度便很驚人，公報上死亡人數高漲，而熱病、斑疹熱及齒疾人數也增加。瞞得住病情的人便瞞，以免鄰居閃躲他們，不跟他們說話，也免得官方封閉他們的住家。儘管還沒有住家遭到封閉，但政府已揚言實施，人們想到就害怕極了。

六月第二週，聖吉爾斯教區疫癘依然嚴重，有一百二十人下葬。儘管死亡公報上說瘟疫死者僅六十八人，但人人都說，若照那兒平日的葬禮次數來算，少說也有一百人。

自治市本來沒有瘟疫。全部九十七個教區裡，唯一一名瘟疫死者是前面提過的那位法國人。可是那一週卻死了四個人，一個住木頭街，一個住芬喬奇街，兩個住彎曲巷，那時泰晤士河對岸的南華克還沒人死於瘟疫，完全沒有。

我住在阿德門附近，約在阿德門教堂及白禮拜堂地界中間，在馬路左手邊，也就是北邊。因為瘟疫尚未傳到我們這裡，街坊依然氣定神閒，但城裡另一頭已亂成一團。生活優渥的人，尤其是西區的貴族仕紳，很不尋常地紛紛舉家走避，僕從也一併帶走。離城人潮在白禮拜堂教區特別多，也就是在我住的寬街。街上但見大小車輛載著家庭用品、婦孺、僕人等等。車上滿是中上階層的人，由馬夫隨行匆匆離去。後來，街上出現空的大小馬車，還有僕人帶著備用馬匹，顯然是從鄉間回來的，或是主人要他們回來接人的。路上還有無數騎馬的人，不論是獨行者，還是帶著僕人的，大多帶著行李。瞧那行裝，任誰也看得出來，他們是要遠行的。

那景象很可怕，看了心情就沉重，可是我移不開目光，從早看到晚。其實那時街上也沒有別的景象了。我不禁十分認真思量即將臨城的大難，以及留下的人將面對的艱難處境。

因為這麼多人急於離城，有數週時間要進市府極為困難。那兒全是人，推推搡搡的，要辦遠行用的通行證及健康證明，以便離城後能獲准通過官道上的鄉鎮與投宿旅店。當時自治市尚無人死於瘟疫，只要是住在市內九十七個教區或特區的人，市長都不為難，直接發給健康證明。這種情況維持了一段時間。

這波離城人潮持續了幾週，橫跨五、六月，愈到後面人愈多。這是因為傳聞官府要在路上設關卡及路障，阻止人們離城，沿路城鎮才無須擔心會有倫敦人路過，將瘟疫傳給他們。其實這些傳聞毫無根據，純屬臆測，尤以初時為甚。

我認真思量起自己的處境，忖度自己該怎麼辦，是該留在倫敦呢？還是跟許多鄰居一樣，鎖上家門避難去？這些事情我之所以說得如此詳細，是因為也許日後有人會碰上相同的難題，必須跟我一樣做出決定。那麼，這些記載對他們會很有幫助。我希望這些記載可供後人做行事參考，而不僅僅只是記錄一己作為，因為我的境遇對別人來說，可能還不值一法辛[4]。

我眼前有兩樁要事：一是繼續做生意，保住店面，畢竟，我的生意很大，也是我在人世間的全部身家；二是保住性命。顯然全城已是大難當前，對此我和別人同樣恐懼，那恐懼之深沉，倫敦再大，也承載不了的。

第一樁事對我十分重要。我是馬具商，主要生意不是來自開店或投機，而是做美洲英國殖民地生意的商人，因此我的財富泰半操在他們手上。我是單身沒錯，但手下有一批人為我做生意。我有一棟房子、一間店面，還有幾倉庫貨品。簡單說，在這種情況下離開，只能拋下一切，是來不及找到可靠的人打理事情的，那樣不僅會危及生意，也會危及貨品和我在人世間的一切。

那時我哥哥才從葡萄牙搬到倫敦幾年。我問他意見，他只說了一句話，以前我也曾問過他意見，雖然那時狀況迴異，不過他也只說了那一句話，就是「救救你自己吧」。簡單說，他認為我該去鄉下，他自己也要與家人下鄉避難。他說要預防瘟疫，還是走為上策，這大概是他在海外聽說的。我說如果我離開，就會失去生意、貨物或貨款。他以同樣的理由大力反駁，說我要留下來，任由上帝處置我的生命安全，才真是要斷送生意和貨物。他說：「將生意託付給上帝，跟你留在這麼危險的地方，然後將生命託付給上帝，不是一樣嗎？」

我不能辯稱無處可去，因為我們在北安普敦郡老家還有一些親友。而且，我唯一的姊姊住在林肯郡，她很歡迎我同住。

我哥哥已把太太與兩個孩子送到貝德福郡，他也打算上那兒去，力勸我同行。我一度決定順他的意，可是卻找不到馬。儘管並非所有人都離開了倫敦市，不過我敢說馬兒大概都不在了。有數週時間，全市幾無馬匹租售。我一度打算帶個僕人徒步離城，並且跟很多人一樣不投宿旅店，就帶個行軍帳棚露營野地，反正天暖，不致受風寒。我說，很多人都這樣做，因為後來好些人那麼做了，尤其是曾參與幾年前戰役的人。必須說明的是，選擇餐風露宿還有第二個原因，就是倘若多數離城的人都這樣做，瘟疫就不致蔓延到許多鄉鎮及人家，造成嚴重破壞，奪走無數人命。

可是我打算帶走的僕人卻棄我而去。他見瘟疫日益嚴重，嚇壞了，又不知道我何時啟程，便另謀出路，拋下我走了，我只得延後動身。不管我盤算用什麼方法離城，每回臨走總會出狀況，走不了，行程只得一延再延。若非如此，那麼我接著要說的話，便會像是無謂的

4　法辛：farthing，當時的銀幣，約值四分之一便士；十二便士為一先令，二十先令為一鎊。

題外話了。我要說的是，是上天讓我走不成的。

我提這件事，也是因為這是我能給人最好的忠告了。任何人，特別是行事但求問心無愧的人，若是碰上這種情況，又願意憑良心做事，那麼我建議他們留心周身發生的事情，將之一一納入考量，因為事事都是互相關聯的，而且都與他們眼前的問題有關。如此一來，他們就能確認事事都是來自上天的旨意，旨在告知他們當時應有的作為。我是指在碰上疫癘時，究竟是該離家躲避，還是該留在家中。

一天早上，我尋思去留的問題，深自覺得我們碰上的事，無一不是出於上帝的安排或旨意。因此，這些不如意必然有出奇之處。我該想想，這是不是上帝在明示或暗喻我別離開倫敦？我隨即想到，若是上帝真要我留下，就會保護我在死亡危機環伺下全身而退；而我若是想離開住處以保全性命，不理會這些我確定是來自上帝的指示，那便是背棄上帝，上帝會在恰當的時間和地點，向我討公道。

這些想法又改變了我的決定。我見到哥哥時，便說我想遵從上帝的旨意留下，聽憑上帝處置；更何況，基於我說過的理由，留下來是上帝特別差遣給我的任務，我更是不能走。

儘管我哥哥信仰十分虔誠，他聽到我說這是上天給我的暗示，還是笑了。他一連舉了幾個他所謂的莽夫，說出他們的故事，說我正是莽夫。他說，若我因為病痛而行動不便，不能出走，那無庸置疑，的確是天意，應該遵從神的指引。畢竟，神既然創造了我，就可全權處置我。可是，如果只是因為雇不到馬離城，或只是因為本該服侍我的僕人跑了，就認為是上天在暗示我不該走，那就太荒謬了。我可是身體健康，四肢健全，也有其他僕人，輕輕鬆鬆就能徒步走上一、兩天，而且還能拿到健康證明來證明我完全健康，可以隨意租馬或在驛站更換坐騎。

他接著告訴我，在亞洲及他去過的其他地方（我哥哥是商人，我前面提過，他幾年前才從里斯本回國），土耳其人和伊斯蘭教徒因為自行其是，遭逢不幸；說他們奉行宿命論，認為每個人的結局早已注定，無法更改，因此毫不顧忌去惡疾流行之地，與病患交談，就這麼著，每週要死上萬人。反觀歐洲人，即信奉基督教的商賈，深居簡出，沉默少言，多半沒染上惡疾。

聽了哥哥這席話，我又改變心意了，決定要走，便安排好一切事情。總之，我周遭瘟疫加重，一週死亡人數增加到近七百人。哥哥告訴我，他不會再冒險停留。我要他讓我考慮一天，然後再決定去留。反正，我已盡力打理好一切，安排了生意上的事，也找了人料理事務。唯一剩下的，就是做決定了。

那晚我回到家，心情十分沉重，拿不定主意，不知如何是好。我空出整晚時間認真思考，無人相伴。我會獨處是因為當時人們彷彿是一致同意了似的，不在日落後出門，箇中原因下文自是有機會提到。

在這獨處的夜晚，我審慎做決定。首先是考量我的責任。我列出哥哥力主我下鄉的理由，在旁邊寫下我心中認為應該留下的強烈想法，寫下我因為工作而似乎有的責任，以及該做什麼來保住財產，那或可稱之為保住家當。我還寫下了那些我覺得是來自上天的暗示，那些我認為是要我冒險留下的指示。我想到，若我說那是要我留下的指示，那麼我就該假定，我若遵從指示，上天會保我平安。

我愈是思量，留下的心意似乎就愈強烈，並且竊喜自己將可安然渡過瘟疫。非但如此，我翻開面前的《聖經》，比平日更加嚴肅地思索去留的問題，嚷著「噢，主啊，我不知如何是好，指引我吧」云云。就在那一刻，我恰恰翻到《詩篇》第九十一篇，目光落在第二節，我一口氣讀到第六節結束，然後又讀到了第十節，內容如下：「我要論到耶和華說，祂是我的避難所，是我的山寨，是我的神，是我所依靠的。祂必救你脫離捕鳥人的網羅和毒害的瘟疫。祂必用自己的翎毛遮蔽你，你要投靠在祂的翅膀底下。祂的誠實，是大小的盾牌。你必不怕黑夜的驚駭，或是白日飛的箭；也不怕夜行的瘟疫，或是午間滅人的毒病。雖有千人仆倒在你旁邊，萬人仆倒在你右邊，這災卻不得臨近你。你唯親眼觀看，見惡人遭報。耶和華是我的避難所，你已將至高者當你的居所。禍患必不臨到你，災害也不挨近你的帳棚。」

不消說，就在那一刻我決定留在城裡，將自己完全託付給全能的神。我相信神是仁慈的，會保護我，我將不尋求其他庇護。既然我的性命操之在祂，祂自能在疫癘橫行時保我平安，一如祂也在平時保我平安一樣。倘若祂覺得不該保我平安，我仍是在祂手上，不論祂覺得該如何處置我，都是很恰當的。

這麼決定了，我便上床去。第二天，原本要為我看管屋子、料理一切事務的婦人病了，我更加肯定上天不要我離開。不過，第二天我也出了狀況，人很不舒服，就算想走也走不了。這一病就是三、四天，自此完全確定我要留下，便和哥哥分手了。他要前往索立的多琴，之後取道白金漢郡或貝德福郡，再上他為家人找的避難所。

當時生病實在很糟，只要有人通報，馬上會被說成是罹患瘟疫。儘管我確實沒有瘟疫症狀，可是頭部和腹部都很難受，不禁有點擔心自己得了瘟疫。過了大約三天，我病情好轉。第三晚都在好好靜養，出了點汗，人暢快多了，就不再擔心自己得瘟疫，如常工作。

經過這番折騰，我不再想著要下鄉。再說我哥哥也走了，不能再吵著要我離開，我自己也不再掙扎到底要不要走。

前面提過，瘟疫主要是在倫敦另一頭，於霍爾本聖吉爾斯教區及聖安德魯教區、西敏那邊肆虐。可是到了七月中旬，瘟疫開始向東擴散，漸漸逼近我家這邊。務必要說明的是，瘟疫不是直撲我們而來。當時倫敦自治市，也就是城牆內的地區，依然一切正常，河對岸的南華克情況也還好。儘管那週有一千兩百六十八人病逝，可以假定瘟疫死者在九百人以上，但城牆內的自治市總共僅二十八人死於瘟疫。若把蘭貝斯教區算進去，南華克也才十九人。然而僅在聖吉爾斯及野地聖馬丁教區，就死了四百二十一人。

我們注意到瘟疫主要發生在外圍教區。那兒人口稠密，窮人較多，疫癘的獵物多於自治市，這點下文會提到。我是說，我們注意到疫癘朝我們來了，亦即從克拉肯威爾、克里波門、索迪奇、主教門等教區來了。後兩個教區與阿德門、白禮拜堂、斯戴尼相鄰；瘟疫在最早發生的城西各教區減弱攻勢時，甚至仍在這些地方恣意肆虐。

七月四日到十一日那一週很奇怪。我注意到，僅在聖馬丁及野地聖吉爾斯兩個教區，就有近四百人死於瘟疫，可是在阿德門教區僅四人，白禮拜堂教區三人，斯戴尼教區僅一人。

隨後一週也是，在七月十一日到十八日那週，死亡總數是一千七百六十一人，但河對岸的南華克瘟疫死者卻不超過十六人。

可是情況很快就變了，變嚴重了，尤以克里波門教區為甚，克拉肯威爾教區也是。到了八月第二週，僅克里波門教區就埋葬了八百八十六人，克拉肯威爾教區一百五十五人；前者有八百五十人可說是死於瘟疫，至於後者，死亡公報說瘟疫死者有一百四十五人。

我說過了，七月時我家這一帶與城西相比，看來還算平靜。我如常外出走動，處理生意。由於我哥哥託我照管他家，所以我通常一、兩天就進自治市一次，去看他家是否安然無恙。他的鑰匙在我這裡，我通常會進屋約略走一遭，看看一切是否安好。要是在這麼一場大難中，沒有誰心腸壞到去偷去搶，那就太好了。可惜在城裡，種種惡行，甚至放浪形骸之舉，仍是如常在光天化日下發生。不過，我不會說發生次數跟以往一樣頻繁，畢竟人是少得多了。

但自治市也鬧瘟疫了，我是指在城牆內的地區。但已有那麼多人下鄉，自治市人口確實大為減少。即便是七月，依舊有人逃離，只是沒有之前那麼多。八月時，我開始想，照那樣下去，城裡大概真的只會剩下官員及僕人。

說到民眾紛紛出走，我也該提一下，宮廷早在六月就走了，去了牛津。那兒沒鬧瘟疫。我聽說，瘟疫連碰也沒碰王室。我只能說，儘管王室不願有人說他們雖然還算仁慈，但習氣太差，才會給全民招來這場可怕的天譴，但也沒見到他們有感恩之舉，洗心革面。

倫敦的面孔實在是扭曲得厲害。我是說，建築物、城區、特區、郊區、西敏、南華克等一切的一切全都變了。在人稱自治市的地方，亦即城牆內的地區，還沒鬧什麼瘟疫。可是我說，在整體上，一切事物的面貌都大為不同了。一張張臉上滿是哀傷。儘管有些地方還未受到瘟疫蹂躪，可是人人看來都深感不安。我們眼見著瘟疫明顯加重，每個人都覺得自己與家人極為危險。若能為未身歷其境的人，完整重現那段時光，讓他們看到那處處可見的慘狀，他們必然會印象深刻，心驚不已。倫敦可說是淚漘漘的。哀悼逝者的人的確沒有在街上走動，路上看不到有人為至親好友穿黑衣或正式喪服，但街上確實聽得見哀哭。屋裡人們的至親可能快嚥氣了，或是才剛逝去，婦孺呼天搶地，聲音傳出門窗外，走在路上常常可以聽見，再狠心的人聽多了也受不了。幾乎家家戶戶都在哭泣、哀悼，尤以瘟疫初期為甚。愈到瘟疫後期，人們心腸愈硬，加上常見人死去，麻木了，朋友死了也無動於衷，反正說不定下個鐘頭就輪到自己蒙主寵召了。

因為做生意，我有時得到倫敦另一頭，連瘟疫主要分布在那兒時也是。我和別人一樣，還不大適應瘟疫這回事，所以見到平時熙熙攘攘的街道冷冷清清，幾乎看不到行人，真是嚇一跳。倘使我是外地人，又迷路了，可能有時走完整整一條街，我是指側街，也找不到人問路，只有看守封閉屋舍的看守人可問路，我接下來就要來說這個。

有一天，我有事要到那邊。因為好奇，我比平時更留神觀察外界，特意多繞了好大一段路去霍爾本。那兒街上都是人，不過是走在大街中央，不靠邊走。我猜他們是怕有哪戶人家出過瘟疫，不願接觸到裡頭出來的人，或是聞到那些屋舍飄出的氣味，以免染病。

四法學院都關閉了；在兩所聖殿法學院、林肯法學院或葛雷法學院都看不到什麼律師。人人和諧相處，律師無事可做。再說，那時本來就是休假期間，他們通常在鄉下。有些地方一排排房舍門窗緊閉，居民全跑了，只剩下一、兩個人看守。

我說一排排的屋子門窗緊閉，並不是指被官員封屋，而是說有那麼多人因為替王室工作，得隨著王室走，而這些人的家人也只得跟著走了。留下的人則打心底害怕瘟疫，深居簡出，有些街道因而冷冷清清。但在名義上的自治市，人們倒沒那麼恐慌。主因是儘管他們初時說不出的驚駭，但就如前面提過的，在瘟疫初期，瘟疫往往短暫止歇，因此人們時而緊張，時而寬心，如此反覆數次，大家便習以為常，實際情況就是如此。然後，即使是瘟疫加劇，可是看看沒有擴散到自治市，或是城東和城南，人們膽子就大了，可以說是變得有點麻木。誠然，就像我說過的，有許多人跑了，不過他們多數是城西的人，以及我們說的倫敦中心的人，亦即最有錢的人。他們無須經商或工作，可以走，但一般百姓留下了，他們似乎承受著瘟疫最沉重的打擊。因此，在所謂的特區及郊區、南華克及倫敦東部，如瓦平、瑞特克里夫、斯戴尼、羅瑟黑斯等地，人們大多留下來，只有零星幾戶富裕人家，跟其他有錢人一樣不用靠做生意過活，便走了。

在此可別忘記，瘟疫爆發時，我是說在瘟疫初時，自治市及郊區的人口多得驚人。雖然瘟疫後，我看著倫敦人口增長，稠密更勝以往，但對於當時的人口，我們一向認為，因為戰爭結束、軍隊解散、王室及君主復辟種種因素，吸引人們湧入倫敦做生意，或是仰賴宮廷為生，以侍候王族換取酬勞、美差之類的。若將這些人也算進去，就比往昔人口最多時多出十萬有餘。有人說，這個人數還要加倍，原因是那些為了王室而家庭破碎的老兵全在這裡做起生意，還有無數人家在此落戶。再者，宮廷引進大量精美飾物，創新潮流，人人都變得放縱奢靡。而復辟帶來的歡欣鼓舞，也吸引了無數家庭遷居倫敦。

我常常想到，猶太人群聚在耶路撒冷慶祝逾越節時，碰上羅馬人圍城，結果受襲的猶太人人數驚人。若非當時是逾越節，許多猶太人本來會是在其他國家的。而這場瘟疫降臨倫敦，恰恰是大批人口因為上述特別原因偶然群聚倫敦之時。因為新宮廷愛享樂，引來了大批人口，在自治市造成大好商機，尤以與華服美飾有關的行業最是興盛。大批工匠及製造商尾隨而來，多數是靠勞力討生活的窮人。我記得很清楚，有一場向市長說明貧民狀況的說明會估計，在倫敦及倫敦附近的飾帶織工，不會少於十萬人。他們大多住在索迪奇、斯戴尼、白禮拜堂、主教門、院原一帶。而當時的院原，還不及現在的五分之一大。

然而，憑著這些，大概可以想見全倫敦有多少人了。我確實常常想，瘟疫發生後已經那麼多人走了，剩下的人卻還是那麼多。

不過，我得回頭講這場飛來橫禍剛開始的情況。那時人們才剛對瘟疫感到害怕，便出了幾樁怪事，使人們更加恐懼。幾樁怪事湊到一起，人們竟然沒把倫敦視為上天設的另一塊血田[5]，認為注定要從世上毀滅，所有人皆難逃一死，因而集體離開，真是奇蹟。這些怪事我只提幾樁，不過那種事確實很多。這麼多巫師術士散播歪風，我常想，瘟疫後他們當中究竟有沒有人（尤其是女性）倖存。

來說第一樁怪事。瘟疫前數個月，天空出現一顆耀眼的星星或彗星，翌年也有，就在大火前。老嫗及那些淡漠、有疑心病的婦女（我看她們跟老嫗差不多），說這兩顆彗星從自治市正上方掠過，非常貼近屋舍，顯然是專程帶了什麼怪東西到倫敦。她們還說瘟疫前的彗星色澤昏微，行進十分遲滯且凝重，而大火前的彗星則明亮耀眼，也有人說是火紅的，來勢洶洶。一個是預示了嚴厲的天譴，歷時長且嚴重，可怕嚇人如瘟疫；另一個則預示了突如其來的一擊，猛烈如倫敦大火。瘟疫及大火發生後、結束前，這種言論最是盛行。有些人就是這麼執著於細節，他們在大火前看到彗星，以為自己不但看到了彗星迅捷有力地飛過，而且親

5　血田：The fields of blood，《聖經》中，祭司用猶大上交銀錢所買的土地，用以埋葬外鄉人。

眼見到彗星的動作，甚至聽見聲音，說彗星發出轟轟巨響，狂暴駭人。說也奇怪，他們雖然與彗星相隔遙遠，卻可以觀察到這些細節。

這兩顆彗星我都見過。我必須坦承，倘若相信這些俚俗之見，那我便會視其為上帝即將降下天譴的警告。尤其是第一顆彗星來了就鬧瘟疫，而我又看到第二顆彗星，那我一定會說，那是上帝還沒罰夠這個城市。

可是我無法跟別人一樣，那麼看重這種言論。我知道，占星家把災難歸咎於天象，所以他們計算天體運行，甚至行星公轉，或者假裝說自己算過了。因此，說他們是先驅或算命仙，乃至靈媒，認為他們能預言疫病、戰爭及火災一類的禍事，實在不高明。

不過，且別管我及賢哲的看法現在為何或一向為何，這些事對一般百姓影響很大。民眾一片愁雲慘霧，幾乎一致認為倫敦大難臨頭，天譴即將到來。民眾這樣想，主要是因為天上出現了彗星。此外就是前面提過的，十二月時聖吉爾斯教區死了兩個人，民眾認為那是小小的警訊。

而當時社會上的迷信歪風，又大幅加深了人們的恐懼。我無法想像民眾是什麼想法，怎麼會沉溺於預言、占星術、解夢及無稽之談，風氣之盛是瘟疫前後僅見。不曉得是否就是幾個人印行亂七八糟的預言牟利，才形成這股歪風的。不過，有些書確實嚇壞了民眾，如莉莉的《曆書》、賈柏里的《占星預言》、樸爾．羅賓的《曆書》等等。還有好些打著宗教旗幟的書籍，其中一本叫《我的民哪，你們要從那城出來，免得與其同受瘟疫》，一本叫《嚴正警告》，還有一本叫《給大不列顛的提醒》，諸如此類，不勝枚舉。這些書通篇或大部分篇幅，都直言或暗示倫敦即將毀滅。不但如此，有些人還十分狂熱，膽子大到跑上街頭大談預言，假裝自己是上天派來向民眾傳話的。其中有一個人，就像上帝派了約拿去尼尼微一樣，在街頭大喊：「再等四十天，倫敦就要毀滅了。」我不確定他是說只剩四十天，還是只剩幾天。另一個人則赤身露體，只穿著底褲，無日無夜大叫。約瑟法[6]提過，耶路撒冷毀城前不久，有個人在街頭叫著：「耶路撒冷啊！」而這個可憐裸漢叫的是：「噢，偉大又令人敬畏的上帝啊！」別無他言，反反覆覆都是這句話。他的聲音和神色滿是恐懼，步伐很快，誰也沒見過他歇腿休息或進食，至少我聽說的是如此。我在街上碰過這個可憐人好幾次，跟他說話，但他不回話，不回任何人話，只是陰慘慘喊個不停。

這些事讓人們驚駭得無以復加，尤其是有兩、三次，人們看到死亡公報說聖吉爾斯教區有一、兩人死於瘟疫時，這點我之前提過了。

6 約瑟法：Flavius Josephus，一世紀猶太學者。

除了這些社會現象，還有老嫗的夢，或者該說是老嫗為人解夢，讓大批人甚至喪失了理智。有人聽到聲音警告他們離開，說倫敦即將爆發瘟疫，死人無數，要埋都來不及；有人看見空中出現異象。關於這兩點，我有話要說，希望說出來不會有失厚道。我認為他們聽見的聲音及看見的異象從來不曾存在，卻把人搞得神經兮兮，著魔了。說實在話，他們老是盯著雲看，拚命要在空氣和水氣中瞧出名堂，也難怪他們會變成那副德行。有人說看到雲中伸出一隻手，手中握著一把燃燒的劍，劍尖直指倫敦。有人說看見空中有靈車，載著棺木去下葬。還有人說看到一堆堆死屍無人埋云云。就這麼著，這些幻想嚇壞了人們，讓人胡思亂想。

鬱鬱之人依稀看見
船艦、軍隊、戰火在天際
定眼一看幻象滅了
雲又是雲了

若是寫出那班人每天怎麼解讀他們看見的異象，這部記述就全會是那些瘋言瘋語了。他們每個人都這麼肯定自己看見了什麼，若是你反駁，必然會傷感情，或被視為粗野無文兼外行不可理喻。瘟疫發生前（若是不把前述聖吉爾斯的事算在內的話），大約是三月時，我看到街上有一群人，一時好奇便湊上前去，只見他們全都望著天空，在找一位婦人說的異象。她說異象很清楚，是一位白衣天使舉著一把火劍在頭上揮舞。她細細描述天使的每個部位，說得活靈活現的，還指出天使的動作及模樣給大家看，這群可憐人熱切地信了，而且是一聽就信。一個說：「對耶，我看見了，好清楚啊，這把劍再清楚不過了。」另一個人看見了天使。有一個人只看見天使的臉，叫道這天使真是莊嚴！有人看見這個，有人看見那個。我跟其他人一樣，熱切望著，不過我大概沒他們那麼容易任人擺布，我什麼也沒瞧見，只見一朵白雲的一邊給陽光照亮了。婦人費了一番工夫，指出天使給我看，但無法請我改口說我也看到了。誠然，倘使我看見了什麼，卻說沒有，就一定是在扯謊。可是婦人轉過頭，直勾勾看著我，以為我在笑她。她被自己的想像給蒙蔽了，我當真沒有笑，而在深思人們是如何胡思亂想，自己嚇自己。但她別過身，說我瀆神又嘲笑人。她告訴我，上帝發怒了，可怕的天譴要來了，我這樣目中無人，還不曉得怎麼個了局呢。

她周圍的人似乎與她一樣，覺得我討厭。我看不可能說服他們，說我沒有笑人的意思，如果試圖拆穿婦人或許反會受到圍攻，便走開了。而這個異象被認為跟那燦爛的彗星一樣真實。

我的另一樁經歷也發生在大白天。當時我從小法蘭西走一條小路，行經主教門教堂墓園，路邊是一排救濟院。主教門教堂或教區有兩個教堂墓園。我們可以從小法蘭西那裡穿過其中一座，從教堂門口出來到主教門街。另一座是在小路邊，左邊是救濟院，右邊有一道矮牆，牆上有柵欄。矮牆另一側再右邊一點，就是自治市城牆。

這條小路上有一名男子，從柵欄縫裡看著墓園。除了留下足夠的空間給人通行，這條窄路上其餘能站人的地方都站了人。這名男子跟人群說話，語調極為急切，一會兒指東，一會兒指西，堅稱鬼魂在墳地走動。他描述那個鬼魂的外形、姿態及動作，說得那樣真切，但誰也沒看見，令他大感詫異。他會突然喊：「在那裡呢！他往這邊來了。」然後是：「他彎回去了。」末了，他讓大家深信不疑，有一個人以為自己看到了，另一個人也以為自己看到。他就這樣天天來。這條路這麼小，他能引這麼多人駐足，也算是轟動了。到了十一點，主教門的鐘響起，這個鬼魂便會彷彿受召到別處去似的，倏然消失。

我認真地緊跟著這個人的指示看去，東看西看，卻什麼影子也沒瞧見。可是這可憐人卻這麼肯定，結果他的鬱病大為感染了其他人，讓人們離開時猶嚇得發抖。後來，知道這件事的人幾乎都不敢走那條路，晚上大家更是說什麼也不敢走那條路了。

這個人堅稱那鬼朝屋舍、地上及人們做手勢，顯然是暗示許多人將葬在那個教堂墓園，至少大家的認知是這樣，而事實也是如此。不過，我承認我根本不相信他看見了鬼。倘若那裡真的有鬼，我倒想看看，不過我盡了全力，卻什麼也沒見到。

從這些事情就看得出來，人們胡思亂想極為嚴重。而大家既然曉得瘟疫要爆發了，預言便都指向最可怕的疫癘，說到時全城，甚至全國，都會成為荒土。舉國上下，人畜幾乎不能倖免。

對於這些，占星家也來搧風點火。我前面說過了：占星家心存歹念，說什麼行星交會將帶來不良影響。他們說十月、十一月各會有一次交會，十月那次是真的發生了。他們讓人滿腦子都是依據天象做的預言，說這些星體會合預示了旱象、饑荒及瘟疫。不過，前兩個預言完全錯誤，因為我們並沒有乾旱，倒是年初有嚴重的降霜，從十二月持續到近三月，之後天氣便很和煦，溫暖但不炎熱，還有怡人清風。簡單說，氣候正常，合於時宜，還下了好幾場大雨。

官府費了點力氣，壓制這類書籍印行，以免民眾給嚇壞了。又為了遏阻這些人散播謠言，抓走了其中一些人。可是就我所知，官府怕激怒百姓，並沒對他們怎樣。民眾可說已完全喪失理智。

我覺得神職人員對此也有責任。他們的佈道只讓人心情沉重，而不是振作起來。許多神職人員這樣做，無疑是要鞏固人們的向心力，尤其是加速他們悔悟，可是這樣做確實無法讓民眾知道，他們將會有什麼了局。至少神職人員造成的傷害，是多過建樹的。然而，上帝透過整部《聖經》，召喚人們信仰祂，好好過活，並不恫嚇人們。我必須承認，我認為神職人員也應以神聖的天主為榜樣。要知道，神的福音充滿天上的訊息，宣揚上帝的慈愛。上帝十分樂於接受悔過之人，原諒他們，悲慟地說：「然而你們不肯到我這裡來得生命。」正因如此，上帝的福音又稱為平安的福音、恩典的福音。

不過也有些好傢伙，他們不論派別，不論主張為何，開口就是駭人之語。他們什麼也不說，淨說些慘事，以恐懼吸引人潮，讓人們哭著走開；佈道只說妖言，讓人們因為將被完全毀滅而害怕不已，沒有指引人們祈求上天垂憐，至少他們沒把這點說清楚。

那時，我們的宗教信仰確然受到許多破壞，令人不悅。人們分裂成無數異端教派，意見分歧。誠然，大約四年前，隨著君主政體復辟，英國國教得以重建。但長老派教會、公理會教徒及其他各教派的牧師、傳道士，已開始組織各自的團體，設立聖壇互相對立，各有各的禮拜聚會。雖說現在也是那樣，當時情況卻不盡相同。不信奉國教的各教派教徒並不像現在這樣，完全整合成一個整體，這些教派團體當時僅少數整合在一起。即使有整合的，政府也不允許，向他們施壓，要他們停止聚會。

可是這場瘟疫使各教派又和解了，至少有段時間如此。因為大批神職人員害怕瘟疫而逃走，留下許多職缺，於是許多最好、最受敬重的非國教牧師及傳道人不得不回教會任職。人們照舊群集而來，聽他們佈道，不大過問他們是誰，又是什麼教派的。可是瘟疫後，這等寬容的氣氛便消退了，各教會又派任自己教派的牧師或其他人來頂替亡故者，一切恢復原狀。

禍事總是接二連三。人們因為驚惶失措，用不著真正的惡人煽動，就做出懦弱、愚劣的行徑，竟然去找算命仙、巫師及占星家，想知道自己的運勢，就是一般人說的去算命、排天宮圖之類的。沒多久，城裡便出現一幫人，衝著這些愚行，假裝自己會作法、懂得所謂的法術，我可不知道法術是什麼。不，人們這是在跟魔鬼打交道，徒然增加自己的罪愆。這個營生變得如此明目張膽，到處可見，常常可以看到門上有牌子寫著算命仙、占星家、來排你的天宮圖等等。這些人的住所常有培根修士的銅頭[7]作為標誌，幾乎每條街上都看得到。其他常見的標誌還有席頓大媽[8]或梅林[9]等人的頭像。

7 銅頭：Brazen Head，傳說中中世紀的機器，有魔力，會回答任何人的問題，一般相信是十三世紀哲學家及科學家羅傑．培根（Roger Bacon）所造。

8 席頓大媽：Mother Shipton，著名傳說人物，據信能未卜先知。

9 梅林：Merlin，中世紀著名魔法師。

我真不明白，人們怎麼會迷上這些盲目、荒謬和可笑的妖言，可是每天確實都有無數信徒擠在那些人門前。那些自吹自擂的法師通常穿著絲絨上衣，戴著領圈，披著黑外套。只要有個面容嚴肅、做這樣打扮的人走進屋子，或是在街上出現，就會有成群的人跟著走，邊走邊問問題。

不用我說也知道這個騙局多可怕，又會招致什麼後果。但除非瘟疫止息，否則這種風氣是遏阻不了的。我想，城裡這些機關算盡的騙徒，多數都會被瘟疫消滅。一個問題是，如果可憐人問假占星家到底會不會鬧瘟疫，假占星家都答「會」，這樣生意才做得下去。倘若人們不是老在擔心瘟疫，要不了好久，巫師就會失去用處，巫術也行不通了。可是巫師總跟人說，天體會造成這個那個影響，說這個那個行星要會合了，所以疫病是必然的，瘟疫自然就跟著來了。有的還挑明了說，瘟疫已然開始。儘管這再真確不過了，可是這樣說的人，其實渾然不知實際情況。

為了撥亂反正，神職人員及多數教派的傳道士，只要是認真又有判斷力的，都嚴詞譴責這些行徑及其他邪行，披露這些行為有多愚蠢，又有多邪惡。多數清醒、有見地的人因而鄙視及憎惡那班人。可是，凡夫俗子和窮苦勞工卻聽不進這些。他們受恐懼主宰，心慌意亂，把錢花在這些異說之上。這班邪人的主顧是女僕，還有男僕。我猜，他們開口就是問：「會有瘟疫嗎？」接下來他們會說：「噢，看在老天分上，我會怎麼樣呢？女主人會留下我嗎？還是會把我辭掉？她會留在這裡嗎？還是會到鄉下去？如果她要去鄉下，會帶我去嗎？還是把我留在這裡挨餓受苦？」男僕大概也是問這些。

傭僕的處境真的很慘，下文當有機會再提及。顯然他們很多都會被解雇，實情也是如此。他們死了很多人，尤其是那些聽信了假先知的，以為自己還可以繼續工作，隨男女主人下鄉。在瘟疫這種情況下，這類可憐人自然相當多。若不是有公眾慈善救濟，他們會是城裡境況最慘的一群。

在瘟疫可說尚未爆發而人們憂慮乍起的那幾個月，這些事情一直擾亂人心。不過，我也不該忘了提一提持重的居民，他們的舉止是不一樣的。政府鼓勵民眾虔心正信，訂立公禱、齋戒及自罪的日子，讓公眾承認罪行，懇求上帝垂憐，取消已臨頭的天譴。各教派民眾紛紛參與這些活動，熱忱得言語無以形容。人們上教會參加聚會，人數多到往往連靠近會場都不容易；就連最大的教堂，要靠近教堂大門都不容易。數個教堂有早、晚日禱，其他地方也有個人禱告的日期，參加的人可說熱忱非比尋常。也有好些人家，信念或有不同，但都施行家庭齋戒，只有近親能參加。就這樣，簡單說，心誠意正的教徒表現出真正基督徒應有的模樣，好好悔悟及自罪，展現基督子民的本色。

再一次地，公眾的行為顯示了他們願意共體時艱。那時耽於逸樂的王室擺出正直的面孔，關懷公眾的危機。衍生自法國宮廷幕間表演的短劇，本已日漸風行，當時全部禁演。原本賭場、舞廳及音樂廳數量倍長，誘人墮落，也被關閉，受到壓制。街頭賣藝的、小丑、木偶戲及走繩索的等等，本來一般民眾愛看他們表演，但那時人們另有煩心事，他們生意做不下去了，不再營業。就連一般民眾臉上也掛著悲傷與恐懼。死亡就在眼前，人人想的是死期，不是歡笑娛樂。

在這樣悲慘的時世裡，直如置身尼尼微，人們深自反省。倘若善加利用這一點，便能巧妙地引導人們跪下認罪，抬頭向仁慈的救主懇求赦免，求神憐憫。無奈，凡夫俗子卻走上另一個極端。他們平日就莽撞欠考量，碰上這種局面，他們的想法也就顯得癡愚，給嚇得走上蠢路。前面說過，他們想知道自己的運勢，跑去問巫師、術士及各路騙徒，而這班人滋養他們的恐懼，教他們一顆心老懸在那兒，好引他們從口袋掏出錢來。而這群人，還魯莽得跑去找庸醫及一個個草藥醫師求藥治病。他們怕染上瘟疫，吞服大量藥丸、藥水以及所謂的防毒藥，不僅破財，還毒害自己的身體。這樣非但不能強身，反倒更容易染上瘟疫。另一方面，也實在難以想像，街頭巷尾會出現那麼多醫師傳單及不學無術者張貼的東西，上面寫些有違醫學的胡言胡語，誘人上門買藥。這些廣告通常有冠冕堂皇的標題，如防疫萬靈丹、防感染靈藥、御用防濁氣祕方、調理身體防疫仙丹：防疫丸、創新無敵防瘟藥水、萬應瘟疫藥、唯一真正的防疫藥水、治百病王室解毒劑。這類廣告不勝枚舉。如果我能記得清，一一寫出來，可以寫成一整本了。

其他人則以傳單招攬人們上門，指引人們染病了該怎麼辦。傳單標題也是華而不實，例如下面幾則：

甫自荷蘭來到此地的知名高地荷蘭內科醫師，去年荷蘭瘟疫爆發時始終留居阿姆斯特丹，治癒無數確實染上瘟疫的病人。

義大利貴婦人甫自那不勒斯抵達，依據其豐富的經驗，研發出上等配方，可預防感染。上回義大利瘟疫一天便死兩萬人，她憑此方救活無數病人。

本市上回一六三六年瘟疫時救人無數的老婦人。僅服務女客，內洽詳談。

經驗老到的內科醫師，長期研究各種毒藥及感染的解毒方法，蒙上帝賜福，四十年有成，能指引如何避免罹患任何傳染疾病。窮人免費。

這些只是舉例，這類例子再舉上二、三十個也講不完。從這些足以得知當時人們的心境，也能知道那夥賊子及扒手不僅搶走人們的錢，還用這麼可惡、要命的方法，毒害他們的身體。有的藥方含汞，有的成分跟汞一樣糟，完全沒有聲稱的療效。人要真病了，這些藥對身體有害無益。

我無法不注意到有個騙徒用了一記高招。他在街頭傳單中用粗體字添了一句「窮人可免費諮詢」，騙窮人紛紛上門，可是窮人不付錢就不提供任何服務。

大批窮人上門，他先天花亂墜一番，再檢查他們的健康狀況及體質，教他們種種保健妙法，可是那些方法其實無甚作用。他的結語倒是千篇一律，就是只要他們每早服用他調製的藥，他敢用性命打賭，他們絕不會染上瘟疫，甚至跟病人住在一起也無妨。他這麼一說，大家全想要這個藥了，可是藥價很高，我記得是半克朗[10]。一位窮婦人聽了說：「可是，先生，我很窮，還領救濟金，靠政府養活。而且你的傳單說你免費幫忙窮人哪。」這名醫師說：「是啊，我的確是照廣告上說的做呀。給窮人意見是不收錢，但我的藥是賣錢的。」婦人就說：「噯，你這是騙窮人上門的陷阱嘛。意見不收錢，這就是說，意見可以免費奉送，藥卻是要收錢的，每個店家賣東西也都是這樣的。」婦人接著說了難聽話，整天站在他的門口，跟每個上門的人說她受到的待遇。後來醫師察覺婦人趕走了客人，只好再叫她上樓，給了她一盒藥，也沒跟她收錢。但她拿到的藥，大概完全沒用處。

再回頭談談一般民眾。他們心慌意亂，正好讓各路騙徒及庸醫占便宜。這些騙子無疑是靠人心愁苦大發利市。跟在他們後頭的人，一天多過一天。這些人的診間門庭若市，病人還多過當時的一流名醫，如布魯克斯、厄頓、霍吉斯、柏瑞克或其他名醫。我聽說，有些庸醫一天就能賺五鎊[10]。

除了這一切，當時可憐的人們還有另一項瘋狂行徑，或可從中看出他們多麼心慌意亂。他們居然追隨另一種更壞的騙徒。前面說的各種騙徒只是小賊，不過是引誘窮人從口袋裡掏出錢來，不論涉及什麼惡性，有惡性的是騙徒，不是上當的人。但在我接著要說的事裡，有惡性的卻是上當的人，或者說騙人的、被騙的惡性相當。這件事就是佩戴護身符及靈藥、驅邪咒、避邪物、不曉得是什麼玩意兒的東西，來保護身體不受瘟疫侵犯，彷彿瘟疫不是操在上帝手中，而是邪靈附體的一種形式，預防之道則是佩戴交叉的圖形、黃道符號、打了許多結的紙張、有某些字眼或某些圖形的紙張，特別是寫了Abracadabra的驅病符，字排成三角形或金字塔形，如下：

10 半克朗：兩先令半。

A B R A C A D A B R A
A B R A C A D A B R
A B R A C A D A B
A B R A C A D A
A B R A C A D
A B R A C A
A B R A C
A B R A
A B
A

有些有十字架上的耶穌名諱縮寫：

I H
S

有些只有這個圖案：

在那種險境下，人人面對瘟疫威脅，民眾後果可是不堪設想。我是可以花上許多時間責難這些行為多愚蠢，尤其是痛斥這些事有多邪惡，但我寫這些紀錄，只是要講述事實，呈現實情。那些可憐人如何發覺這些東西不足以自救，他們又有多少人頸上佩戴那些可憎的符咒及虛有其表的東西，卻仍舊被運屍車載走，送進各教區的公墳，後文都會一一提到。

人們會有這些愚行，全是因為發現那場即將降臨的瘟疫已然到來，亂了方寸。人們最早注意到瘟疫，是在一六六四年米迦勒節[11]那陣子，接著是十二月初聖吉爾斯教區死了兩個人，再來是二月時又一次警訊。瘟疫顯然已四處擴散，人們很快就察覺到，信賴那些花言巧語死要錢的傢伙有多蠢。接著，恐懼對人造成另一種影響，懾住人心，教人思路遲滯，無所適從，不知要伸出援手助人，還是該只顧自己。他們跑到左鄰右舍，甚至街上一戶戶人家，一再喊著：「天主啊，可憐可憐我們吧！我們該怎麼辦？」

不過，可憐的人們臨終時完全沒有得到撫慰；就算有，得到的安慰也很少，實在可憐。對此，我心存敬畏，深自反省，這是讀者未必能知道的。要曉得一個人是不是快死了，也可以說，要知道死神是否在一個人頭上盤旋，只消進這個人的家、這個人的房間，看看這個人

11　米迦勒節：Michaelmas，九月二十九日，紀念聖米迦（St. Michael）及所有天使的節日。

的臉就知道了。儘管有的人就是傻里傻氣、心智魯鈍，而且這種人很多，可是，請容我說，另有許多人，靈魂深處卻響起了正義之聲。許多人良知清醒了。許多人的鐵石心腸融化了，化成淚水。許多人懺悔起早已塵封的罪行。任何基督徒，要是知道當時垂死的人絕望呻吟，卻無人敢上前安撫，一定很心痛。許多殺人越貨的事情，就在那時坦承了，可是卻沒有人活著記錄下來。就連沿路走，也可能聽見人們聲聲呼喚，希望上帝透過耶穌垂憐他們，並且說：我是賊、我通姦、我殺人云云。可是沒人敢停下腳步探問一聲，慰藉這些身心都在受苦的可憐人。一開始確實有神職人員訪視病人，但為期很短，也不可行。有些人家，一進屋就是死亡。專司埋葬死者的工人算是城裡心最硬的人了，有時也會給嚇退，不敢走進全戶一起病死的屋子，或是一些狀況特別慘的人家。而這不過是瘟疫的第一波熱潮。

可是時日一久，人們就習慣這一切，四處鑽營，冒險毫不遲疑，這點下文會再提到。

我說過了，瘟疫已然發生，地方官員正視民眾的處境。他們如何管理百姓及病家，我將只描述事實。至於公共衛生事項，我應該在此說明。市長為人持重，信仰虔誠，他見人們去找騙徒及庸醫、巫師、算命仙，行為愚蠢，可謂瘋狂，便指派內、外科醫師為窮人服務，我是指生病的窮人。他還特別命令皇家醫師會發布便宜療法，供窮人染病時參考。這確實是當時最仁慈及有見識的作為之一，人們因而不再猛拿傳單，不再亂服藥物，也不想想可能反會中毒，枉送性命。

這份建議療法是由整個醫師會商議寫成的。因為是針對窮人，藥方便宜，官府將之發布出來，讓人人都看得到，也可免費索取，有人要就給。因為它已公諸於世，處處可見，就無須在此占用篇幅了。

瘟疫最熾時，威力可比瘟疫翌年的倫敦大火。儘管這麼說，我並無意詆毀醫師的權威或醫術。那場火吞噬了瘟疫的倖存者，蔑視所有救火方法。救火車壞了，水桶扔了，人們徒然掙扎並逝去。而瘟疫蔑視所有藥物。醫師們防護藥劑不離口，仍是染了瘟疫。四處開藥、告訴大家該怎麼辦的人，工作到自己也出現瘟疫病徵，頹然死去。他們教別人如何對抗瘟疫，自己卻死於瘟疫。許多醫師便是如此，其中不乏名醫，甚至包括一些醫術高超者。許多庸醫也死了。他們太愚昧，相信自己賣的藥確可保身。其實他們應該心知肚明，那些藥毫無用處。他們該像別的賊一樣，畏罪逃走，規避司法上自己應得的懲罰。

我說醫師在這場大難中倒下，並不是要詆毀他們的辛勞及功勞，我也無此意圖，而是要稱揚他們。他們甚至願意拿生命做賭注，為人類服務。他們致力求好，救人性命。但我們不能指望醫師阻止上帝降下的天譴，或預防上天特意為了執行天譴而精心打造的致命疫病。

無庸置疑，醫師憑著醫術，審慎診治病患，勤奮工作，救人無數，恢復人們的健康。他們常常無法治療出現瘟疫病徵的人，救不回病情太危急的人，但這無損於他們的品德或醫術。

再來要說的，是瘟疫發生後治安法官採取些什麼社會措施維護公眾安全，預防瘟疫擴散。下文自是有機會提及治安法官行事謹慎仁慈、戰戰兢兢，照顧窮人。後來瘟疫加重，他們又維持秩序，供應必需品什麼的。現在我要說的是，他們為了管理病家發布的命令。

前面提過封閉屋舍，在此有必要說明。在這場瘟疫裡，封屋是十分沉重的措施，可是這件事再令人難受也必須說出來。

我說過了，約莫六月時，倫敦市長及長老議會開始格外小心管理倫敦。中薩的治安法官依國務大臣之令，在野地聖吉爾斯、聖馬丁、聖克萊蒙丹恩等教區封閉屋舍，成效卓著。在鬧瘟疫的幾條街道，有瘟疫病患的人家受到嚴密看守，一知道有人病死馬上安葬，那些街道便不再有瘟疫。這些教區的瘟疫達到顛峰後，消退的速度也快過其他教區，如主教門、索迪奇、阿德門、白禮拜堂、斯戴尼等。這些早期措施對消滅瘟疫貢獻良多。

據我所知，封閉屋舍的做法，始自一六〇三年詹姆斯一世即將登基時。將民眾幽禁在自宅的法源依據是一項國會法案，名為「瘟疫病患之慈善救濟暨管理法」。倫敦自治市市長及長老議員援引此法，研擬命令，於一六六五年七月一日實施。當時自治市病人極少，依據前一張死亡公報，九十二個教區全部僅四人。自治市有些屋舍遭到封閉，有些人被送到瘟疫醫院，地點是從邦丘原野往伊斯靈頓的路上。依我說，因為有這些措施，一週死亡總數近千人時，自治市卻僅二十八名瘟疫死者。在這場感染中，自治市健康人數比例是最高的。

我說過了，市長這些命令於六月下半發布，七月一日實施，內容如下：

【倫敦市市長暨市府長老議員就一六六五年瘟疫所研擬及公布之命令】

吾等前任明君詹姆斯國王，於其治下制定一法案，作為慈善賑濟及管理瘟疫患者之依據。該法案授權治安法官、市長、副行政司法官及其他主管，依其權限指派檢驗官、訪查員、看守人、看護、埋葬工，協助其管理受瘟疫侵擾之人及地點。該法案另授權前述官員，視情況下達其他命令。準此，經特殊考量，為預防及避免瘟疫擴散（若全能的上帝願意成全），將指派以下人員，依法執行下列命令。

●各教區檢驗官

首先，有鑑於派任檢驗官實屬必要，特命各區之長老議員及其代理人、各區之共同議會選派一名、兩名或多名出身良好、信譽卓著者擔任，任期至少兩個月。若獲選之適當人選拒絕，則將關入監獄，直至首肯。

●檢驗官職責

檢驗官須向長老議員宣誓，將不時查詢各教區中有何宅戶發生瘟疫、有何人患病，並盡其所能確認病患染上何疾。若無法確認，則下令限制該戶人員進出，直至確認疾病。若發現是染上瘟疫，檢驗官應命令警方封閉其宅。警方若是玩忽職守，檢驗官應即向該區長老議員通報。

●看守人

每戶病家由兩名看守人看守，一名日班，一名夜班。看守人應特別注意，其看守之屋舍不得有人員進出，否則將予嚴懲。看守人亦應為病家代理必要事務。若病家遣看守人離開辦事，看守人應於離開前鎖上屋舍，並將鑰匙帶走。日、夜間看守人於晚間十點及晨間六點交班。

● **訪查員**

各教區應慎選女性訪查員，擇優選派誠實婦女擔任。訪查員須發誓將依其所知，盡力詳實報告其負責訪查之死者是否確實死於瘟疫，抑或死於他疾。即將上任或已到任之訪查員，其適任與否，由其負責訪查區域之公派瘟疫防治醫師考核之。若醫師認為訪查員不適任，可隨時解除其職務。

瘟疫期間，訪查員不得使用公共設施、擔任公職、經營店面或攤位、擔任洗衣工或從事其他一般工作。

● **外科醫師**

有鑑於瘟疫通報錯誤百出，造成瘟疫擴大，為協助訪查員，自治市與特區將就地利之便，分為四區，以利管理。每區均遴選高明、謹慎但未在瘟疫醫院工作之外科醫師，負責陪同訪查員訪視其負責區域之死者，以期確實掌握瘟疫情況。

此外，該外科醫師應訪查及診視依各教區檢驗官之命前來就醫之病人，並回報病人染患何疾。

茲因該等外科醫師將不再從事其他診療行為，僅負責瘟疫患者，每位外科醫師每診視過一人，病患應支付醫師十二便士。如病患無力支付，則由教區代付。

●看護

任何住家若有人死於瘟疫未滿二十八天，然其看護已遷離該戶，則該名看護應於其自宅進行封閉至二十八天期滿。

【關於瘟疫病患及其居所之規定】

●病家通報

每戶戶長，若發現其住家成員有人身上出現疹塊或紫斑，或身上任何部位腫起，或病情危急卻無法判定是否為瘟疫以外疾病導致，應於該等病徵出現兩小時內，向檢驗官通報。

●隔離病患

檢驗官、外科醫師或訪查員發現任何瘟疫病患，應於當天晚間將該病人隔離於其宅中。遭隔離之人，不論事後死亡與否，其隔離期間之居所，應於其他成員服用防護藥物後封閉一個月。

●烘烤病家物品

為杜絕病患物品及用具散播瘟疫，其被褥、衣物、寢室之窗簾、壁氈、床帳等懸掛之物，均須用火妥善烘過，至該宅恢復清新氣息，方能再度使用。此項工作依檢驗官指示執行。

●封閉屋舍

任何人若曾拜訪已確定染疫者或違規潛入遭封閉之屋舍，其住所應予封閉，天數由檢驗官裁奪。

●病家之人員、物品一概不得遷移及此項規定之例外事項

病患居所物品一概不得拿到自治市其他屋舍使用（如該物品是拿到瘟疫醫院、帳棚或病患其他寓所使用，且該居所僅有病家之傭僕居住者，則不在此限）。病家如要移居，為保移居地教區之安全，無論移至何處，均應向移居地所屬教區通報。該名移居他處之病患，其照護及應負之責任，悉如前述規定。移居費用教區不負擔。此類移居須於晚間進行。擁有兩處寓所之民眾，有權將其健康或染疫之家人，安置在其閒置之寓所；亦即，如該人將其健康之家人送至閒置寓所，便不能將其染疫之家人也送至同一寓所，反之亦然。而遭送走之人，亦應隔離至少一週，隔離期間不得與任何人接觸，以防堵一時尚未出現病徵者散播瘟疫。

●埋葬死者

埋葬瘟疫死者一概於日落後、日出前為之，限由教會委員或警方執行，不得由他人代理。死者鄰居及友人一概不得護送死者屍首至教堂或進入死者居所，否則其居所也將予封閉，或是將之關入監獄。

瘟疫患者之遺體，不得於教堂日禱、佈道、舉行演說時下葬或停置於教堂。任何教堂、教堂墓園或墳場埋葬死者時，不得讓孩童靠近遺體、棺木或墳墓。所有墳墓必須至少六呎深。

此外，瘟疫期間任何人亦不得參加葬禮。

●病家物品禁止流通

病人之隨身衣物、用具、被褥或外衣一概不得攜出或運出其染病時之居所。小販及運屍工一概不准販售或典當病患之被褥及舊衣。被褥商或舊衣商不得公開展示病患之被褥或舊衣，亦不得將之置於其貨攤、店面展貨架，或是懸掛於面向街道、小巷、馬路或過道之窗戶，意圖販售，違者將予監禁。倘若商人或任何人自發生瘟疫未滿兩個月之屋舍購得被褥、服飾或其他物品，則其住所將視為發生瘟疫，應全面封閉至少二十日。

●病家人員一概不得離開

如瘟疫病患趁看守人不備，或是以其他手段，離開或移出其住宅，前往他處，則該病患住宅所在地之教區，於接獲通知後，有責捉拿逃離之人，並於夜間將人送回其宅，該人並由該區之長老議員論處。而接應該等患者之人家，應封閉二十日。

●病家屋舍之標記

病家屋舍之門中央，應畫上一顯眼之一呎長紅十字，並於十字上畫天主垂憐字樣，待該屋舍可合法開啟時，方得移除。

●每戶病家之看守

警方須巡視每戶遭封閉的屋舍，確認有看守人看守，以期病家一干人等能留在屋內。病家如有能力，可自費請看守人代辦必要事務；如無力付費，則由官方代付。封屋期間四週，由住戶成員全數到齊後起算。

訪查員、外科醫師、看護及埋葬工如外出，務必手持一根三呎長之紅杖，不得遮掩，以供旁人辨識。除其住家或受託前往之地點外，一概不得進入其他建築，以避免與旁人接觸，尤其是在其剛剛結束工作時，更是必須恪守此項規定。

●同住之人

如一棟屋舍中有數人同住，而其中有人染上瘟疫，則其同住之人、家屬、任何其他人，如欲搬離，必須取得當地教區檢驗官發給之證明。如有人違規搬離，無論搬至何處，其新居所均會遭到封閉，以防發生瘟疫。

●出租馬車

有鑑於部分出租馬車之車夫，載送瘟疫病患至瘟疫醫院或其他地點後，未暫停載客或燻烘馬車，特此規定，車夫須待馬車妥善燻烘，且暫停使用五、六日後，方得恢復營業。

【清掃街道及維持街容之規定】

● 維持街道清潔

首先，茲因確有必要維持清潔，特此下令，每戶均須日日清掃自己屋前之街道，使街道整週都能保清潔。

● 清道夫清運垃圾

每戶清掃出來的垃圾，每日由清道夫收走。清道夫來時，應依慣例吹號角，以告知住戶。

● 垃圾堆須遠離自治市

垃圾堆須盡量遠離自治市及公眾通道。掏糞工或其他清潔工一概不得將廁所穢物傾倒在自治市附近之花園、菜園及果園。

●禁售不新鮮之魚、肉及發霉穀物

特別注意，臭魚、不新鮮的肉品、發霉穀類或任何其他種類之腐敗果實，一概不得於自治市內各區販售。

注意啤酒廠及酒肆有無使用發霉及不潔酒桶。

豬、狗、貓、馴鴿、兔不得飼於自治市內任何地區。教區執事或其他官方人員若於街上捕獲豬隻，不論該豬隻是否為走失，其飼主均將按共同議會法案懲處。另成立屠狗隊殺狗。

【關於遊民及娛樂場所之規定】

●乞丐

鑑於自治市內有大批無業遊民及乞丐四處漫遊，儘管已有命令取締，但仍無改善，成為散播瘟疫之一大源頭，頗遭人詬病，故特此下令，警察及其他相關人員加強取締，務使街頭上不再有乞丐。遭取締之乞丐將依法嚴懲。

●娛樂活動

所有戲劇、鬥熊、娛樂消遣、唱民謠、擊劍或其他類似之聚眾活動全面禁止，違者由各區長老議員嚴懲。

●禁止筵席

所有公開筵席，尤其是本市社團組織及酒館、酒肆、其他公共娛樂場所之筵席，暫停舉辦，直至另行發布命令及許可。因此而省下之錢財，將用於賑濟染疫貧民。

●酒肆

值此傾力消滅瘟疫之際，於酒館、酒肆、咖啡館及酒窖飲酒狂歡，將視為公共罪行。依據本市歷來的法律及習俗，晚間九點後，任何人不得聚眾或獨自進入酒館、酒肆、咖啡館飲酒或在此等場所逗留，違者將予懲處。

為加強執行這些命令、其他相關規定及指示，進一步之考量確有必要。因此，長老議員、其代理人、共同議會議員應視情況，在其轄區內，擇一無染疫風險之地點，視實際需要，每週開會一次、兩次、三次或更多次，以磋商如何妥善執行這些命令。然而，若任何人居住在感染地區或住所靠近感染地區，有感染之虞，該人即不應出席此等會議。該長老議員、其代理人、各區共同議會議員亦有權下達他們於上述會議中所決定之命令，以保王上子民安渡瘟疫。

市長　約翰．勞倫斯爵士
行政司法官　喬治．華特曼爵士
查爾斯．道爵士

不消說，這些命令效力僅限於倫敦市長轄區。因此，有必要一提，在塔邊聚落區及外圍教區之治安法官，也採行了同一套措施。我記得，封閉屋舍的命令在我們這邊並未即時實施，原因就是前面說過的，我們東邊這兒至少要到進入八月後，瘟疫才嚴重起來。例如，在七月十一日到十八日那週，死亡總數為一千七百六十一人，但在塔邊聚落區各教區，死亡總數僅七十一人。詳細數字如下：

		其後一週死亡人數為：	至八月一日那週人數為：
阿德門	14	34	65
斯戴尼	33	58	76
白禮拜堂	21	48	79
倫敦塔聖凱薩琳	2	4	4
三一麥諾林斯	1	1	4
總計：	**71**	**145**	**228**

整體來說，瘟疫確實來了。該週相鄰教區的下葬人數如下：

		其後一週死亡人數暴增為：	至八月一日那週人數為：
索迪奇聖李奧納	64	84	110
主教門聖波特夫	65	105	116

克里波門聖吉爾斯	213	421	554
總計：	**342**	**610**	**780**

剛開始實施封閉屋舍時，人們覺得十分殘忍，有違基督精神。被幽禁的窮人哀哭不已。天天都有人向市長申訴，說此舉太嚴厲，說屋子無緣無故被封閉了，或是給惡意封閉了。雖然我不敢肯定，但許多抱怨連天的人，一查都是需要持續隔離的。也有人生病了，經過檢查不像是傳染病，或是不能確定病因，因為病人願意進瘟疫醫院，封屋令遂被解除。

誠然，將人們關在家裡，派人日夜看守，防止他們外出或是有人進屋，讓住家中健康的人和病人在一起，健康的人可能枉送性命，這一切看來十分冷酷無情。許多人就這樣在鬱鬱幽禁時死去。有理由相信，儘管這些人家中有瘟疫患者，倘若他們可自由離開，或許不致染上瘟疫。起初人們強烈抗議，十分害怕。發生了好幾起暴行，傷到看守屋子的看守人。許多地方都有人強行離屋，這些事情下文會提到。儘管這項措施危害了個人，卻是為了公眾利益，也是情有可原。當時地方官或官府並不寬貸任何人，至少我聽說的是如此。這麼一來，人們便無所不用其極，設法逃逸。得花點篇幅，才能記載人們用了什麼高明招數，避開派駐的看守人，騙倒他們，逃出他們的掌控。脫逃的過程中，常常發生扭打，造成傷害。

一天早上，我順著杭斯渠路走，約八點時，聽見大聲吵鬧。因為那時人們不能隨意群聚，也不能待在一起太久，所以人不多，我也沒久留。可是那吵鬧聲很大，勾起我的好奇心。我見有人從窗戶往外看，便問是怎麼回事。

看來，那人是個看守人。這戶人家有人染上了瘟疫，或是據說染上瘟疫。跟我說話時，他在那兒連著守了整整兩晚，而日班看守人則守了一天，差不多要來和他交班了。在他看守時，屋裡始終闃無聲響，沒有一絲燈光。住戶沒叫過人，沒派他去跑腿，而跑腿可是看守人的主要工作。他說這戶人家一直沒找過他，就這麼到了週一下午，他聽見屋裡有人大吵大鬧，心想裡頭大概有人死了。在前一晚，俗稱的運屍車就停在那兒，一具女僕的屍首給送到門口，而所謂的埋葬工或是搬屍工，把她放到車上，只用條綠毯包著載走。

他聽見前述的哭鬧聲，便去敲門，敲了老半天，總算有人到了窗邊，語調又氣又急，卻是在哭。「你這麼敲門幹什麼？」他答說：「我是看守人！你們還好嗎？出了什麼事啊？」那人答說：「關你什麼事？等會兒運屍車來了，叫他們等一等。」當時大約是一點。不久，他便照著吩咐，攔下運屍車，又敲了門，但沒人應，他繼續敲，打鈴人叫了好幾次：「把死人送出來。」可是沒有回應。後來那駕車的要去別處收屍，不願再等就走了。

這名看守人想不透是怎麼回事，也沒打擾這戶人家，等著輪早班的日間看守人來交班。

交班時，他說出這些事情，兩人敲了半天門，得不到回應。他們發現兩層樓上有扇窗是開的，正是之前屋裡的人打開了來回話的。

看到這種情況，兩人滿心好奇，找來一把長梯，其中一人爬上去，從窗戶往屋裡看，只見一個女人淒慘地死在地上，身上只穿著襯衣，別無他物。這名看守人大聲呼喊，用他的長杖猛力敲地板，但是沒有人來，沒有人應聲，屋裡聽不見任何聲響。

於是他下了梯，把情況說了。另一個看守人也上去看，一見狀況確然如此，他們決定去通報市長或是治安法官，但並未爬進那扇窗內。治安法官得知兩人的報告，下令破門進屋，並指派一位警員及一些人到場，以防屋內財物遭竊。眾人依令行事，屋裡只有那位年輕女子。她染上瘟疫，病入膏肓，其他人全走了，留她一個等死。看守人被騙了，不知道他們是開門走的、從後門溜走的，還是從屋頂走的。至於他聽到的哭叫，大概就是這家人在話別。他們當時心裡一定很悲痛，因為被留下的女孩是女主人的妹妹。這家的男主人及太太、幾名子女、僕人們全逃了。我始終不曾得知他們是否健康，有沒有染上瘟疫。後來我也確然不曾問及。

這樣的逃亡，發生在許多鬧瘟疫的屋子，尤其是在看守人為住戶辦事時。畢竟，為住戶跑腿是看守人的職責。也就是說，看守人得去處理必要的事情，如購買食物及藥品，去找內科醫師（如果有肯來的）、外科醫師、看護、叫運屍車什麼的。這種情況下，看守人必須在離去前把大門鎖上，並帶走鑰匙。有人鑽漏洞，欺騙看守人，打了兩、三副鑰匙，或者如果鎖頭是用螺絲固定的，就設法把螺絲旋開，將鎖頭拆掉。他們遣了看守人去市場、麵包店，或是去做什麼雜事，自己就在家裡開鎖，想出去幾次就幾次。官府發現這種情況，就讓官方人員有權在門外加上掛鎖，如有需要還可上門閂。

我得知阿德門旁一條街上有戶人家，因為女僕病了，全戶給關在屋裡。那名戶長透過朋友向長老議員及市長申訴，願意將女僕送進瘟疫醫院，可是被回絕了。依據規定，他家大門給標上了紅十字，門口上了前面提過的掛鎖，還有一名看守人守門。

那名戶長見事情無法轉圜，他與妻兒都得跟生病的女僕關在一起，便叫了看守人，要他即刻去請看護來照料女僕，否則要他們親身照料女僕，全家必死無疑。他坦白告訴看守人，如果他不去請看護，女僕不可能活下去，沒病死也會餓死，因為他不會讓任何家人走近女僕。反正女僕躺在四層樓之上的閣樓，任她怎麼叫也不會有人聽見她求救。

看守人同意了，照指示去找看護，當晚便帶回一名。這位戶長趁看守人不在，在他的店面打出大洞，直通店面窗戶下的鋪子。那兒原本有個鞋匠，可是想也知道，在那段苦日子裡，鞋匠大概不是死了就是搬走了。這名戶長有鋪子鑰匙，若是看守人守在門前，他弄那條通道進修鞋鋪，是不可能不驚動看守人的。他進了修鞋鋪，便靜靜坐在那兒，直到看守人帶了看護回來，第二天也待在那兒。可是隨後那天晚上，他們拿另一樁小事遣走了看守人，我猜是要他去找藥師給女僕拿膏藥，因為拿藥得等藥調好，可以絆住看守人一段時間，再不然就是其他能絆住看守人的事情。他趁看守人不在，把自己和一家子全弄出屋子，只留下看護和看守人埋葬那可憐的女僕，亦即把她扔進運屍車，並且照看房子。

這樣的故事我還能說上許多個。在那難捱的一年裡，我聽說過不少這樣的事情。故事夠有趣，很顯然都是真的，或是很接近事實的。也就是說，事情大致上是真的，因為在那種時候，沒人能弄清楚所有細節。不少地方也傳出對看守人施暴的事。從瘟疫開始到結束，少說也有十八名或二十名看守人因而送命，或是差點傷重不治。這些事端應該是住家遭封閉的人企圖闖出，受到攔阻才鬧出來的。

實在也不能指望別的。這麼多住宅給封閉了，宛如監獄，把人們關起來，然而這些人並未犯罪，純粹只是不幸。這才是真正教他們無法忍受的。

遭到封閉的住家，或可稱為監牢，卻又不能算是真正的監牢，因為那裡僅有一名獄卒，而他得看守整棟屋子，許多屋舍又有數個出入口，有的多，有的少，有的可以從數條街道進出。一個人不可能守住所有通道，防止人逃走。給關起來的人或是被自己的處境嚇壞了，或是憤慨官府這種做法，或是承受染患瘟疫之苦，心生絕望，有人甚至會負責跟看守人講話，讓家人從屋子另一頭逃走。

例如，柯爾曼街自來就有許多小巷，其中一條叫懷特巷。那兒有棟屋子被封閉了，屋後無門有窗，窗外院落有路通到貝爾巷。警方派了看守人日夜輪班，守在門口。那戶人家卻趁著夜色，從窗戶進了院落，任兩個可憐人空守近兩週。

離那戶人家不遠處，還有人用火藥轟看守人，把人嚴重燒傷。可憐的看守人發出可怕的吼叫，可是沒人敢上前幫他。那戶人家還動得了的人，都從一層樓上的窗戶逃了。等他們走了，兩個因病留下的人才呼救，於是得到看護照料，逃走的人則消失無蹤。後來瘟疫過了，他們也回來。但因為這件事沒有證據，不能拿他們怎麼樣。

要知道，這些監牢可不比一般的監牢，是沒有鐵條和門閂的。所以，人們自個兒從窗戶溜出去，甚至就當著看守人的面，可持槍械，威脅那可憐人說，如果亂動或求援就要傷害他。

也有些房子，和鄰舍隔著花園、牆壁、樁籬、天井或宅後小屋。憑著屋主和鄰居的交情，再懇求一番，就可以越過這些牆或是樁籬，從鄰宅出來；或是買通鄰宅的僕人，讓他們晚上取道鄰宅溜走。簡單說，封閉屋舍不是明智之舉，也無甚作用，倒是會把人逼上絕路，無所不用其極，但求能逃出生天。

更糟的是，逃走的人帶著瘟疫出走，散播瘟疫。若非他們如此絕望，或許不致如此。無論是誰，考量這些案例的種種情況，必然會同意這種監禁確實十分嚴厲，讓許多人沉溺於絕望之中，無法自拔，不計危險逃走。他們已然瘟疫罩頂，不知何去何從，也確實沒意識到自己做了什麼。許多這麼做的人走上了可怕的絕路，因為匱乏而死在街上或野外，或是發高燒倒下。也有的流浪到鄉間，之後便漫無目標，任由絕望領著他們前行，不知自己身在何方，不知何往，直到頭也昏了，人也倦了，還是得不到任何救助。不論染病與否，行經的住家及村莊都不讓他們借宿，他們就死在路邊，或是進了人家的糧倉，死在那兒，沒人敢上前幫忙。儘管他們未必都染上了瘟疫，但要說自己沒病，也沒人會信的。

另一方面，當瘟疫初找上一戶人家時，就意味這家有人外出不慎染上瘟疫，把病帶回來。他們察覺家人染疫的時間，肯定早過官方。而照官府命令，得知有人染疫，檢驗官就得調查所有病患的狀況。

從病人發病到檢驗官來之間的時間，一家之主只要有地方去，仍可從容離去，甚至將全家一併帶走，這是他的自由。很多人就這麼做了。但此舉非同小可，許多這麼做的人走後真的發病，就這麼把瘟疫傳給好心接待他們的人。不容否認，這很殘忍，忘恩負義。

這多少造成民眾普遍憎惡瘟疫患者，可說引發民怨，認為這些人一點也不小心，不在乎把病傳給別人。我不知道這是真是假，但這種想法多少是真的，只是那種人沒有想像中多。我不知道究竟出於什麼自然因素，讓人們雖然隱約知道自己就要去受神的審判了，卻還是做出此等惡事。我很慶幸那不可能出於宗教與教義，就如那不可能是出自寬容與慈愛，這點下文再提。

我現在要說的，是那些因為害怕被關，鋌而走險的人。他們在被關之前或之後用計逃走，或是硬闖出去，但他們走後苦難卻不減反增，實在悲哀。不過，也有很多這麼逃走的人有別的寓所可去，他們到了就把門鎖起來，躲在裡面，等瘟疫結束才出來。許多人家眼見瘟疫要來了，囤積足夠全家使用的必需品，鎖上門，不再外出，完全沒有人見過他們或聽說他們的消息。到瘟疫平息了，他們才出來，身康體健。我若是記起幾個這種例子，再談他們是如何辦到的。對無法離開的人，或是在外地沒有地方避難的人，這是萬無一失的做法。他們這樣與世隔絕，直如置身百哩之外。我不記得有哪戶這麼做的人家，計畫失敗，染上瘟疫。這些人中最出色的是幾位荷蘭商人。他們把自己的屋子弄得像是遭到圍攻的小要塞，沒有人員進出，也沒有人能靠近。最成功的一戶位於索羅摩頓街一個院落，屋子面向織工園。

不過，我要回頭說被治安法官封屋的人家。這些人家的慘況無法以言語形容。最淒厲的尖聲哭叫，往往就是從這些屋子傳出來的。裡頭的可憐人眼見至親的狀況慘不忍睹，再加上自己也被關起來，心生恐懼，甚至是給嚇死。

我記得一位夫人。如今我一邊寫這個故事，一邊還彷彿聽見她的叫聲。她有個獨生女，十九歲，頗為富有。住的屋子裡沒有其他親人，就她們倆。一日這女孩與母親、女僕一道出門，我不記得是出門做什麼了，總之，她們的屋子沒有遭到封閉。可是她們回家後約莫兩小時，女孩說她不舒服，再過一刻鐘，她吐了，頭疼得厲害。她的母親大駭說：「上帝保佑，可別是瘟疫啊！」女孩頭愈來愈痛，做母親的便照對初染疫者的一般療法，命女僕把床弄暖，打算讓女兒上床，想法子讓她發汗。

女僕烘床時，做母親的幫女兒褪下衣服。她把女兒送上床，舉著蠟燭審視，旋即在女兒大腿內側看見要命的瘟疫病徵。她無法自持，一把扔掉蠟燭，駭得大叫，無限驚恐。那叫聲，即便是世間心腸最硬的人聽了，也要膽寒的。她昏倒了，不是因為哭叫過度，而是整顆心都給恐懼攫住了。不一會兒醒來，她滿屋亂跑，一會兒上樓，一會兒下樓，像是發狂的人，而她也真是發狂了，連著幾個鐘頭都無意識地嘶喊哭號，無法稍加控制。我聽說，她始終沒有完全恢復正常。至於那女孩，那時已必死無疑，全身都是伴隨斑點而來的壞疽，不到兩個鐘頭就死了。可是女兒嚥氣幾個小時後，做母親的仍在大喊大叫，渾然不知女兒死了。

我想那母親一直沒有恢復正常，兩、三個星期後就死了，不過事隔這麼久，我也不大肯定。

這件事極為特殊，加上我對此事知之甚詳，就說得仔細些。這類事情不計其數，卻鮮少登上每週死亡公報，頂多就是在受驚一項有兩、三人，其實那大可稱為嚇死。除了當場嚇死的，也有許多人給嚇得走上其他極端，有的瘋了，有的失憶了，還有的失去理解能力。不過，我要回頭說封屋的事。

有人在封屋後用計離開，但也有人是拿錢賄賂看守人，趁夜色溜走。我得承認，我覺得這種墮落或賄賂之舉，全然無辜，那時是任何人都可能犯下的。因此，只能同情這些可憐人。有三名看守人被人買通，讓那些苦命人離開，結果給當街抽打，我認為是失之嚴厲了。

儘管法令嚴苛，賄賂仍是這些可憐人最常用的法子，許多人設法籌錢，在房子封閉後離開。可是，這些多半是有地方去的人。雖說八月一日後要到外地就不容易，可是要避難有的是方法。我前面約略提過，有人搭帳棚野營，帶了鋪蓋或麥稈以供躺臥，備妥糧食，住在帳棚裡，宛如隱士住在小室一般，反正也無人敢冒險靠近。這種故事不少，有的逗趣，有的悲慘，有的生活有如在荒野流浪的朝聖者，以令人難以置信的流放形式逃走，而在那種情況下，他們所擁有的自由卻超乎預期地多。

我知道一個故事，是說兩兄弟和他們一個親戚，都是單身，可是在城裡待太久，走不了了。他們實在不知能上哪兒避瘟疫，又沒有出遠門的交通工具，為了保命，情急之下想出了個法子，這法子是如此簡單，奇怪的是當時沒有更多人那樣做。他們境況不好，但不算太窮，還負擔得起一些生活所需，可以湊合著過日子。他們見瘟疫加劇，很是可怕，決定盡量走遠一點，遠走高飛。

他們其中一個打過之前的幾場戰役，更早是在低地國[12]打仗。他沒有一技之長，只會打仗，又受過傷，不能太操勞，就在瓦平一家麵包坊做船員食用的硬麵包，做了有一陣子了。

他的胞弟原是船員，可是不知怎麼傷了一條腿，不能再出海，便在瓦平那一帶幫人縫帆，維持生計。他管理財務有一手，攢了一點錢，是三人裡最寬裕的。

第三人是個細木工，手很靈巧，身無長物，只有一箱工具。有這箱工具，無論何時何地，他都能過活。可是碰上瘟疫，他也沒輒。他住在薩德威爾一帶。

他們全住在斯戴尼教區。我說過了，那邊到最後才發生嚴重瘟疫。他們留在那裡，眼睜睜看著瘟疫在城西消退，朝他們住的城東而來。

這三人的事蹟，如果讀者願意讓我從他們的角度來說，又不要求我擔保細節詳實無誤，不要求我解釋任何錯處，那麼我當盡力交代清楚。相信不論是誰，碰上這種大難，都可取法。若蒙上帝垂憐，不讓人間再發生這種慘事，希望這個故事仍可應用在許多方面，不致有人說我是浪費筆墨。

不過，講他們的事情之前，我還有許多個人經歷要說。

瘟疫初期，我隨意出外走動，但沒有隨意到不顧自身安危，僅有一次例外。那時我們阿德門教區的教堂墓園正在挖墳坑。那大坑實在可怕，我按捺不住好奇心，上前去看。我估計那個坑約四十呎長，十五、六呎寬，九呎深。不過，聽說後來坑的一部分挖到二十呎深，沒再往下挖是怕挖到地下水。看來，他們之前就挖過數個大坑了，才會知道有地下水。儘管瘟疫很晚才蔓延到我們教區，可是等瘟疫當真到來，倫敦及其鄰近教區無一像阿德門和白禮拜堂兩個教區那樣，承受如此重創。

我說，瘟疫在我們教區擴散，尤其是八月時，我們教區也有了運屍車來回收屍，另一塊地也挖了好幾個坑，一個坑大概埋五、六十人。後來，他們開始挖更大的洞，一個個都可供運屍車連倒一週屍首。八月中、下旬，一週便收到兩百具到四百具屍首。他們不能把洞挖得更大，因為官方規定，屍體離地表不得少於六呎，而地下水層大概在十七、八呎深，所以一個坑內不能放更多屍首。可是到了九月，瘟疫更加狂暴，我們教區的下葬人數大增，遠超過

12　低地國：現今盧森堡、荷蘭及比利時。

倫敦一帶任何教區。他們於是下令開挖這個可怕的深坑；說它是深坑，是因為它實在很深。

這個坑開挖時，他們估計好歹可以用上一個月。有人非難教會委員，說他們挖這麼恐怖的玩意兒，是盤算說就算整個教區人都死光了也埋得下云云。可是時間證明，教會委員比他們清楚事態。我想這個坑是在九月四日完成，六日啟用，到了二十日，亦即區區兩週後，裡頭埋了一千一百一十四人，屍體堆到了離地表六呎，不得不封上。雖然我懷疑此事還找得到人證，但教區裡或許還有一些長者知道這件事，甚至比我清楚那個坑在教堂墓園的位置。瘟疫結束多年後，墓園地面上還見得到那個坑的痕跡，那痕跡與墓園西牆的小路平行，彎向杭斯渠路，再東行到白禮拜堂，直至三修女旅舍附近。

九月十日前後，我在好奇心引導下，或者該說是好奇心驅使我再去看那個坑。那時坑裡埋了近四百人。我不願像上次那樣白天去，因為所有屍首一扔進坑裡，俗稱的埋葬工或搬屍工便立即覆土，所以白天只看得到鬆土。我打算晚上去，這樣才看得到屍首扔進坑裡。

官府嚴禁人們靠近墳坑，純粹是為了防止感染。過了一陣子，這道禁令更形重要。瘟疫病患垂死時會神智不清，有的就跑去這些坑那裡，身上裹著毯子往裡跳，說是要埋葬自己。我不知道埋葬工有沒有碰過自願躺在坑裡的人。可是我聽說，在克里波門教區芬斯柏瑞那兒曠野上有個大墳坑，那時尚未圍起，許多人跳進去，還沒來得及在身上灑土就斷氣了。等工人來埋其他人，發現他們，人是死透了，但身子還沒冷。

這或可讓讀者對我那天見到的可怕情景，稍微有點概念。不過，不管如何描述，未親眼目睹，是不可能有真確概念的。只能說，那確實非常、非常、非常可怕，可怕到言語無法形容。

我進得了教堂墓園，是因為認識負責的教堂司事。他完全沒有拒絕我，只是殷殷勸我別去。這個虔誠、明理的好人，神情十分肅穆，說他們本來就有責任不計風險埋葬死者，但願他們能因盡忠職守全身而退，但我卻不是非去不可，純為好奇。他相信，我不會說好奇心是冒這種險的充分理由。我答說心意已堅，定然要去，何況，到時看到的景象或許能給我一點啟示，不會全無助益。這名好人於是說：「好吧，如果你願意為這個原因冒險，以上帝之名，去吧。那會像是一場佈道，或許還是你這輩子聽過最棒的佈道。那景象是會說話的，是有聲音的，一聲聲呼喚所有世人悔改。」他開了門說，想去就去吧。

他這席話稍稍動搖了我的心意，我佇立良久，在那當下，我看到兩個照路人從麥諾林斯路路口過來，還聽到鈴聲，接著運屍車就映入眼簾了。我無法按捺，一心想看，便進了墓園。一開始沒看見人，也沒見人來，只看到埋葬工和駕運屍車的，或者該說是牽著馬和車的人。可是，當他們走到坑邊，卻碰上一個人在那兒徘徊。那個人披著棕色斗篷，手在斗篷下比畫著，似乎極為苦惱。埋葬工即刻聚上前去，以為他是前述那種可憐人，不是病得腦袋糊塗了，就是絕望得要來埋葬自己。他一言不發，走來走去。有兩、三次，他發出深深沉吟，嘆著氣，彷彿心要碎了。

埋葬工靠上前去，很快發現他不是前面提過的那種人。他並非病重絕望，也不是神思紊亂，只是悲傷太甚。他妻子和幾個孩子全在剛到的運屍車上，他極度哀慟，跟著車由衷追悼。那種男性的悲傷，顯然不能用眼淚宣洩。他鎮靜地要工人別管他，說見到遺體進坑就會走。工人交代他說話要算話，就不管他了。可是他沒料到運屍車掉了頭，屍首即胡亂倒下坑。他以為工人至少會好好把人放進坑裡。雖然他事後想想，也承認那種做法不可行，但那時見到屍首給倒下，他大叫起來，無法自制。我聽不出他嚷些什麼，只見他連退兩、三步，昏倒在地。工人跑上前去，扶他起來。不久他醒了，工人送他到杭斯渠路路口對面的喜鵲酒館。那兒有人照料他，看來店家是認識他的。他離開墳坑時，又再望著那個坑，可是屍首一入坑，埋葬工便覆土上去。坑邊有七、八堆土，或許是更多堆，上頭擺著提籠，提籠裡點著蠟燭，整夜都亮著，所以光線還夠，可是什麼也看不到。

那景象確然淒慘，給我的震撼和後半夜的經歷幾乎一樣深。可是我那後半夜的經歷，卻是極其醜惡駭人的。那輛運屍車上有十六、七具屍首，有裹亞麻布的，有裹毯子的，也有的幾近裸體。有些裹太鬆，進坑時裹屍布掉了，屍首赤條條和其他屍首堆在一起。這對死者來說無所謂，他們不會在乎誰暴身露體，反正他們都死了，就要依偎同葬。那墳地或可稱為人類公墳，裡頭人人平等，不分貧富，同埋一處，沒有別的葬法，也不可能有，因為這種災難會奪走大批人命，沒有足夠的棺材可以應付。

有流言說埋葬工很惡劣。有些屍首送來時裹得齊整（這是當年的說法），就是屍首用布裹好，而且用的通常是上等亞麻布，於頭、腳處打結。據說埋葬工收到這種屍首，會在運屍車上將布取下，讓死者赤身入土。但說基督徒行事會如此卑鄙，我實難置信。那段日子恐怖萬狀，我只能把這件事說出來，不評判真假。

也有數不清的傳聞，說看護行徑殘酷，加速病人死亡。不過，我會在後文恰當的地方再提這些事。

先來說完那晚的事。我見了那種景象，十分震驚，差點沒愣在原地，離開時心上萬分難受，感到說不出的痛苦。我出了教堂，轉進一條街正要回家，見到另一輛運屍車，車上有照路人，還有一名打鈴人，就在我前面，從屠夫路哈洛巷出來，走在路另一邊，過街朝教堂去了。我猜那輛車滿載屍首。我停駐了一會兒，無心再回墓園看那淒涼景象，便回家了。在家裡，我禁不住思量自己冒的險，但相信自己未受感染，滿心感激。而我也確實未受感染。

那時，我又想到那位不幸的人，想到他的悲痛，實在無法不掉淚，或許掉的比他還多。他的境遇沉沉壓在我心頭，我無法說服自己留在家裡，一定得再出門一趟，到喜鵲酒館探問他的狀況。

那時是凌晨一點，可是那位可憐人還在那裡。實情是，那兒的店東認識他，不顧可能被傳染的風險款待他，讓他待在店裡。不過，這位先生看來是完全健康的。

提起那家酒館就令人感到遺憾。那店家為人和氣有禮，也夠樂於助人了。那時他們仍舊開店，但不若往常公開。在那段恐怖的日子裡，一班惡漢夜夜在店裡聚會，縱情狂歡，言語放肆。這種人在太平盛世也是這副模樣的。他們的行為這樣乖謬，店東夫婦初時覺著丟臉，後來也怕起他們。

他們通常坐在臨街的廂房，總是待到深夜，所以運屍車走過街尾到杭斯渠路時，他們還在那兒，從窗戶就看得到。他們聽到運屍車的鈴聲，往往立刻開窗觀看。他們可能常常聽到路上或窗外有人跟在運屍車後頭哀哭。每當聽到這些哭聲，特別是有人呼喊上帝垂憐時，他們便無禮地加以模仿，取笑一番。而在那時，很多人平時走路也喊上帝垂憐。

前面說過，那個人被埋葬工送到店裡。騷動引得那班人動了火，怒沖沖說店東怎可收容這種從墳地帶出來的傢伙（他們是這麼稱呼他的）。店東答說，這個人住在附近，身體健康，只是家裡遭逢巨變，一時無法接受云云。這班人轉移怒火，揶揄起這個人，嘲笑他為妻兒哀傷，譏諷他想借膽跳下大坑上天堂。他們冷嘲熱諷，言語極為粗鄙乃至瀆神。

我回到酒館時，他們正在挖苦他。依我看，儘管這個人靜靜坐著，不發一言，任由他們口出穢言，只自顧自哀傷，可是他既傷心又受了冒犯。這些人的性格我是夠了解的了，其中兩人我還認得，於是我輕輕指責了他們兩句。

他們隨即惡言相向，胡咒一通，質問我在這種時間鑽出墳墓幹什麼。說那麼多老實人都給送進了教堂墓園，我還不在家祈禱，自己別也上了運屍車云云。

這些人這般厚顏無恥，我深感訝異。不過，我完全沒有因為受到這等待遇就失去理智。我不慍不火說，不管他們或是世上任何人，若是胡亂指責我，我是不能接受的；但我同意，在上帝降下的這場可怕天譴裡，許多比我好的人都走了，給送進墳墓。我直接回應他們的質問，我說，他們百般褻瀆、胡亂詛咒的那位偉大上帝，仁慈地保我平安；而我相信，上帝出於慈愛，特意保護我，其目的之一，就是要我指責他們在這種時機還如此膽大妄為，尤其是要我指責他們，明知一位正人君子和鄰居（他們有人認識他）被上帝帶走家人，心裡正難受，卻還這樣譏笑人。

看來，我是給他們激得完全不顧忌禮數。他們聽了我這番話，回敬了些什麼惡劣、可憎的調侃話，我已無法確切記起。就算記得，我也不願意在此留下那可怕的謾罵及瀆神之語。在那種時候，就連街頭最等而下之的鄙俗人，也說不出那些話的。除開他們這種鐵石心腸，再邪惡的人那種時候心中也有畏懼，害怕瘟疫會在頃刻間毀滅他們。

但他們最可怕的妖言，是他們不怕褻瀆上帝，不怕說不敬神的話。他們譏笑我認為這場瘟疫來自上帝，嘲諷我提到「天譴」一詞。他們甚至還笑了，彷彿上帝的旨意與我們遭逢如此不幸無關。他們還說，看著運屍車載走死屍就呼喚上帝的人，全是宗教狂徒，荒謬可笑，愚昧無知。

我回了他們一些話。我自認用語得體，卻根本不能制止他們口出惡言，倒是激得他們罵更多。我承認，那讓我極感厭惡，怒火中燒，撂下話說恐怕那降臨全城的天譴就要找上他們了，他們的懲罰已經不遠，然後便走了。

他們聽了我的指責，嗤之以鼻，渾不在意，竭盡所能嘲笑我，想到什麼粗野無文的罵人話就一股腦兒說出來，想教訓我對他們說教（他們是這麼說的）。我見狀深感難過，便走人了，邊走邊向上帝默禱。雖則他們如此侮蔑我，我仍為他們祝禱。

這件事過後，有三、四天時間，他們仍舊惡形惡狀，只要見到信仰虔誠、行為端正的人，或是聽到有人談及上帝降下可怕天譴，都要揶揄一番。聽說，有些善良的人無懼感染，聚在教堂齋戒，祈求上帝鬆手，不要傷害他們，結果碰上這班人，遭到訕笑。

他們持續那種可怕行徑三、四天，我想沒超過那個天數，便有一個人遭到天譴，染上瘟疫，死狀極慘。這個人，就是問那可憐人「跑出墳墓幹什麼」的人。總之，他們都在前述的大坑封坑前給一個個送了進去，而那大坑啟用約兩週便封坑了。

這些人許多放肆言行是有罪的。諸如，在那種恐怖局面下，人大概都要發抖，那是人性。可是，只要瞥見人們有宗教行為，尤其是看到人們在這場苦難裡群聚做禮拜，懇求上天垂憐，他們都會加以嘲諷。因為他們聚會的酒館可以看到教堂大門，所以他們有得是機會出言瀆神，引以為樂。

可是，前述事件發生之前，他們放肆的機會少了些。因為那一帶疫情加劇，十分猛烈，人們不大敢上教堂，至少人數不如往常。許多神職人員死了，沒死的也下鄉避瘟疫。在那種時局，一個人真要勇氣過人、信仰堅定，才有膽子冒險留下，也才會有膽子在教堂工作，擔任牧師主持聚會，面對許多他有理由相信已染上瘟疫的民眾。這些聚會有的教堂一天辦一次，有的兩次。

人們確實異常熱中於宗教。因為教堂大門永遠敞開，不管教堂有沒有牧師，隨時都有人自個兒進教堂，占用一張長椅，打心坎底向上帝熱誠禱告。

其他人則依循個人信仰，各自群集聚會，可是這些宗教行為全給那班人拿來取笑，尤其是瘟疫初起時。

看來，已有數個不同教派的好人，勸誡那班人不要公然侮蔑宗教。我想正是因為如此，再加上瘟疫鬧得很凶，他們的粗野言行其實收斂一陣子了。只是那位先生被帶進酒館時，他們可能聽到了粗鄙、瀆神之語，才會放縱起來。而我非難他們，大概也是受到邪惡氛圍影響。儘管初時我還竭力保持冷靜自制、中規中矩，卻招來更多侮辱，教他們以為我怕他們。不過，他們事後發覺並非如此。

我是回家了，為這些人可憎的惡毒而傷心難過。他們無疑會成為天譴的可怕範例。我認為，這場苦難是神復仇的特殊時節，上帝會特別挑出合宜的對象，施以比平日更嚴厲的處置，彰顯祂的不悅。我確信許多好人會在這場大難中逝去，實情也是如此。我也相信，在這種大毀滅中被挑出來的人，日後能否得到永生，是說不準的。可是我相信，雖然上帝平時十分仁慈，忍受公然與祂為敵的人，饒恕他們，但在這種時候，上帝不會再任人詆毀，否認其存在，蔑視祂的復仇，任人嘲笑信徒對祂的崇敬。我認為這種想法是合情合理的。這是懲處世人的日子，上帝發火之日，我想起了《聖經．耶利米書》第五章第九節，天主說：「我豈不因這些事討罪呢？豈不報復這樣的國民呢？」

我說，這些事壓在我心頭，回家只覺得難過。這些人的乖張令我驚愕，怎會有人如此卑鄙、心硬、歹毒邪惡，竟如此侮蔑上帝、祂的僕人、對祂的信仰，更別提還是在那種時機，上帝都已經拔出劍了，不僅要向他們復仇，更要向所有人復仇。

起初我確實有些激動，倒不是因為他們冒犯我個人，而是聽見他們瀆神給嚇到了。他們也對我說了許多難聽話，我是說針對我個人的攻詰，我十分懷疑心中的憤恨是否純然出自我個人。可是過了一會兒，我帶著沉重的心回家，一到家就歇息，畢竟一夜沒睡了。我謙遜地感謝上帝，在那麼危險的時候保我平安。我誠心誠意為那些鋌而走險的不幸之人禱告，祈求上帝寬恕他們，打開他們的眼界，讓他們謙恭。

我這樣做，不僅是盡本分，替存心為難我的人禱告，同時也是全面檢討自己的心。我很滿意檢討的結果，儘管他們攻詰我，我心中卻沒有絲毫怨憤。請各位聽我一句話，祈禱有助辨識並確認自己的熱忱究竟是為了彰顯上帝，抑或只是自己情緒激動及憤慨。

說到這裡，我得先說點別的。我想起一些那時的事情，主要是瘟疫初期官府將病人關在各自家中時的事。這是因為瘟疫鬧得太凶之前消息比較流通，我聽說的事比較多；到了瘟疫最猖狂時，人們就不再像以往那樣交談了。

我提過了，官府封閉民宅時有些看守人遭到攻擊。當時是找不到士兵的，國王沒有多少護衛，跟現在完全不能相比。那時士兵四散，不是跟著宮廷去了牛津，就是在偏遠鄉下，只有一些留在倫敦塔及白廳[13]，但人數極少。我不確定倫敦塔是否只有俗稱的獄吏駐守。他們站在門口，穿戴跟國王侍從一樣的長袍及帽子。另有二十四名一般炮兵，外加奉命看管彈藥的軍官，即所謂的軍械士。至於受過訓練的民兵，是不可能募集到的。就算倫敦或中薩的陸軍中尉要召集，我相信無論如何絕對召不到人。

結果，看守人更是被人看輕，他們受到的攻擊或許因此更殘暴。我提這點是要說明，不該將人關在家裡給看守人看守。首先，成效不彰。人們或是施暴，或是施計，照樣出得來，甚至是想出來就出來。再者，逃走的人多半是病患。他們在絕望中四處亂跑，不在乎傷害別人。或許就是因為如此，才會出現我前面提過的傳聞，說人染上瘟疫自然會想把病傳給別人，那真是一派胡言。

這點我再清楚不過了。我認識不少人，都是些善良、虔誠、敬神的人。他們的親人染上瘟疫，不但沒有試圖感染別人，反倒禁止家人和親戚往來，希望能讓親戚倖免於難。他們死時連至親都不肯見，就怕把病傳給別人，使親人陷入危險。如果說，有瘟疫病患輕忽，把病傳給其他人，那麼我要說的故事，就算不是一般情況，也絕對是一個個案。一般情況是，病患闖出遭到封閉的家舍逃走，為了取得糧食或協助而走上極端，竭力隱瞞病情，有違初衷，將病傳給不明就裡、疏於防備的人。

這也就是何以我至今依然相信，強制封屋、限制人們自由，或者說白一點，就是將人監禁在自宅，整體來說效益有限，甚至沒有作用。我更認為，這項措施傷害很大，逼得人走上絕路，帶著瘟疫在外遊蕩，否則他們本來會在自己床上靜靜嚥氣。

我記得一位住在阿德門街一帶的公民，就是因此逃出家門，一路到了伊斯靈頓。他去了至今仍在的天使旅舍及白馬旅舍，想要投宿卻遭拒。於是他到了至今也還在的雜毛牛旅舍，說要住一晚。他佯稱要去林肯郡，向店家保證他十分健康，沒有染上瘟疫，而當時瘟疫也尚未在那一帶肆虐。

店家說次日會有趕牛人趕牛來，他們已訂了床位，所以只能讓他在閣樓住一晚，沒別的床位。他說好，於是店家叫女僕拿蠟燭帶他去房間。他衣著十分考究，看來不像是住慣閣樓的人。到了閣樓，他深深嘆了一口氣，對女僕說：「我還是第一次住這種地方。」可是，那名女僕再次向他保證，那真的是僅剩的床位。他說，好吧，時機不好，就將就點，反正只住一晚。於是他在床邊坐下。我想，他吩咐女僕給他溫一品脫麥芽酒，可是店裡正忙，女僕可

13 白廳：Whitehall，當時一處王室居所。

能一忙就把這件事拋諸腦後，沒端酒給他。

翌晨不見這位先生下樓，有人問帶他上樓的女僕他是怎麼了。女僕答說：「哎呀，我把他忘了，他要我給他暖酒送去，可是我忘了。」聽到這段話，有人上樓查看他發生什麼事（不是那名女僕）。那個人進了他的房間，發現他已經僵死，身子差不多冷了，直挺挺橫在床上，衣服扯掉，下顎下垂，雙眼圓睜，姿態頗為嚇人。他一手緊緊抓著床上的毯子，顯見女僕走後沒多久就死了。倘若她送酒上去，大概會發現他才在床上坐下幾分鐘便死了。這一驚非同小可。誰也猜得到，他們本來離瘟疫遠遠的，這下出了這種事，瘟疫便找上門，隨即也找上附近人家。我不記得光是那家店就死了多少人，但我想，那個帶他上樓的女僕沒多久就因為受驚病倒，還有好幾個人也是。在那之前，伊斯靈頓一週僅有兩人死於瘟疫，而那週之後死亡總數是十七人，其中十四人死於瘟疫。那一週是七月十一日到十八日。

有些人家因為家人染上瘟疫而搬離，這種人還不少。情形是這樣的，他們一染病，就逃到鄉下投靠朋友，行前通常會託鄰居或親戚看管房子，保管財物安全。有些房子確實是封個密密嚴嚴，門上加了掛鎖，門窗都釘上板子封好，只託一般看守人及教區官員在屋外巡視，可是這種人家極少。

一般認為，遭自治市及市郊居民棄置的屋舍不會少於一萬戶，這含括外圍教區、索立、人稱南華克的河對岸地區，但不包括旅客及逃離家園的人。因此，全部算進去，約有二十萬人逃走，這點下文再提。在此先說一點，就是有兩棟寓所的人，如果家裡有人病了，通知檢驗官或其他官方人員之前，戶長會迅即將家裡其他人全部送走，連孩童、僕人也不留。送去的地點自是他的另一處寓所，然後才向檢驗官通報有人病了，安排好一名或數名看護，再找個人跟他們一起關進屋子（只要有錢拿，許多人願意這麼做）。如此，倘若病人死了，屋子才有人打點。

許多人家便如此保全下來。倘若他們全跟病患關在一處，必死無疑。不過，話再說回來，這也是封屋惹出的麻煩。許多人知道自己要被關起來，心慌意亂，隨全家人一起逃走。儘管這些人生病的事尚未外傳，病情也還不大嚴重，但他們終歸是染上瘟疫的人。他們保全了行動自由，但仍是隱瞞病情，或是病了而不自知，因而把病傳給別人，讓瘟疫大幅擴散，這點下文再詳談。

在此我或可說些自己的所見所思，日後倘若再有這種大瘟疫，或能供人參考。一，瘟疫大多是僕人從外頭帶進門的。僕人因為職責所在，必須外出採買，要買菜、買藥，上麵包店、酒廠及商店等。他們得走過大街小巷到店家及市場等地。不管怎樣，他們必然會碰上瘟疫患者，沾染那致命的疫氣，將瘟疫帶回雇主家。二，倫敦市這麼大，卻只有一家瘟疫醫院，實在遠遠不夠。這家醫院在邦丘原野那邊，頂多只能收容兩、三百人。我認為，醫院應該不止設立一家，而是好幾家；每一家一千個床位，每個床位只躺一人，不擠兩人；每間病房只放一張床，不擠兩張床；每戶戶長應該在家裡有人生病時，尤其是僕人生病時，立刻將人就近送醫（但必須病人自己同意，其實許多人是願意住院的）；檢驗官也應這樣處置任何染上瘟疫的可憐人，我是說在不違背病人的意願下，絕不能強迫他們。我至今依然深信，倘若當時這樣做，而且不封閉屋舍，就不會死那麼多人，可以少枉死數千人。這是我的觀察心得，我可以舉出數個實例，證明如果一個僕人染上瘟疫，他的主人若是將人送走，或是如前述那樣，把握時間搬走，留下病人，全家將倖免於難；而一戶人家如果有了瘟疫病人，任由屋子給封了，結果全家是一一死去。搬屍工得進屋去搬出屍首，因為死者家人也病了，無力搬出屍首。到最後，屋裡連個活人也沒有。

三，我確定這場大難是傳染造成的。也就是說，是水氣或氣體引發傳染，醫界稱之為濁氣，來自病人的呼吸、排出的汗水、瘡的臭味，或是來自其他地方，甚至可能連醫師也不知道源頭。健康的人如果離病人太近，就會沾上濁氣，重要器官立刻受到侵襲，血液馬上發酸，擾動其心，讓人狂躁不安。這些初感染的人，又以同樣的方式傳給別人。對於這點，我會舉幾個事例證明，人們若是認真思量，一定也會贊成的。現在瘟疫結束了，我無法不納悶，怎麼會有人說瘟疫是來自天上的一擊，沒有任何媒介，是衝著特定的人來的，不相干的人自會沒事。我認為此說源自極度愚昧與宗教狂熱，實不足觀。另一派說法也愚不可及，說什麼瘟疫純粹是空氣傳染，有大量昆蟲和肉眼看不見的生物藉著瘟疫，在我們呼吸時進入體內，甚至飄落在我們的毛孔上，然後釋出劇毒或毒卵，混入血液，感染人體。此說純粹是來自後天的愚蠢及普世經驗的累積。這點，我會適時在下文再做說明。

在此，我必須說，倫敦居民漫不經心，這是最致命的。他們早就知道瘟疫要來，卻全不做準備，沒有備妥存糧，也沒有積存其他必需品，否則就能躲在家裡不出門。前面提過，許多人就是如此謹慎，採用這個方法全身而退。到後來大家對瘟疫有點麻木時，當真染上瘟疫的人又跟瘟疫初起時一樣，絕口不說，明知自己病了也不說。

我承認，我也屬於那群思慮不周的人，沒有囤積必需品，僕人只得跟沒鬧瘟疫時一樣，出門為我買零零碎碎的東西。等我察覺到自己的愚昧，也已經很晚了，幾乎來不及囤積一個月分量的生活物資。

我家中只有一名老婦人為我打理房子，還有一名女僕、兩名學徒，再加上我。我們身邊染上瘟疫的人日增，我心裡直發愁，一再思量該怎麼辦、怎麼做。出門只見處處淒涼，看得我心驚肉跳，懼怕起瘟疫。瘟疫本身確實可怕，有些患者病情又格外嚴重。那類腫塊通常長在頸項或鼠蹊，當腫塊變硬了又不破，那種疼痛不亞於受到殘酷刑求。有人受不住折磨，或是跳樓自殺，或是舉槍自盡，或是用別的方法尋死。這種慘事我見過好幾樁。有人痛得受不了，不停吼叫，一聲聲哀號走在路上就聽得到，直要刺穿人心，再一想到自己隨時都可能染上同樣的病痛，心裡就更害怕了。

我不得不說，我留下的決定動搖了。我的心也背叛我，深深懊悔自己太草率。每回出門看到那些可怕的事情，就後悔自己太魯莽，居然冒險留下。我常常希望自己沒有留下，而是跟著哥哥一家人走了。

看了那些恐怖的景象，我有時會在家幽居，決定再也不出門。這種決心每回大概能維持三、四天，其間多半時候我都在深深感謝上天保我全戶人員平安，不斷招認自己的罪行，每天都向上帝悔罪，透過齋戒、自罪及沉思向上帝祈求。其餘時間我便看書、寫備忘錄，記下每天碰到的事。由於這部紀錄是寫我對外界的觀察，所以內容多出自備忘錄。至於我個人的沉思錄，僅供個人使用，希望無論如何都不公開。

當時我也記下了對神學議題的思索，只對我個人有益，不宜給人看，就不多提了。

我有一位摯友是醫師，名叫希斯，那段悲慘時日裡我常去找他，他也常來找我。我很感謝他給了我許多忠告，給我指引。當他知道我常外出，便教我如何預防感染，還教我走在路上要摀住嘴巴。因為他不僅是一位好醫師，還是好基督徒，能和他暢談，是我度過那段可怕時光的一大支柱。

到了八月，我家那一帶瘟疫十分猖狂又可怕。希斯醫師來看我，得知我常冒險外出，力勸我和家人待在家裡，誰也不要出門；還要我們窗戶全部關上，百葉窗和窗簾放下，絕不可打開。不過，得先在門窗打開的房間燃燒松脂、瀝青、硫磺或火藥之類的東西，用濃煙燻烘。我們就這樣足不出戶一段時間。可是，因為我沒為此囤積物資，不可能完全不出門。儘管要囤糧為時已晚，我仍設法補救。首先，因為我有釀酒和烘焙的簡便設備，便買了兩麻袋粗磨麵粉。有數週時間，我們就用自己的烤爐烤麵包。我還買了麥芽釀啤酒，把我所有的酒桶都裝滿，夠全戶飲用五、六週，並囤積大量鹹奶油及柴郡起士。可是我沒有鮮肉。對街是有屠夫和屠宰場（現在那兒屠夫多是出了名的），可是瘟疫在他們之間肆虐，最好還是別過街跟他們混在一起。

在此我得再說一次，由於民眾得出門採買，因而染上瘟疫，在全城各處造成嚴重傷害。就連食物也常有問題，至少我有十足理由做如是想。因此，我不能說有完全做到我所知道的防疫措施。雖然據說市集攤販都不曾受過感染，我可不敢採信。我很肯定在倫敦最大的鮮肉集散地白禮拜堂，瘟疫鬧得很凶，情況嚴重到幾乎沒有屠夫營業。沒死的屠夫則在裡頭照舊宰殺牲口，再用馬匹載到市場。

可是窮人無法囤積物資，只能上市場買，而其他人則是遣僕人或自己小孩去買。因為買菜是每日例行公事，大批不健康的人都得到市場，害得許多本來健康的人把死亡帶回家。

人們的確盡量防範瘟疫。如果在市場買帶骨的肉，人們不會讓屠夫拿，而是自己從掛鈎上取肉。相對地，屠夫不會碰錢，而是要主顧把錢放進裝滿醋的罐子裡，以免碰到。顧客總是備妥零錢，以便支付零頭，避免找零。他們手上拿著香料瓶及香水罐，能用的方法全用了。可是，窮人連這些也無能為力，只能冒險。

有時一個男人或女人就在市場暴斃。這類慘事每天都聽得到，多得數不清。很多染上瘟疫的人自己並不知情，等體內的壞疽感染臟腑，不一刻就死了。因此，路上常有人這樣暴斃，全無先兆。也有的人就像前面說的那樣，或許還能走到最近的鋪子，或是隨便一個門廊，但坐下就死了。

這種事屢見不鮮。瘟疫正猖狂時，街上甚至幾無行人，倒有好幾具屍首，這裡一具、那裡一具地橫在地上。初時人們見到還會停下來，到附近屋舍叫人來幫忙搬走，後來就無人理會了。無論何時，只要看到路上有死屍，人們便改走路的另一邊，不靠近死者；若是在小路碰到，就回頭走別的路去辦事。這種路死屍，總是要等官方接到通知才會移走；或是等到晚上，負責運屍車的運屍工看到了才移走。做這些工作的人膽子很大，從不忘記去掏死者的口袋。有時碰上衣飾華美的死者，還會將他們的衣服脫下帶走。總之，有什麼拿什麼。

再回頭談市場。如果有人死在市場，屠夫們總是隨即要官方人員用手推車，就近把死者送去教堂墓園。這種事太頻繁了，甚至不像現在的死亡公報那樣，記為路上或野外發現的死者，而一概列為瘟疫死者。

可是瘟疫鬧太凶了，就連市場也無甚食物可買，買菜人數大不如前。市長下令，賣菜的鄉下人不得進城，只能在入城的路邊賣，賣了就走。鄉下人乖乖照辦，在進城的路口擺攤，甚至是在野外賣，其中以白禮拜堂、院原再過去的野外最多。請注意，現在稱作院原的市街，當年確實是大原野。有的鄉下人攤子是在南華克的聖喬治原野和邦丘原野，以及伊斯靈頓附近的林間原野。市長、長老議員、地方官員派他們的手下及僕人到那邊買東西，自己則盡量待在家裡。許多人也是如此。這樣一來，鄉下人便開開心心來賣東西，各式各樣的食品都有，鮮少因而染上瘟疫。我想，這也為他們奇蹟倖存的傳聞添上一筆。

至於我的小家庭，如前述囤積了許多麵包、奶油、起士和啤酒。我依照那位醫師朋友的忠告，和家人足不出戶，決定忍耐一點，情願幾個月不吃鮮肉，也不冒生命危險去買。

儘管我限制了家人行動，自己卻無法壓抑好奇心，完全關在家裡。我出門往往是又驚又懼地回家，卻仍克制不住，就是想出去，但確實不像初時那樣常常外出了。

當然，我哥哥託我照看他家，我得履行這小小的義務。房子是在柯爾曼街教區。初時我天天去，後來一週去一、兩次。

往返他家的路上，我見到很多慘狀，看到人死在街上，聽到女人厲聲尖叫。婦女在極度苦惱時，往往一把打開窗戶，淒苦而嚇人地叫起來。這些可憐人宣洩痛苦的姿態有千萬種，言語是不可能描述的。

一回，我行過洛斯巴瑞的托肯宅大院，正上方的窗扉猛地開了，一個女人尖叫了三聲，聲聲淒厲，接著大喊：「噢！死了、死了、死了！」那語調無法模仿，聽得我毛骨悚然，只覺一陣寒意襲來。整條街上別無他人，也無人聞聲開窗。那時，不管任何情況，都激不起好奇心。人們也不能彼此幫忙。於是，我舉步前往貝爾巷。

到了貝爾巷，我靠右邊走，聽到更恐怖的叫聲，不過喊叫的人不是直接對著窗外。那戶人家一團慌亂，閣樓一扇窗戶開了，聽得到婦孺發狂似地在屋裡跑來跑去，又喊又叫的。對面有人開了窗，叫道：「怎麼啦？」第一扇窗傳出回答：「天哪，我的老主人上吊啦！」另一個又問：「他死了？」第一個人回答：「唉，死了，死透了，身子都涼了！」這個人是商人，也是長老議員，十分富有。我知道他是誰，但我不願說名道姓，讓他家人難過。現在這戶人家已然再度興旺。

但這不過是一個例子。每戶人家每天遭遇什麼慘事，是無從得知的。人們病情正嚴重時，或是受腫塊折磨（那真的難以忍受），失去自制，胡言亂語，心煩意亂，往往自戕、跳樓、飲彈自盡等等。母親精神失常，殺害親骨肉。有人積鬱成疾死了；有人純粹是嚇死的，並未染上瘟疫。有人給嚇瘋，痴呆了。有人絕望到發狂，有人憂鬱到瘋了。

腫塊引起的疼痛尤其厲害，不是人人都受得了的。內、外科醫師可說折磨了許多人，把人折磨死。有的腫塊很硬，醫師下猛藥來治，若無效便用切的，割得慘不忍睹。有時腫塊變硬，部分是病情使然，部分是療法過猛。結果腫塊硬得沒有任何工具切得開，醫師便用腐蝕劑灼燒腫塊，許多人就死於這種極為痛苦的療程，甚至在治療時死亡。在這種磨難下，有人因為無人把他們綁在床上，或是缺乏照料，如前面說的那樣自殺了。有的逃到街上，甚至一絲不掛往河邊衝，若沒給看守人或其他官方人員攔住，他們見河就跳。

這種病人的呻吟、吼叫往往刺穿我的心，但那卻是康復有望的兆頭。因為如果能使腫塊出現膿頭，弄破後讓膿流出來，即外科醫師說的去膿，病人通常會痊癒。至於一下就病死的人，臨死身上才出現瘟疫病徵，如前述那位貴婦人的女兒就是，通常身體感覺一切正常，到快死了才覺得不適，也有人就像許多中風和癲癇的病人那樣暴斃。這些人會突然感覺十分不舒服，就近跑到長椅、鋪子或任何可以坐下的地方，如果可能的話就回家。就像前面說的，他們找到地方坐下，暈厥後死亡。這種死法很像是一般的壞疽，在暈厥時死亡，彷彿於睡夢中過世似的。這樣死的人鮮少察覺自己生病了，直至壞疽遍布全身才會感到難受。就連醫師也不能確定他們究竟怎麼了，要剖開他們的胸部或是其他部位，看到病徵才知道。

那時我們聽說了許多可怕的故事，說的是照料將死之人的看護及看守人。亦即受雇照料瘟疫病人的看護，粗暴地對待病人，讓人餓死、悶死，或是用別的歹毒方法結束他們的一生，亦即謀殺他們。至於看守人，如果他們負責看守的屋子裡只剩一個人，可能還是臥病的人，有的就會闖進屋子謀殺那個人，隨即把人送上運屍車！死者進墳時身子幾乎還沒變冷。

我不清楚實情為何，不過是發生過這種謀殺。我想有兩個人因而入獄，但還沒受審就死了。我聽說好幾次另有三名嫌犯罪名不成立。不過，我得說這種罪行不像有些人說的那樣多，這種謀殺似乎也不合情理。畢竟，如果病人已經奄奄一息，無法照顧自己，鮮少會痊癒，沒有理由謀殺他們。就算有理由，也沒有一個敵得過事實，亦即這些病人來日無多，必死無疑，不能存活。

我不否認，即便時局如此可怕，盜匪和惡行仍然猖獗。就是有人貪念如此強烈，再危險也要偷要搶。他們最常下手的屋舍，是那些全戶都已死亡抬走的。他們不擇手段潛入人家，也不顧忌會害病，就連死者身上的衣服、身下的床單也不放過。

我猜，這必然是杭斯渠路一戶人家出的事。有人發現那戶人家的父女倆一絲不掛，各自倒在自己房間的地上，床單則不翼而飛，想來是偷兒在拿床單時，把人滾到地上去的。至於他們的家人，我想是比他們倆早死，給運屍車送走了。

務必要提的是，在這場大難中，婦女行事始終最草率、大膽又不要命。大批婦女充當看護照料病人，其中許多人在雇主家偷些小東西，有些因此遭到鞭打示眾。但這種人或許應該吊死幾個，以儆效尤。這樣遭光顧的人家不計其數，後來教區官員奉命向病家推薦看護，並確實記下派給病家的看護是誰，如此財物若有短少，便知道該找誰問話。這麼一來，竊案才減少了。

但是，這種竊案通常都是看護見病人死了，便看看有什麼衣服、亞麻織品可偷，找找有沒有戒指或錢財，不是洗劫。我來舉一個例子。有個婦人在瘟疫結束多年後行將就木時，十分害怕而招認她當看護時犯下一樁又一樁竊案，從而富裕許多。至於謀殺案，我沒有找到任何真憑實據可證明傳聞，只有前面提過的事。

不過，我的確聽說在一地有個看護，她照料的病人快死了，她便在病人臉上放一塊溼布，悶死仍有氣息的病人。我還聽說有位少婦昏了過去，本可醒轉，卻被看護悶死。我也聽說過，有些看護給病人下這種毒、那種毒；有的什麼都不給，讓病人餓死。但這些傳聞全有兩個疑點，所以我總是無法相信，只當是人們一再拿來唬人的故事。首先，不論在何處聽到，事情總是發生在城裡另一頭，離你所在位置最遠的地方。若你是在白禮拜堂聽到的，那故事就發生在聖吉爾斯、西敏或霍爾本一帶；如果是在那邊聽說的，案發地點就會是在白禮拜堂、麥諾林斯路或克里波門教區一帶。如果是在市內聽到的，那麼事情自然發生在南華克，如是在南華克聽說的，那就發生在市內；大致就是這樣。

另一個疑點是，不論你在何處聽說的，案情總是千篇一律。最常聽到的是在垂死之人臉上放溼布悶死人，還有就是少婦被悶死的事。顯然，這些事情虛構的成分大，真實的成分少，至少我是這麼想的。

我不知道實情為何，但這些傳聞影響了人們。最大的影響，就是前面說的，人們聘用看護時更為謹慎，畢竟那是以性命相託。還有，人們盡量找有推薦人的，但這種看護不是很多，若找不到可以找教區官員推薦。

當時境況最慘的，就是染上瘟疫的窮人。他們沒有食物、藥品，沒有醫師、藥師幫忙，沒有看護照料。許多窮人到死猶在呼救，甚至討食，淒淒哀求就從他們的窗戶傳出。必須說明的是，這種案例只要有人向市長通報，不論是個人或整戶人家，都會得到救助。

誠然，有些人家並非很窮，但可能是把妻兒送走了，有僕人的也把僕人遣散。我是說，很多人為了撙節開支，獨自留在家中接受幽禁，無人照應，孤單死去。

我有個熟街坊，想向白十字街那邊一個店東討債，便叫年約十八的學徒盡力去要回來。學徒找上門，見店門關著，猛力敲打。他依稀聽到裡頭有人應聲，又不能肯定，就在門口等著；等了一會兒又敲，敲到第三回時，他聽到有人下樓。

這名店東終於到了門口，他穿著馬褲、黃色法蘭絨背心，沒穿襪子，就蹬著便鞋，頭戴白色無邊便帽。照那年輕學徒的說法，他臉上死氣沉沉。

店東開了門說：「你這樣吵人幹什麼？」少年雖略感意外，還是答道：「某某某是我家主人，他差我來取一筆款項，他說您知道是哪筆款項。」這活死人答說：「嗯，小伙子，你回去，經過克里波門教堂時叫他們敲喪鐘。」說完他便關門上樓，當天就死了，甚至可能就是那個鐘點死的。這是年輕學徒親口告訴我的，我有理由相信他。當時瘟疫還沒到鬧最凶的時候，約莫是在六月快月底時，還沒有運屍車，才會用教堂鐘聲通報死者。停止敲喪鐘的時間，最晚不會晚過七月，因為到了七月二十五日，那兒一週至少死五百五十人，不論貧富，都無法再照一般規矩下葬。

前面提過，儘管瘟疫可怕，但盜賊無所不在，無所不偷，而且多半是女賊。一日早上，大約十一點，我如常前往哥哥柯爾曼街教區的房子，看看一切是否安好。

他的屋前有塊小空地，空地上有堵磚牆和一扇大門，牆內有幾個倉庫，裡頭堆放各式貨品，其中一間堆了好些來自鄉間的高頂女帽。我猜是要出口的，但不知出口到何地。

他家門口在俗稱的天鵝巷。我走近時碰到三、四名婦女，嚇了我一跳。她們戴著高頂女帽，若沒記錯的話，至少有一個手裡也拿著一些帽子。可是因為我沒見到她們從我哥哥家出來，又不知道我哥哥倉庫裡有這種貨品，便沒有過問，照著時人常用的防疫辦法，兀自走到路的另一側，不跟她們打照面。快到大門時，碰上一個女人拿著帽子出來，我便說：「夫人，妳在這裡做什麼？」她說：「裡頭還有人哪，那些人在這兒也沒比我名正言順。」我一聽，急著到大門，沒再多說，讓她逃了。到了大門，看到兩個女人穿過空地，頭上、腋下都有帽子，我隨手將門一摔，彈簧鎖自動鎖上。我對她們說：「妳們究竟在幹什麼？」我攫住帽子，從她們手裡搶回來。我承認，其中有一個看來不像賊。她說：「沒錯，我們是犯了錯，可是我們聽說這些東西沒有主人。東西還你就是了。你看那邊，還有人在拿東西呢。」她說著就哭了，看來可憐兮兮。我真心同情她們，取回她拿的帽子，開了大門要她們走。可是，當我照她說的往倉庫一看，只見六、七個人，全是女的，神態自若地靜靜試戴帽子，直如是在帽店花錢選購。

我很驚訝，不只是因為看到這麼多賊，還是由於我的處境。我已經小心翼翼了幾週，在路上碰到人都會避開，而那時我卻得跟那麼多人打交道。

她們同感訝異，不過理由不同。她們全說是我哥哥的街坊，聽說我哥哥的東西沒了主人，誰都可以拿。我先說了些重話，走回大門，拿鑰匙鎖上，她們便成了我的階下囚。我威脅要把她們全鎖進倉庫，然後去找市長的人來抓她們。

她們苦苦哀求，辯稱來時大門就開著，倉庫門也開著，必是有人以為裡頭有更值錢的東西才撬開的。這話確實可信，鎖頭是遭到了破壞，門外的掛鎖被弄鬆，丟掉的帽子也不多。

我斟酌再三，覺得當時待人不宜嚴苛。再說真要報官，我還得東跑西跑，會有好些人找我問話，我也得去找好些健康狀況不明的人。更何況，那時瘟疫嚴重到一週死四千人，若我為了出氣，甚至是為我哥哥討公道，可能小命不保。於是我記下她們的姓名及地址，發現她們真是住在附近。我嚇唬她們，說等我哥哥回來，他自會找上門要她們解釋。

然後我話鋒一轉，略談一下她們在這種大難裡，面對上帝最可怕的審判，瘟疫就在自家門外，甚至說不定就在她們家裡；誰知道幾個鐘頭後，運屍車會不會停在她們家門，要來送她們進墳墓，在這種情況下，她們怎麼做得出這種事。

我看不出她們把話聽進去沒有。後來來了兩個男街坊。他們聽見騷動，又因為在我哥哥家做過事，認識我哥哥，便來幫忙。我說過了，他們都是鄰居，當下認出其中三個女人，說出她們的姓名和住處。看來，這些女人先前給的姓名、地址完全屬實。

說到這兩人，我想起其中一個是約翰．海渥德。他在柯爾曼街聖斯蒂芬教區當副教堂司事。當時副教堂司事職司挖墳及搬屍。凡是葬在那個大教區的人，靈柩都是他搬的，不然就是他幫忙搬的。後來不能再用棺木，他就跟著運屍車和打鈴人到喪家收屍，進入許多死者家裡及房間搬出屍首。之所以如此，是因為那個教區的巷道比倫敦各教區都更多、更長（至今仍是），運屍車無法進入，要收屍得徒步走很遠。至今那些巷道仍在，可以為證，如懷特巷、十字鑰匙院巷、天鵝巷、貝爾巷、白馬巷等等，不勝枚舉。在那種巷子裡，他們用手推車收屍，把屍體放在上面，送到停在大路的運屍車上。他做這件事從未染上瘟疫，在瘟疫過後約二十年才過世，始終是教堂司事。瘟疫期間，他太太是照料瘟疫病人的看護，為人誠實，憑著教區官員薦舉，照料過許多死在那個教區的人，卻從未染上瘟疫。

他不曾用過什麼防範方法，只是口含大蒜及芸香、抽菸草。這是我聽他親口說的。至於他太太則用醋洗頭，並將醋灑在頭巾上，讓頭巾常保溼潤。如果照料的人氣味異常刺鼻，她便用力嗅嗅醋，把醋灑在頭巾上，並以醋將手帕弄溼，用來摀口。

必須承認，儘管瘟疫病患多是窮人，最不忌憚瘟疫的卻也是窮人。我不得不說，他們是仗著愚勇工作，因為那股勇氣並非源自宗教信仰或嚴密防護。他們甚至幾乎不做防備，只要有工作，再危險也做，如照料病人、看守被封閉的屋舍、將瘟疫病人送到瘟疫醫院，而將死者搬到墳地也是同樣危險的工作。

吹笛手的故事就是在這位約翰．海渥德工作時發生的。約翰擔保確有其事。一般都說，為人們帶來許多歡笑的吹笛手是個瞎子，但約翰說不是，他只是個無知又體弱的窮人，通常在晚間十點左右出來走動，挨家挨戶吹笛子。認得他的酒肆常收留他，給些吃的喝的，有時也給點小錢，而他則吹吹小曲、說說唱唱，逗人開心，以此為生。當時瘟疫就像我說的，極為嚴重，他這樣娛樂民眾實在不妥，但這名窮人依然故我，只是快餓死了。只要有人問他過得如何，他就會答說運屍車還沒來載他，但保證下週會來載。

聽說有一晚，不曉得是不是有人給了他太多酒，不對，約翰．海渥德說吹笛手在家沒喝酒，而是柯爾曼街一家酒館多給了點吃的。這可憐人大概是好一陣子沒填飽肚子了，吃飽就歪在一個鋪子上沉沉睡去。那地方是在城牆過去，克里波門那邊一戶街角店鋪門口。也不知是哪戶人家，聽見運屍車的鈴聲便送出一個真的死於瘟疫的人，擺在吹笛手旁邊，以為吹笛手跟那死者一樣，也是死人。

等約翰．海渥德帶著鈴和運屍車一塊來時，只見鋪子前有兩具屍首，就用收屍工具把他們弄上車。至此，那名吹笛手仍在酣睡。

運屍車一路繼續收屍。老實人約翰・海渥德說吹笛手沉睡時，差點沒被他們用屍首活埋了。運屍車終於到了扔屍體的大坑，我記得很清楚，那地方在米爾山。運屍車準備把一車陰慘慘的屍首倒入坑前，通常會停放一會兒。運屍車才剛停好，吹笛手便醒了，稍事掙扎，從屍堆裡探出頭來。他一邊從車上爬出來，一邊嚷著：「喂！這是哪裡？」這一叫，嚇壞了正忙著的約翰・海渥德。他驚呆了，片刻後恢復鎮定說：「天主保佑！車上有人沒死呢！」另一個人問：「你是誰？」那人答說：「我是那個窮吹笛手。這是哪裡呀？」海渥德問：「你在哪裡？哎呀，你是在運屍車上啦，我們正要埋你呢。」吹笛手說：「可是我還沒死呀，對吧？」此話一出，他們都笑了。約翰說，他們一開始還真給嚇到了，然後幫忙這個可憐人下車，再去忙自己的事。

我曉得一般是說吹笛手在車上吹起笛子，嚇跑了搬屍工一夥人。但約翰・海渥德說的不是這樣，他完全沒提到吹笛子，只說吹笛手很窮，如上述那樣給運屍車載走。我很高興得知真相。

在此必須說明，運屍車並不在城裡特定教區繞行，而是行經數個教區，依呈報的死亡人數而定。屍首也未必都是送到其所屬的教區，因為空間有限，許多城區死者是載到外圍教區埋葬。

我說過了，這場天譴初臨時，頗教民眾錯愕。我對一些重要事物有些想法，請讀者務必容我提出。我要說的是，沒有任何城市，至少沒有倫敦這等大城，完全不提防這種可怕的大瘟疫。例如，不論是官方或教會，都直如未曾受到警告、未曾料到、未曾意識到大難臨頭，連最根本的公共措施也沒做。

市長及行政司法官身為地方官，卻沒有制定應有的規範，沒有賑濟貧民的措施。他們沒有仿照國外的做法，用公共貨棧來囤積穀糧供養貧民。若那麼做，當時許多困苦人家就不致陷入絕境，而能得到救濟。待政府開始行動時，成效也打了折扣。

對自治市庫存的資金，我所知有限。據說倫敦財庫財力極為雄厚。依實情判斷，這大概不假，因為在倫敦大火後，他們耗費巨資重建遭大火夷平或損壞的公共建築，包括市政廳、布萊克威爾布市、部分的利登霍肉市、一半的皇家交易所、法院，以及康普特、路德門、新門等監獄、河上數個停泊處、台階及登陸點等。他們還興建倫敦大火紀念柱、艦隊渠及其上橋樑、伯利恆醫院等等。當時自治市財政官員中斷孤兒撫恤，將錢挪去救助受苦的公民，比次年的官員將錢用在整治市容及建築物，可能要來得有良心。至少，在前者的情況下，失去福利的人會覺得自己的損失有價值，而市府也較不會蒙羞或受責難。

必須承認，儘管離城民眾為了安全避居鄉下，仍十分記掛留在城裡的人，不忘為貧民慷慨解囊。連英格蘭最偏遠的商城也送來大筆善款。聽說英格蘭各地貴族和仕紳念及倫敦處境悲慘，交付市長及地方官巨款來周濟貧民。聽說國王也下令每週給倫敦一千鎊，分為四份，四分之一用於自治市及西敏市、四分之一或部分用於河對岸的南華克居民、四分之一用於特區及自治市城牆外的轄地，其餘的則用於中薩郡郊區及倫敦東區和北區。不過，這個部分我只是聽說，順道記上一筆。

絕大多數窮人，或是那些原本靠出賣勞力、做小生意為生的人家，的確都是靠善款過活。若不是有善心基督徒捐出龐大善款，倫敦絕對無以為繼。無疑地，地方官員是有記錄這些款項，公平分發，可是非常多分發善款的人死了，加上那些帳目據說多數在翌年的大火中焚毀，連國王辦公室和許多王室文件也燒掉，因此儘管我費盡心力追查，卻從未查出這些帳目。

雖然上帝沒讓倫敦再出這種瘟疫，但倘若再發生，我接著要說的話，或可供作參考。當時倫敦在市長及長老議員治理下，週週撥放巨款濟貧，讓許多原本死路一條的人得到救助，保住性命。在此，且讓我簡單說明貧民狀況，或可讓讀者引以為鑑，倫敦要是再發生這類災難，也可大概知道會面對什麼情況。

這場瘟疫一開始，眼看著希望不復存在，全城都逃不過了。於是，就像前面提過的，在鄉間有朋友或寓所的人，紛紛舉家遷居鄉下，不禁教人覺得就連倫敦本身都要奔出城門了，不會有人留下。就在那一刻，你就確知，除了民生用品買賣外，商業活動全面中止，實情正是如此。

這是很鮮活的實例，從中很能看出當時人們的處境，我想我不可能說得更仔細了。因此，我接下來要提及在瘟疫時頓陷困境的人有哪些，例如：

一，製造業之工頭，尤其是那些製作服飾及家具上之裝飾品、可有可無之物的工頭，諸如飾帶織工等各類織工、金銀飾帶織工、金銀線畫匠、女裁縫師、女帽師傅、鞋匠、帽匠及手套師傅。此外，還有室內裝潢、細木工、廚櫃、鏡子及其大量相關產業。以上這些師傅全部停工，遣散老手、工人及所有幫手。

二，因為鮮有船隻冒險駛入泰晤士河，加上進入泰晤士河的船隻一概不能離開，商業活動全面停擺，海關特派官員及船夫、車夫、挑夫、所有靠商人提供勞務工作的窮人，全部遣散，沒有工作。

三，成千上萬的宅第一夕之間遭到棄置，人們完全無心蓋新屋。因此，平日從事建築業、修繕屋舍之商人全面停業，使得這類工匠失去工作，如泥水匠、石匠、木匠、細木工、抹灰工、油漆匠、玻璃工、鐵匠、水管工及所有相關行業之工人。

四，航運中止，無船進出港口，所以船員悉數失業，許多船員處境極慘。跟船員一樣慘的，還有造船、修船業及相關產業的零售商和工人，如船隻木工、填塞船縫的工人、製繩工、乾貨桶匠、縫帆工、錨匠及其他鐵匠、刻木工、雕刻工、製造或修理槍枝的工人、船具商、雕船工等等。這些人的主人或許還能靠著財產過活，貿易卻全面停擺，於是工人全給遣散了。此外，泰晤士河可說是沒有船的。因此，船員、駁船夫、造船師傅及造駁船師傅即使不是全部無事可做，也幾乎都成了閒員。

五，家家戶戶能省則省，逃走的、留下的都一樣撙節開支。因此數不清的僕從、侍者、商店管理者、臨時工、記帳員一類的雇員都給解聘了，尤以女僕最多。這些人沒有朋友，未獲幫助，沒有工作，沒有居所，真是悲慘。

這個部分我可以再細談，但話說到頭也就是各行各業都停擺了，沒有工作機會。窮人無處出賣勞力，生計無著。一開始，儘管善款大大紓解了窮人的窘境，但他們的哭喊聽在耳裡真教人難過。確實是有很多人逃到鄉下，但仍有數以千計的人留在倫敦，直到絕望出走，死在路上，成為死亡的使者。確然，有人身染瘟疫也去逃命，四處散播瘟疫，連最偏遠的地方也受到波及，真是糟糕。

我前面說過了，這些人有許多陷入困境，因為隨困境而來的問題致死。可以說，他們實在不是病死的，而是死於生病造成的處境，亦即死於飢餓、憂傷、一切付之闕如。他們沒有居所，沒有錢，沒有朋友，沒有辦法弄到麵包，也沒有人給他們麵包。他們許多人沒有所謂的戶口，無法列名任何教區，只能向官方申請救濟。持平來說，官方終為有必要救濟貧民，因此樂於審慎管理這些救濟金。而留下來的人，則從未像前述離開的人那樣，感到匱乏和悲苦。

如果你知道倫敦有多少人以出賣勞力為生，巧匠也好，小工也罷，試想他們一夕之間全部失業，沒有勞動工作，再也沒有收入，他們的境況會有多慘。

這就是我們當時的情況。若非海內外善心人士紛紛捐款，累積了龐大善款，市長和行政司法官是無法維持公共秩序的。若不是他們顧慮到人們迫於情勢會鋌而走險（實情也是如此），潛入富人家偷盜，到市集打劫，嚇跑自動來賣菜的勇敢鄉下人，饑荒就躲不掉了。

幸而，市長及城牆內各區長老議員、外圍地區的治安法官深謀遠慮，讓窮人可以領到各地善款，不愁生活，安分守己。他們的各項需求，都盡可能照顧到了。

此外，另有兩個因素，減少了暴民滋事。一是富人沒有在家囤糧。其實他們真該囤糧的。如果他們夠明智，囤糧幽居，足不出戶（有幾戶便是如此），或許能逃過瘟疫。可是他們顯然沒那樣做，暴民認為闖進豪門大宅也找不到糧食。顯然暴民有時差點就去打劫富裕人家，倘若他們真的去了，當時城裡沒有常備軍抵擋暴民，而人們又不能攜帶武器，不能糾集民兵保衛倫敦，那麼這座城市殘存的一切，就要蕩然無存了。

可是市長及還在崗位的地方官員（連長老議員也有人死亡，有的則不在倫敦）機靈地阻止事情落到那個境地。他們行事盡可能仁慈、溫和，特別是讓境況最糟的人得到金錢救濟，還給人工作，主要是看守出了瘟疫的屋子，做的人很多。據說一度有一萬戶人家遭到封閉，而每一戶又需要兩名看守人，一個守白天，一個守黑夜。這麼一來，就有極多窮人得到工作機會。

遭雇主辭退的男女僕從也有工作，就是去各處當看護照料病人。這類需求也讓許多人得到了工作。

瘟疫從八月中旬一路肆虐到十月中旬，帶走三、四萬條人命。雖然可悲，這卻也是倫敦的一條生路。倘若沒死那麼多人，他們必然會成為倫敦無以承受的重擔。也就是說，全城無法負擔那麼多人的花費，也沒有足夠的糧食供那麼多人食用，人們遲早會被逼上絕路，在倫敦或附近鄉間打劫，以求活命，進而讓全民及全城陷人無邊的恐懼和混亂。

感覺得到，這場大難教人謙卑起來。依據死亡公報，連著九週天天死亡將近一千人。儘管數字已經夠大了，但我有理由認定公報不夠精確，還少算了數千人。當時一切都一團亂，運屍車在黑夜收屍，有些地方完全不做紀錄，屍體卻照收不誤。教堂執事及司事連著數週沒有管事，不知道運屍車到底收了多少屍首，這點從以下的死亡公報就看得出來。

	病死總數	瘟疫死者
八月八日至八月十五日	5,319	3,880
至八月二十二日	5,568	4,237
至八月二十九日	7,496	6,102
八月二十九日至九月五日	8,252	6,988
至九月十二日	7,690	6,544
至九月十九日	8,297	7,169
至九月二十六日	6,460	5,533

九月二十六日至十月三日	5,720	4,929
至十月十日	5,068	4,227
總計：	59,870	49,705[14]

所以，那兩個月總共有這麼多人給運屍車載走了。在差不多兩個月的時間裡，死亡總數僅六萬八千五百九十人，其中五萬人死於瘟疫。我說五萬人，比前述數字多了兩百九十五人，是因為在時間上來算，那段期間是兩個月又兩天。

我說教區官員沒有如實上報，那個數字不可靠，其實只要想想就知道了。當時一片愁雲慘霧，不可能有人能精確無誤。不僅是許多底下當差的人病了，就連很多教區執事也病了，說不定還是在要呈報數字時死的。若說在那一年裡，斯戴尼教區真的一共聘雇過一百一十六名教堂司事、挖墳工及其助手，亦即搬屍工、打鈴人和運屍車車夫等來處理屍體，那麼顯見這些人雖然不計風險工作，卻無法在這場大難中倖免於難。

誠然，他們的工作原就不容氣定神閒，細細記下收到多少屍首。他們得在黑暗裡冒著極大的風險，靠近這些墳坑，將一堆堆屍首倒進坑裡。在阿德門及克里波門教區，在白禮拜堂及斯戴尼教區，一週死亡人數常在五百、六百、七百、八百人。可是，如我一般在倫敦渡過整場瘟疫的人若是可信，那麼那些教區有時一週就死兩千人。我見過一個人，他自己調查瘟疫死亡人數，考據是審慎再審慎，而他得出的結論是其實死了十萬人，但死亡公報上卻僅六萬八千五百九十人。

請容我說，依據我親眼所見及聽別人說他們親眼目睹的情況，我也深信死於瘟疫的人少說有十萬，這還不包括死於其他疾病的人，也不包括死在野外及公路、人跡罕至之處的人。他們確實是倫敦人，卻沒列入死亡公報。我們全都知道，大批窮困又絕望的瘟疫患者，因為自己的不幸而神思恍惚或鬱鬱寡歡，流浪到荒郊野外，幾乎什麼偏僻的無名地點都去，爬進灌木叢或樹籬下，死在那裡。

鄰近村莊的居民同情他們，會送食物去，遠遠就放下。若他們動得了，便可自行上前取食。有時他們動不了，村民再去送食物時，會發現那些苦命人死了，食物則動都沒動過。這種可憐人很多。我知道許多人如此逝去，連地點也記得真確。我相信自己還找得到那些地方，挖得出骸骨。鄉下人會離死者遠遠地挖個洞，然後用長杆鈎住他們，將他們拖進洞裡。接著，鄉下人會盡量離洞遠遠的，把土撥進洞裡，同時留心風向，站在船員口中的「上風」

14 數字有誤，應為49,609。

處，以免聞到屍臭。許多人便如此離開塵世，根本無人知曉，沒有留下紀錄，更沒有列入死亡公報。

當然，這些大多是聽說的。我那時鮮少去郊外，若有也是朝貝斯納草原及哈克尼的方向走。但每回去總是看到遠遠有許多可憐人在遊蕩。我對其境遇一無所知，因為不論是在市街或野外，大家照例是見人就走避的。雖然如此，我確信有很多人死在荒野。

說到在大街小巷和野外步行，不能不提當時城裡多冷清。我那時住的大街，如今在倫敦所有街道裡，我是說在自治市外圍和特區裡，都算是相當寬闊的。當時在屠夫群居地，特別是地界附近，比較像是草地，而不像是街道，人們常和馬、車走在一塊。這條街靠白禮拜堂教堂的那一頭，確實完全沒有鋪砌，可是有鋪砌的路段也長滿了草。這並不足為奇，市區大街如利登霍街、主教門街、康丘路，就連皇家交易所本身，也是處處長草。從早到晚，街上都見不到大車或四輪馬車，只有一些鄉間馬車載著根莖類、豆子或豌豆、乾草、麥稈到市場，可是數量大不如前。至於出租馬車，除了載病人到瘟疫醫院或其他醫院，也鮮少使用，偶爾會有出租馬車載醫師去他們敢冒險去的地方。搭出租馬車確實危險，一般人不願冒險。這是因為誰也不曉得前一名乘客是誰，而瘟疫病患又如前述，通常是搭出租馬車上瘟疫醫院，有時還沒來得及到醫院，人就斷氣了當時瘟疫那麼嚴重，真是少有內科醫師肯上病家出診。一流內科名醫大量死去，外科醫師也是。那段時日實在悲慘，儘管我約有足足一個月沒查看死亡公報，但我相信那段期間每日死亡人數不會少於一千五百人或一千七百人，且日日如此。

整場瘟疫狀況最糟的時候，我想是在九月初。那時連好人都在想，上帝要了結這座不幸城市的所有居民。當時，瘟疫已完全降臨城東教區。若是問我意見，我想阿德門教區連著兩週都埋了一千人以上。雖然死亡公報上的數字沒這麼大，但我周遭瘟疫鬧得很凶，在麥諾林斯路、杭斯渠路、阿德門教區靠屠夫路一帶、我家對面巷道，沒有一戶未受感染。我是說，在那些地方，死亡統治了每個角落，而白禮拜堂教區狀況相同。雖然他們的下葬人數遠低於我們教區，但據死亡公報，每週也死將近六百人。依我看，實際人數應是近兩倍。整戶整戶的人家，甚至整條街整條街的人家，全給瘟疫帶走，常常得靠鄰居通知打鈴人某某戶全家都死了，要他們去搬出屍首。

用運屍車運屍體的工作，彼時確實變得噁心透頂，風險極高。有人申訴搬屍工沒有去全戶都死亡的人家移出屍體，有時人死了幾天都沒下葬，發出惡臭，燻得鄰居染上瘟疫。運屍工怠忽到這種地步，於是教堂委員和警方奉命監督，連塔邊聚落區的治安法官也得冒性命之憂，跟工人同行，催他們加快手腳，鼓舞士氣。數不清的搬屍工因為工作時必須接觸死者，染上瘟疫死亡。前面提過，要工作、要麵包的窮人極多，他們為情勢所逼，什麼事都肯做，什麼險都敢冒。若非如此，官府也不可能找得到人當差，死者的遺體也就會被留在地上潰敗、腐爛，慘不忍睹。

但在這件事情上，官方處理得當，再怎麼讚揚也不為過。埋葬死者的工作十分井然有序，只要受雇搬運、埋葬死者的人生病或死亡（這是常有的事），旋即找人遞補。前面提過，有大批窮人失業，所以不難找到人工。儘管無數的人幾乎一下就病死了，可是官府夜夜清運這些死者，屍首總是會給移走。因此，從來沒有人說倫敦人無法埋葬死者。

那段苦日子裡，城裡淒清更甚，人們更形癡愚。人們害怕到無以復加，行止千奇百怪，就像瘟疫患者因為病痛太惱人而行為怪誕一樣，教人十分難過。有人邊走邊吼、哭喊、絞手；有人邊走邊祈禱，雙手伸向天空，求上帝垂憐。我實在無法判斷這些舉動是否出於瘋狂，就算是吧，至少這仍意味著他們不是完全喪失心智，還能稍稍運用其神智；即使如此，好歹強過日日夜夜在街道飄蕩的可怕嘶喊號哭。我想人人都聽過著名的索羅門．伊果。他是個宗教狂徒，人完全沒有染病，腦袋卻病了。他語出驚人，四處責難降臨倫敦的天譴。有時他赤身露體，頭上頂個平底鍋，鍋裡還燃著炭火。他的一言一行我完全無法理解。

我不評論這個神職人員這樣做是否出於瘋狂，還是因為對窮人的滿腔赤忱。他夜夜走過白禮拜堂的街道，雙手舉起，反覆誦唸禮拜儀式中唸的：「仁慈天主，饒恕我們，饒恕您的子民，饒恕您捨寶血救贖的人。」這些事情我不是很肯定，因為我只是從房間窗戶看見的，而我人躲在家裡渡過那段瘟疫最猖狂的日子，難得打開窗扉。前面提過，當時真有許多人心裡認為誰也逃不過瘟疫，嘴裡亦不避諱這麼說。我確然也做如是想，大約半個月沒離開家門，足不出戶，但我待不住。何況，有些人並沒有因為危險，就不去參加公眾禮拜，再危險也一樣。確實有極多神職人員關閉教堂，跟旁人一樣去逃命，但並非全部如此。有些人冒險留下，執行職務，不時聚眾祈禱，有時也舉行佈道會或簡短談話，規勸人們悔改，只要有人肯來就一直舉辦活動。不信奉國教的教徒也是如此，就連教區牧師已經死亡或是逃走的教堂也不例外。在那種時局下，沒有計較教派這種小節的餘地。

聽著垂死的可憐人悲嘆，說沒有牧師受召喚前來，安撫他們，與他們一同禱告，給他們忠告，指引他們，祈求上帝饒恕、垂憐，招認往日的罪過，這實在悲涼。而聽到垂死之人懺悔，真是再狠心的人也要掬一把同情淚。他們會給旁人許多警語，說不要拖到生命告終時才悔悟，否則碰上這種大災難，要悔悟、要呼喚上帝都會來不及的。那些可憐人身心俱苦時發出的呻吟和感嘆，依然充盈在我耳中，現在我彷彿又聽到了，真希望我能重現那些聲音，讓讀者聽聽。

若我這部分的講述也能像他們的話語一樣撼動人心，讓讀者知所警惕，那麼這份紀錄即使再短、再不完美，也足堪告慰了。

蒙上帝眷顧，我沒有染上瘟疫，精力十足，身體健康，但非常不耐於在家幽居，沒有新鮮空氣。如是過了約十四天，我按捺不住，去郵政所給哥哥捎信。我走在路上，只覺街道闃寂無聲。到了郵政所，正在交寄信件時，我看到一名男子站在院落一角，於窗邊與人說話。接著，另一個人開了郵政所的一扇門出來。院落中間有個小錢袋，上掛兩把鑰匙，內有金錢，但無人敢碰。我問那個錢袋在那兒多久了，窗邊男子說差不多一個鐘頭了，但他們沒去碰，怕失主會回來找。我不缺錢，那金額也不是很大，我既不想插手，也不想冒著染上瘟疫的危險拿錢。正要走時，開郵政所門出來的人說錢袋他來保管，待失主來找再還給人家。於是他進了郵政所，提了一桶水出來，重重放在錢袋邊，又去取了火藥，在錢袋上灑了好些，鬆鬆堆著，再以那堆火藥為起點，灑出一長條約兩碼長的火藥線。接著，他第三度進郵政所，拿來一把燒得紅熱的火鉗，想來是他特意準備的。他先點燃那條火藥線，讓錢袋微微燒焦，同時燒出大量濃煙。可是這樣他還覺得不夠，又用火鉗夾起錢袋，待火鉗的熱度慢慢燒透了錢袋，便把錢抖進那桶水裡，提進郵政所。那些錢，我記得大概有十三先令，還有一些平滑的四便士銀幣及四分之一便士硬幣。

可能會有好些窮人，如前文提到的，膽子大到為錢財涉險。但是，就我提過的事情，你可輕易看出來，在那艱苦至極的年月裡，倖存的少數人是極端小心的。

那時我差不多已經走到郊外了，朝著波區前進，決意去看看河上和船隻的狀況。我對於運輸有點興趣，覺得保護自己不受瘟疫感染的一記妙法，就是隱居在船上。我一邊想著該如何滿足自己的好奇心，一邊離開原野到了波區，轉向布朗里，朝下走向黑牆，走到用來泊船或取水用的階梯。

岸邊，或可謂海堤，有個窮人踽踽獨行。我先在附近轉轉，見屋舍全都封閉了。最後，我與這名窮人聊天，閒聊時中間隔了一段距離。我先問他那一帶狀況如何。他說：「哎呀，先生！幾乎都沒人啦，死的死、病的病，沒剩幾戶人家了。那個村子（指指帕普勒）有一半人還沒死，另一半人全病了。那家人全死了（指指一間屋子），現在大門開著也沒人敢進去。有個可憐的小偷冒險進去偷東西，結果可真要命，昨晚給抬去教堂墓園啦。」然後他指出好幾棟房子說：「那家人全死了，夫婦倆跟五個孩子。」他說：「那一家子給關在屋裡，瞧，門口有個看守人。」我看到其他屋子也有看守人。我說：「怎麼你一個人在這裡？」他說：「我又窮又孤單。上帝沒讓我得瘟疫，可是我家人得了，一個孩子死了。」我說：「怎麼你沒生病呢？」他說：「嗯，那是我家（指指一間很低矮的小木屋），我可憐的老婆跟兩個孩子在那兒過活，如果那樣也叫過活的話。我老婆和一個孩子都生病了，可是我離他們遠遠的。」他說著淚流滿面，我也是，絕無虛假。我說：「為什麼你離他們遠遠的呢？你怎麼能遺棄自己的骨肉呢？」他說：「噢，先生，我可不希望發生那種事情呢！我沒遺棄他們。我盡量為家人工作。感謝天主，我讓家人不虞匱乏。」我見他抬眼望天，瞧那神色，當下知道碰上的人不是偽善，而是正直、虔誠的好人。他突然發出的叫聲，是感念在他的處境下，還能說他的家人不虞匱乏。我說：「老實人哪，窮人現在能有這種景況，真是天主仁慈。你是怎麼過活的？這場災難這麼可怕，大家都有分，你是怎麼自保的呢？」他說：「先生，我是個船夫，那是我的船，我就靠它養家。白天在船上工作，晚上在船上睡覺。賺的錢就放在那塊石頭上（他指對街的一塊大石給我看，離他家有一段路），然後，我就喊家人，喊到他們聽見為止，出來拿錢。」

我說：「咦，朋友，當船夫怎麼還賺得到錢呢？現在還有人走水路嗎？」他說：「先生，我幹這營生，還是有工作的。你看那邊（遙遙指著下游的市鎮下方），有五艘船下錨泊著。還有那邊（指指上面的市鎮），有八、九艘船鍊箸下錨了，看到了嗎？這些船上都有人住，都是些貨主、船東一類的人。他們把自己鎖起來，住在船上，關得密密嚴嚴，就怕染上瘟疫。我替他們送東西、送信、做一切不做不行的事，這樣他們就不必上岸。每晚我把船繫在其中一艘船上，自己睡在那裡。感謝上帝，我到現在還活得好好的。」

我說：「朋友，這地方變得這麼可怕，瘟疫鬧得這麼厲害，你上過岸後，他們還准你上船嗎？」

他說：「哦，這個啊，我幾乎不上船，只送東西來，或是擱在一邊，他們會自己吊上去。就算我上船，我想他們也不會有絲毫危險的，因為我上岸從不進任何屋子，不碰任何人，連家人都不碰，只拿東西回家。」

我說：「可是你總得向個什麼人買東西呀，這樣不是更糟嗎？這一帶瘟疫這麼猖狂，連跟人說話都很危險。這個村子雖然離城裡有一段路，但再怎麼說也還算是在倫敦邊上啊。」

他又說：「話是不錯，不過你誤會我意思了。我不在這裡幫雇主買東西。我划船去上游的格林尼治買生肉，有時到下游的伍爾威治買，再去肯特什那邊，找相識的農家買家禽、蛋及奶油送去船上，買什麼都照人吩咐，有時給這家送，有時給那家送，幾乎不在這裡上岸。這次來只是來找我太太，問問家裡的情況，順便給他們我昨晚收到的一點錢。」

我說：「可憐！你有多少錢要給他們？」

他說：「四先令，照現在窮人的狀況，算是不錯了。他們還給了我一袋麵包、一條醃魚，還有一點肉，多少有幫助。」

我說：「東西給他們了嗎？」

他說：「沒有，可是我已經叫了家人，我太太說她一時不能出來，希望半個鐘頭後能來。我正在等她。可憐吶，她狀況很糟，長了一個腫塊，已經破了，希望會好。可是我怕孩子死掉，但那是天主……」他說不下去，痛哭起來。

我說：「誠實的朋友，倘若你依循上帝旨意，自然會得到慰藉。上帝會在審判時照應我們大家的。」

他說：「噢，先生！如果我們有誰能逃過大難，就已經是萬幸了。我憑什麼發牢騷！」

我說：「是這樣的嗎？那我的信念比你薄弱太多了。」當時我的良心受到重擊。這名窮人遠比我有理由置身險境，他無處可逃，又有家人在，得留下來照料，而我沒有。我只是假設上帝會保佑我，而他是真心信賴上帝，從中得到勇氣。然而，他還是盡量小心，以保平安。

我稍稍別過頭，滿腦子都是這些想法。我當真沒比他更能克制淚水。

我們又談了一會兒，那可憐的婦人終於開了門，叫道：「羅伯特、羅伯特。」他應聲要她等等，說他會過去。於是他跑下海堤階梯，到船上拿了一袋東西，都是船上人家給的食物。他回來又喊，走到他指給我看的那塊大石，把東西全倒出來，一一擺好，然後退下。他太太跟一個小男孩過去拿，他喊說某某船長給了什麼，某某船長給了什麼，最後再補一句：

「這些全是上帝給我們的，感謝上帝。」可憐婦人拿了全部東西，儘管不重，可是她太虛弱了，無法一次拿回家，便放下一小袋餅乾，要小男孩守著，然後再回來拿。

我對他說：「嗯，你那四先令有給她嗎？你說那是你一週的工資。」

他說：「當然、當然，你會親耳聽到她說有的。」於是他又喊：「拉結、拉結（看來那是她的名字），妳有沒有拿到錢？」她說：「有。」他又說：「拿到多少？」她說：「一個四先令的銀幣。」他說：「好，好，天主保佑！」接著轉身走人。

既然聽了這個人的境遇禁不住淌淚，我也忍不住要幫他。我叫住他說：「朋友你先別走，到這裡來，我相信你身體健康，可以讓你近身。」我從口袋掏出錢說：「哪，這是我的一點心意，叫你家拉結再出來吧。你們這麼信賴上帝，絕不會被上帝遺棄的。」我給了他四先令，要他把錢放在那塊石頭上，叫他太太出來。

我無法形容這可憐人有多感激，他也說不出話，眼淚直流。他叫了太太，告訴她有個陌生人聽他說他們的情況，上帝打動了那個陌生人的心，給了他們那筆錢。他對太太說了許多這樣的話。那女人也對著天空和我做出感謝的手勢，歡天喜地拿走錢。那年我給別人的錢裡，就數這筆最有價值。

接著我問那可憐人，瘟疫是否尚未傳到格林尼治。他說約莫到半個月前都沒有，但恐怕那兒也有瘟疫了，不過只傳到村南的德福橋那頭。平日他幫人採買，只向一個屠夫和一個雜貨商買東西，行事非常小心。

我又問，把自己關在船上的人，怎麼沒事先準備足夠的必需品。他說有些有，不過有人是到給瘟疫嚇著了才搬上船的，想找可靠的人大肆採買已太危險。他指著僱用他的兩艘船給我看，說一艘只存了一點糧食，一艘只存了硬麵包及啤酒，其餘東西幾乎都是他代買的。我問他是否有別的船和這些船一樣，不跟其他船泊在一處。他說有，從那兒一直往上游走，就在格林尼治那兒，石灰屋區及瑞德里夫沿岸，所有找得到船位的船隻都兩兩成雙，泊在河流中央，有的一船住了好幾戶人家。我問他瘟疫是不是沒有散播到這些人身上。他說他相信沒有，只有兩、三艘船上的人因為不若其他人小心，沒限制船夫上岸，才有人染上瘟疫。他還說，船隻泊在大潭的景致，頗有可觀之處。

他說一等漲潮，就要去格林尼治。我問他能否讓我同行，讓我好好瞧瞧他說的那些船是怎麼排列的，然後再送我回來。他告訴我，如果我願意以一個誠實基督徒的身分，向他保證沒有染上瘟疫，那他就答應。我保證我沒有，說是上帝保佑我平安的，說我住在白禮拜堂，因為足不出戶太久，悶得發慌，冒險出門只是為了一點新鮮空氣；此外，我家裡沒人染上瘟疫。

「好吧，先生，既然你那麼好心，同情我和我可憐的家人，想來不會那麼沒良心，生病還上我的船，害死我又毀掉我們全家。」他說。這可憐人談及家人，他的掛慮是如此合情合理，真情流露，讓我深感不安，一下打消了念頭。我說我情願按捺好奇，也不願他操那種心。不過，我很肯定，也很慶幸自己沒有染病，跟世間最健康的人一樣健康。不過，他不肯撇下我，為了表示他確信我是待他以誠，強要我去。於是，漲潮時我上了他的船，他載我去格林尼治。到了那裡，他去買人家吩咐他買的東西，我走到山丘頂遠眺那條河。市鎮就在山丘腳，山丘是在市鎮的東邊。見到那麼多船一列列排在一起，真是出人意料。船隻兩兩成雙，河面上有些地方就這樣排了兩、三列，排到很靠近市鎮的地方，介於我們一般所說瑞特克里夫及瑞德里夫之間的房舍，也就是當地人說的大潭。不但如此，整條河上都有船隻，一直到長河段那邊，在山丘上不能看得更遠了。

我無法推估船隻數目，但我想那兒一定有數百面帆。我禁不住要為這個做法喝采，因為想必有一萬名和船運有關的人在此得到庇護，避開了傳染病肆虐，十分安全，安心度日。

我跑了一天，回到住所，心情十分愉快，而與那可憐人共度的時間最令我開心。我很高興在這麼悲慘的時勢裡，能看到這麼些個小小避難所，庇護了許多人家。我發現，隨著瘟疫日益猖狂，有家庭進駐的船隻也移了位置，愈移愈遠，聽說有的遠到出了海，駛到北岸，盡量挑安全的港口和停泊區泊船。

可是，離開陸地住船上，未必就能完全不受疫癘侵擾，這也是事實。他們有許多人死了，被丟進河裡。聽說有些有棺木，有些沒有，有時河裡可以看到屍首載浮載沉。

但我相信，我可以斗膽說，受到瘟疫侵襲的船上人家，都是太晚找出路的，一直沒逃到船上，在陸地待得太久，染上了瘟疫，只是未必自知罷了。因此，他們不是在船上感染瘟疫，而是自己把瘟疫帶上船的。再不然，就是像那窮船夫說的，那些船上人家來不及備妥糧食，不得不常常上岸採買，或是讓從岸邊來的船隻靠近，瘟疫就在不知不覺中給帶上船了。

在此我不能不說，當時倫敦有股歪風，十分嚴重，招致毀滅。我說過了，瘟疫始於城裡另一頭，亦即隆阿克路德瑞巷等等地方，漸漸朝市區擴散，速度非常緩慢。初次感覺到瘟疫蔓延是在十二月，然後是二月，再然後是四月，每次都只擴散一點點，然後瘟疫便止歇了。五月，甚至是在五月最後一週，也僅十七名死者，而且全都是在城裡那一頭。這段期間，甚至一週死亡人數超出三千人時，河沿岸的瑞德里夫、瓦平、瑞特克里夫，以及幾乎整個南華克那邊的居民，卻堅信瘟疫不會傳到他們那邊，就算傳到了，情況也不會那麼糟。有人認為，樹脂、瀝青、松香及硫磺之類船運業常用物品的氣味可防瘟疫。有人對此存疑，因為西敏區及聖吉爾斯、聖安德魯等教區瘟疫猖狂到極點，又消退下去，然後又臨到他們頭上。這的確是真的，但並不盡然。例如：

八月八日至八月十五日

野地聖吉爾斯	242
克里波門	886
斯戴尼	197
百蒙德賽聖瑪格麗特	24
羅瑟黑斯	3
該週總計：	**4,030**

八月十五日至八月二十二日

野地聖吉爾斯	175
克里波門	847
斯戴尼	273
百蒙德賽聖瑪格麗特	36
羅瑟黑斯	2
該週總計：	**5,319**

注意，當時斯戴尼教區的死者，大多集中在斯戴尼教區與索迪奇教區相鄰的那一邊，即今院原。斯戴尼教區邊界是索迪奇教堂墓園那堵牆。那時瘟疫在野地聖吉爾斯教區已減退，狀況最嚴重的是克里波門、主教門及索迪奇教區。在斯戴尼教區整個石灰屋區及瑞特克里夫官道的部分（即今薩德威爾和瓦平），甚至到塔邊聖凱薩琳，整個八月都過完了，瘟疫死者一週不到十人。他們後來還是為瘟疫付出代價，下文我會提到。

我說，這點讓瑞德里夫、瓦平、瑞特克里夫及石灰屋區的居民如此放心，當真以為不等瘟疫傳到他們那兒就會結束，既沒準備逃到鄉間，也沒關在家裡。他們根本不願離開，反倒在家接待城裡來的親朋好友。好些別處的人真的在那一帶避瘟疫，認為上帝會放過那兒，不會讓那兒跟倫敦別處一樣鬧瘟疫，安全無虞。

因此，瘟疫降臨時，他們比別處的人更吃驚、更欠缺準備、更不知所措。當九月、十月瘟疫真的傳來了，在那兒肆虐，已經不能出走到鄉間了，因為沒有人會讓生人近身。非但如此，人們甚至不會讓生人靠近自己住的市鎮。一直都有傳聞說，在倫敦靠索立那邊的鄉野發現了好些遊民餓死在樹林及公有地。在倫敦周遭，那邊鄉間算是比較荒涼的，樹木較多，特別是在諾伍德一帶及坎伯威爾、杜勒吉、魯薩姆教區。看來，那兒沒人敢救濟這些受苦的可憐人，怕染上瘟疫。

我說過了，那一帶的人就抱持這種想法。他們會這樣，部分原因是他們可以避到船上。早早這麼做的人，如果謹慎行事，備妥糧食，不上岸採買，也不仰賴別的船送補給品，那麼他們人在船上，必定比哪兒都安全。但時局如此教人發愁，人們跑上船，又驚又懼，也沒備妥麵包。也有人上了船，但船上沒人會駕船，遑論把小船放下河，划到安全點的地方採買。這些人多半吃盡苦頭，受瘟疫蹂躪的情況，沒好過在陸地的人。

富人上了大船，窮人則上了大平底船、小漁舟、駁船及漁船。有許多人，尤其是船夫，住在自己的小船上。但這些人防疫的成效很差，尤以船夫最糟。這是因為他們得為人採買，甚至替自己採買，瘟疫在這些人之間流竄，釀成巨難。許多船夫孤伶伶死在自己的船上，有的在橋上，有的在橋下。有時等人發現，屍首的狀況已不宜讓人碰觸或靠近了。

在城裡這個船運中心，人們的處境確然十分悲慘，值得致上深切同情。唉，當時人人自身難保，遑論憐憫別人的苦難。死亡就在每個人的家門口，甚至就在許多人家裡。人們不知所措，不曉得該逃往何方。

我說，這耗盡了人們的憐憫心，自保看來才是當務之急。為人子女的，丟下在極度痛苦中奄奄一息的父母。有些地方也有父母拋棄兒女的，不過不若兒女拋棄父母的多。有些案例很駭人聽聞，尤其是有一週有兩個貧困母親發了狂，腦筋糊塗了，殺掉親骨肉。其中一名母親住我家附近，可憐得很，至死都沒意識到她犯了什麼罪，更別說要懲罰她了。

當然，這不足為奇。當時人人隨時都有性命之憂，一切的愛、一切的關懷也就滅絕了。不過在一般情況下，還是有許多例證，看得出很多人仍有堅定不移的情感、憐憫心和責任感。我聽說了一些這類例證。

關於這些事證，我不擔保細節都是真的。

舉一個例子。且先容我說，在這場大難中，孕婦是境況最慘的一群人之一。當時辰到了，真是愁苦，她們承受著陣痛卻孤立無援，既無產婆來接生，也沒有鄰家婦女幫忙。產婆絕大多數都死了，尤以為窮人接生的死亡最多。有名氣的產婆就算沒全部逃到鄉間，也差不多走光了。因此，窮人家的婦女除非付出天價，否則幾乎不可能請得到人。就算有，她們找得到的人通常習藝不精又無知，因而慘然殞命的婦女人數超乎尋常，多得難以置信。有些婦女就讓那些不懂裝懂的人接生，被那班人的莽撞、無知害死。無數嬰孩可說是因為同樣的愚昧而遭到謀殺。不過這種愚行，至少稍有點道理——畢竟她們假裝是要救活母親，才不管孩子死活。不過母子往往死法相同，那些染上瘟疫的母親更是如此。沒有人願意靠近她們，有時母子雙雙身亡。有時母親死於瘟疫了，但孩子才生到一半，或是已經生出來了，但臍帶還沒剪。有的母親死於分娩的痛苦，根本還沒開始生產。這種事情很多，多得很難去評判。

這類死者有些會被列入每週死亡公報上的特別數字（不過我完全不認為這些數字能呈現實際情況），其項目列為：

- 分娩
- 小產及死產
- 新生兒及嬰兒

且以瘟疫鬧最凶的幾週為例，與同年瘟疫開始前幾週的數字比較，相關數字如下：

	分娩	小產	死產
一月三日至一月十日	7	1	13
至十七日	8	6	11
至二十四日	9	5	15
至三十一日	3	2	9

	分娩	小產	死產
一月三十一日至二月七日	3	3	8
至十四日	6	2	11
至二十一日	5	2	13
至二十八日	2	2	10
二月七日至三月七日	5	1	10
總計：	**48**	**24**	**100**
八月一日至八月八日	25	5	11
至十五日	23	6	8
至二十二日	28	4	4
至二十九日	40	6	10
八月一日至九月五日	38	2	11
至十二日	39	23	0
至十九日	42	5	17

至二十六日	42	6	10
八月一日至十月三日	14	4	9
總計：	**291**	**61**	**80**

比較數字的差異時，請記得考量倫敦當時的人數。據一般看法，倫敦八、九月的人數不及平日三成，一、二月也是。總之，我聽說前一年這三個項目的人數就是平時的狀況，數字如下：

	一六六四年	一六六五年
分娩	189	625
小產及死產	458	617
總計：	**647**	**1,242**

我說，如果把倫敦的人數考量進去，這項數字上的差異即大幅增加。我不敢推估當時城裡的精確人數，但會在行文間對此做合理的推估。我現在說這些，是要說明上述那些可憐人

的慘況。《聖經》說得好：「在那些日子，懷孕的和奶孩子的有禍了。」她們當時確然格外悲慘。

發生這種事的人家，許多我都不認識。然而，那些苦命人的吶喊遠遠就可以聽到。至於有身孕的，我們已經看到算好的數字，在九週裡死了兩百九十一人。當時倫敦人數只有平日三成，而平日死於同樣不幸的人，不過四十八人。那比例讀者自己算吧。

無疑，授乳婦女的情況一樣慘。我們的死亡公報沒透露什麼實情，然而還是看得出一些端倪。給保母餓死的，比平時多出許多。但這算不得什麼，苦難是如影隨形的。首先，急需保母而不可得，結果母親垂死，全家及嬰孩只因困頓而死在一起。請恕我說，我確信有無數無助嬰孩如此死去。其次，有的嬰孩不是餓死，而是被保母毒死，就連母親親自餵奶的孩子也是。母親染上瘟疫，還沒來得及發現自己病了就毒死嬰孩，亦即透過乳汁將病傳給孩子。而且，這麼死亡的嬰兒，會先母親而去。這件事我忘不了，一定要提出警告，如果倫敦又鬧這種可怕的大瘟疫，有孕在身或是正在哺乳的婦女，只要有辦法，應該全數離開。否則一旦受到感染，她們的慘況將遠超過其他人。

在此說說這類慘事。有活生生的嬰孩吸吮著母親或保母的乳房，卻不知母親或保母已死於瘟疫。我們教區有位母親，她的孩子人不舒服，便請藥師來看。據說藥師來時，她正在奶孩子。她看來一切都很好，可是當藥師走近，看見孩子正在吸吮的乳房上有瘟疫的病徵。當然，他被嚇了一跳，但不願讓那可憐婦人受到太多驚嚇，要她把孩子交給他。他抱過孩子，走到搖籃邊把孩子放下，掀開孩子的衣服，在孩子身上也看到瘟疫病徵。藥師告訴孩子的父親他們母子的情況，但還沒來得及回去給那位父親送預防藥物，母子倆就死了。究竟是孩子感染了授乳的母親，還是母親感染孩子，這不得而知，但大概是母親感染了孩子。

同樣地，有個孩子的保母死於瘟疫，孩子給送回父母身邊。母親心軟，沒有拒絕，把孩子抱在懷裡，因而染上瘟疫。她死去時，懷裡的孩子也死了。

這種事，就連鐵石心腸也會受到感動。常有母親慈愛地照料、守護愛兒，甚至先孩子而去。有時她們從孩子身上感染了瘟疫，自己已垂死，而孩子蒙母親柔情犧牲，病情好轉，逃過一死。

東坦原一位零售商也碰上這種事。他太太懷了頭胎，生產時已染上瘟疫。他請不到產婆，也請不到看護照料太太。他有兩個僕人，但他們都離他太太遠遠的。他發了狂似的，挨家挨戶跑來跑去找幫手，就是沒人肯幫忙。後來碰上一個看守人，他正在值班看守一戶染疫人家，但承諾會在早上找看護過來。可憐的商人心都碎了，回家盡力幫助太太，為太太接生，孩子落地時已經死了；大約一小時後，太太就死在他的懷裡。他緊緊抱著太太，就這麼到了早上，看守人依照承諾帶著看護來了，上了樓（商人沒關門，或者只是上了門），看見商人摟著死去的太太坐在一起。因為悲傷過度，過幾個鐘頭他就死了，一點瘟疫病徵也沒有，只是不堪悲傷重擔而亡。

我也聽說，有人死了親人，受不了悲痛，就此神思恍惚，其中有一個人格外嚴重。他完全給心頭重擔壓垮了，頭漸漸貼向身體，雙肩之間幾乎看不見頭，只露出一點點頭頂在肩骨之上。他漸漸不說話，失去理智。面向前方時，他的臉得倚著鎖骨，否則撐不住頭，再不然就是要靠別人伸手幫他扶頭。這名可憐人從未恢復正常，如此苟延殘喘了將近一年，然後就死了。也從未有人見過他抬眼看什麼東西。

這些事的細節無從得知。出這種事的人家，有時全家都被瘟疫帶走生命，所以我只能大概講述，不能說得更詳細。不過這種事情多得數不清，連走在路上也看得到、聽得到，這點我在前面暗示過了。而要說出這家、那家出的事，又不重複，也是不容易。

現在，已經講到瘟疫在倫敦東緣肆虐的時候了。那邊的人長久都以為他們躲得過瘟疫，待瘟疫降臨遂驚訝極了。瘟疫當真傳到那兒時，就像全副武裝的人般厲害無比。這就回到前面那三個窮人的故事了。他們從瓦平開始逃，不知何去何從。他們一個是餅乾匠，一個是縫帆工，另一個是細木工，全都住在瓦平那一帶。

前面說過了，那一帶氣氛遲滯，人們漫不經心，非但沒有跟別人一樣搬離，還以安全自誇，說安全與他們同在。許多人逃出城裡、逃出鬧瘟疫的近郊，待在瓦平、瑞特克里夫、石灰屋區、帕普勒一類的地方，認為那裡安全。若非如此，瘟疫或許不致那麼快擴散到那兒。我是很贊成一察覺瘟疫即將到來，有地方避難的人全部離開，即時躲起來，讓城裡淨空。然而，我得說，等能走的人都走了，留下來的人務必要留在原地，不可從城裡這一頭或這一帶，搬到城裡另一頭或另一帶，否則將使全城陷入災難，瘟疫會從他們自己的衣服散播到家家戶戶。

正因如此，我們奉命格殺所有貓、犬。貓、犬是家畜，常在家家戶戶、大街小巷穿梭，毛髮可能夾帶瘟疫死者的濁氣或具傳染性的體液。因此，瘟疫初起之際，市長及地方官聽從醫師建議，下令即刻殺光貓、犬，並派專人負責。

若是官方說法可靠的話，殺死的貓、犬數量多到難以置信。我記得是四萬條狗，而貓的數量是狗的五倍。鮮少家庭沒養貓，有的一養就是幾隻，甚至一家養了五、六隻。我們也盡力撲殺大、小鼠類，主要是殺大家鼠。鼠類是以老鼠藥或其他毒物毒殺，死了極多。

我常常思及在這場大難初來時，全部人都大感意外。不論是政府或個人，都沒有及時權衡輕重採取行動，結果亂象叢生，無數人就在這場大難中罹難。如果當初妥善處理，又蒙上帝眷憐，損失或許不致如此慘重。後世子孫如果願意，或可引以為戒，小心行事，這點下文再提。

我要回頭談那三個人。他們的故事點點滴滴意味深遠。他們與和他們一起避難的人，一切作為都足堪所有窮人在相同境地下取法，婦女也可仿效。若是沒有其他人記錄他們的事蹟，那麼不論我的紀錄是否完全符合事實，我想也夠好了。

他們其中兩人聽說是兄弟：一位當過兵，但當時是餅乾匠；另一位當船員時跛了腳，當時是縫帆工。第三個人是細木工。有一天，餅乾匠約翰對他的縫帆工弟弟湯馬斯說：「湯馬斯啊，不曉得我們會怎麼樣？城裡瘟疫愈鬧愈凶，朝我們這邊來了，怎麼辦？」

湯馬斯說：「講真的，我一點主意也沒有。如果瘟疫傳到瓦平，我就要被掃地出門了。」

於是，他們先商量對策。

約翰：掃地出門！湯馬斯，那我不曉得誰會收留你。現在大家都是你怕我、我怕你的，找不到地方往的。

湯馬斯：唉，我房東人很好，是有教養的人，待我也夠好了；可是他們說，我每天都出去工作，不無危險。他們說要把自己關起來，不讓任何人近身。

約翰：嗯，如果他們打算冒險留在這裡，就該這麼做，一點都沒錯。

湯馬斯：嗳，說不定我也不出門呢。我的老闆只有一張帆要我補，弄得差不多了，大概會有好一陣子不工作。現在什麼行業都停擺了，到處都在解雇工人和傭人，不出門大概也沒什麼損失，可是我看房東他們不會答應的，就跟他們也不願意我去上工一樣。

約翰：哎呀，弟弟，那你怎麼辦？我又該怎麼辦？我的狀況跟你差不多糟。我的房東一家子要到鄉下去，只留一個女僕。可是她下禮拜就要走，會把房子鎖起來，所以我會比你早流落街頭。我也打算要走，只是不曉得能上哪兒。

湯馬斯：咱們是昏了頭了啦，沒有早早就走，不然哪兒都能去。現在走不了啦。如果我們出城，是會餓死的。不會有人給我們吃的，也沒得買，別人不會讓我們靠近城鎮，更不可能讓我們進他們家。

約翰：那也差不多一樣糟。我只有一點點錢，不濟事的。

湯馬斯：這個嘛，我們可以想辦法。我有一點錢，不多就是了。不過，我跟你說，現在走不了了。我家那條路上，有兩個老實人本來要走，可是到了巴內特、威斯通那一帶，就被那邊的人威脅說，再走就要開槍。他們碰了一鼻子灰，只好回來。

約翰：換作是我，就算可能中槍，也要闖闖看。如果人家不賣我吃的，我就自己把東西拿走。反正我會付錢，依法他們不能拿我怎麼樣。

湯馬斯：你的口氣像是當兵的，你當你還在低地國呀？這可不是鬧著玩的。現在可不比平常，人們不准健康可能有問題的人靠近，也是合情合理。說什麼也不能打劫人家。

約翰：弟弟，不是啦。你沒聽懂，誤會我了。我誰也不搶。如果說有什麼城鎮不准我走官道穿過鎮上，也不賣我吃的，就等於說他們有權讓我餓死，那太荒謬了。

湯馬斯：可是人家又不會不准你回頭，所以不能算是餓你肚子。

約翰：那樣碰到的頭一個城鎮，也會用同樣的理由要我走回去，所以那就是要把我困死在中間。再說，又沒有哪條法律禁止我自由旅行。

湯馬斯：可是，要跟路上的每個城鎮理論太難了，窮人做不到的，也不應該做，尤其在這種時局。

約翰：弟弟，我們的狀況比誰都糟。既不能走，又不能留。我的想法跟撒馬利亞的麻瘋病人一樣，就是**留在這裡，必死無疑**。尤其是你我這樣的人，自己沒有房子，也沒人要收留我們。現在時局這個樣子，不能露宿街頭，不然就乾脆直接上運屍車算了。所以我說，**留在這裡是必死無疑**，如果走的話，**可能還有生路**。我決定要走。

湯馬斯：你要走，你要上哪兒？你又能怎樣？我也一樣想走，但是我不曉得能上哪去。我們沒有熟人，沒有朋友。我們生在這裡，就死在這裡。

約翰：這是什麼話。英格蘭跟這裡一樣，是我的家鄉。如果你說我們家鄉鬧瘟疫，不能離開，那你乾脆說，就算我房子失火了，我也不能往外跑。我生在英格蘭，就有權住在英格蘭。

湯馬斯：可是你也知道，英格蘭律法說，可以逮捕流浪漢，遣回他們之前的戶籍地。

約翰：但他們怎麼能把我當成流浪漢？我只是出遠門去做合法的事。

湯馬斯：我們能用什麼合法的事當旅行的藉口呢？還是說白一點，是去流浪？那不是隨便說說就能打發的。

約翰：難道逃命不合法？他們有人不知道實情如此嗎？他們不能說我們隱瞞動機。

湯馬斯：但就算他們讓我們通行，我們能上哪兒去？

約翰：上哪兒都行，能活命就好，等出了城再想都還來得及。只要能離開這個可怕的地方，我不在乎去哪裡。

湯馬斯：那我們會走上絕路的，我不曉得該怎麼想。

約翰：好吧，湯馬斯，那你考慮一下吧。

那時大概是七月初。儘管瘟疫從城西及城北往那頭擴散，可是整個瓦平，還有瑞德里夫，還有瑞特克里夫，還有石灰屋區，還有帕普勒，情形就像我前面說過的。簡單講，就是德福及格林尼治，泰晤士河兩岸，從賀米提茲及其對面，一直到黑牆都沒有瘟疫。整個斯戴尼教區沒有人死於瘟疫。而在白禮拜堂路南側也沒有，不對，任何教區都沒有。然而，就在那一週，每週死亡公報上的數字增加到了一千零六人。

十四天後兩兄弟再次見面，局勢稍有變化，瘟疫大幅擴散，死亡人數大增，上升到兩千七百八十五人，而且增加速度驚人。不過，泰晤士河沿岸情況仍然很好。可是瑞德里夫開始有人死亡，瑞特克里夫幹道則約有五、六人。縫帆工有些害怕，直接去找哥哥約翰，跟哥哥說房東通知他，限他一週內一定得搬走。他哥哥約翰的狀況一樣糟，已經搬出住所，才剛求得老闆許可，讓他住在餅乾作坊的庫房。他在那兒鋪了麥稈，上頭墊些裝餅乾的粗布袋，即俗稱的麵包袋，用來當作床，睡覺蓋的也是粗布袋。

他們見所有的工作沒了，沒有工作，沒有工錢，決定盡量遠離可怕的瘟疫，善用他們的錢，能撐多久就撐多久。等錢用完了，就看看能不能在別處找到工作，什麼工都行，賺點錢。

他們正盤算著怎樣才能實現計畫。第三個人因為跟縫帆工很熟，得知他們的計畫，便辭工加入他們。於是，他們準備上路了。

三人恰巧錢不一樣多。雖然縫帆工積蓄最多，但是因為跛腳，要在鄉下找到工作最難，所以同意他們的錢應該全數充公。但他有個條件，就是到時不管誰賺的錢多，都必須全數充公，不得異議。

一開始他們打算步行離城，決定盡量少帶行李，能走多遠就走多遠，最好是能走到安全無虞的地方。他們三人討論再討論，就是無法決定逃亡路線，甚至到了出發那天早上，他們還在討論。

最後，他們是聽了船員的話才決定路線。船員說：「首先，天氣很熱，所以我覺得應該向北走，這樣太陽才不會照在我們臉上，曬得我們胸悶，讓我們熱到透不過氣來。我聽說在這種時局，最好不要讓血液太熱。要知道，瘟疫說不定就在空氣裡呢。」他又說：「其次，我覺得應該逆風走。因為我們走的時候可能有風，逆風走的話，倫敦的空氣就不會吹到我們身上。」大家同意兩項顧慮有道理，決定盡量在不吹南風時向北走。

當過兵的餅乾匠約翰接口說：「首先，我們都不指望一路上有地方借宿，倒地就睡又太不舒服。天氣雖然暖和，可是也可能又溼又潮，而在這種時候，我們有雙重理由要保重身體。所以呢，湯馬斯你是縫帆工，為我們做頂帳棚大概輕而易舉。我負責每晚搭帳棚，早上再把它收好，這樣全英格蘭的旅店就算不了什麼了，反正只要頭上有頂好帳棚，我們就過得下去。」

細木工不贊成，說住的問題他來解決。他願意每晚搭個棚屋給他們住。雖然他只有短柄小斧和大頭錘，沒有別的工具，但搭的棚屋應該會讓他們完全滿意，跟帳棚一樣好。

為此，軍人和細木工爭執了一會兒，最後軍人提議的帳棚勝出。唯一的反對理由是，他們得隨時帶著帳棚，這樣行李會太多，而且天氣又熱。可是縫帆工交上好運道，解決了這個問題。他的老闆除了經營船帆，還有一家製繩廠。繩廠有匹小馬一時用不上，這位老闆想幫助三個老實人，就給他們這匹馬馱行李。此外，他們出發前，縫帆工幫他做了三天工，為了這麼區區一件小事，他給他們一張上桅帆，雖然破舊，但拿來做頂好帳棚綽綽有餘。軍人教他怎麼做帳棚，在他的指導下，他們很快就有了帳棚，並裝上支架撐起帳棚。這樣他們就有了走這趟路的裝備，亦即三個人、一頂帳棚、一匹馬及一把槍（因為軍人沒有武器不肯上路，他說他不再是餅乾匠了，而是騎兵）。

細木工帶了一小袋工具，如果外地有工作的話就能派上用場，不僅能賺錢供養自己，也供養大家。他們的錢全數充公後，一行人便啟程了。看來他們出發那天有風，船員依據他的小指南針，說吹的是西北西方向。於是，他們改變方向，或者說是決定改變方向，朝著西北前進。

然而，他們很快就碰上困難。他們從瓦平靠賀米提茲那邊出發，因為那時瘟疫猖狂，倫敦北部鬧得格外厲害，如索迪奇及克里波門教區都很糟。他們覺得為了安全起見，不該走近那一帶，於是朝東走上瑞特克里夫官道，一直走到瑞特克里夫十字路口，讓斯戴尼教堂始終保持在他們左手邊。他們不敢從那個路口直接走去裡頭，因為那樣他們就得路過教堂墓園旁邊；再說風似乎是從西邊來的，正從城裡瘟疫鬧最凶的地方吹來。所以我認為，他們離開斯戴尼，繞了很長一段路，走向帕普勒及布朗里，在波區走上大路。

如果他們走上波橋，必會受到守衛盤問。於是他們穿過大路，走小路離開波區到老渡頭，避開了盤查。因為當時傳聞出現暴民，各地都有警察守衛，攔住過路人，不准他們在鎮上過夜。當時的確可能出現暴民。畢竟，倫敦貧民受苦受難，填不飽肚子；沒有工作，就意味著沒有麵包。據說他們起而動武，引發騷動，到鄰近所有城鎮搶麵包。我覺得這純屬謠言，並無此事。然而，這則謠言差點成真，卻是一般人不知道的。過沒幾週，這場大難就把窮人折磨得絕望，因此他們很難逃到鄉野市鎮，毀掉所到之處。如同我前面說過的，阻擋他們逃命的，不是別的，正是瘟疫。瘟疫狂暴肆虐，猛烈地落到他們頭上，他們成千成千地進墳場，不是成千成千地群集到野地。至於那些出現暴民的地區，是在聖墓、克拉肯威爾、克里波門、主教門及索迪奇教區一帶。瘟疫鬧得很凶，凶猛到即使是當時瘟疫尚未達到高峰，光是這幾個教區，八月前三週死亡的人不會少於五千三百六十一人。同時，在瓦平、瑞德里夫及羅瑟黑斯一帶，則像前面說的，幾乎未受瘟疫之害，若有也很輕微。因此，簡單說，就像前面提的，市長及治安法官管理得當，有效預防了民眾在狂亂下不顧一切，成為暴民，引發騷動，打劫富人。我想，儘管他們做了很多事，然而運屍車做得更多。前面提過，僅在五個教區，二十天內就死了五千人以上。因此，病人人數大概有三倍。有些病人康復了，但每天都有很多人染病，隨後死亡。此外，我還得說，如果死亡公報上是五千人，我一向認為實際人數差不多是兩倍。他們的紀錄完全不可信，我看他們那樣一團亂的，根本無法精確做紀錄。

再回頭來談這三個人。他們只受到盤問。因為他們看來像鄉下人，不像城裡人，所以人們跟他們在一起時自在些，跟他們說話，並讓他們進到一家酒館（酒館裡有個警官與守衛同行），還給他們吃的、喝的，讓他們精神為之一振，受到鼓舞。他們因而想到，以後有人盤問，就不要說他們來自倫敦，改說來自艾塞克斯。

為了這個小騙局，他們求老渡頭那位警官幫忙，結果大有斬獲，弄到一紙證明，說他們來自艾塞克斯，路過這個村落，沒去過倫敦。雖然就行政區而言，這不符合實情，字面上卻是成立的，畢竟瓦平或瑞特克里夫都不在自治市，也不在特區。

他們拿著這紙證明，到了哈克尼教區一個小村莊霍摩頓。這紙證明大為有用，當地警官不僅讓他們通行，還幫他們向治安法官申請健康證明，輕易就弄來一張。於是，他們穿過哈克尼又長又分散的鎮區（當時鎮區是由數個不相鄰的小村莊組成），一直走到斯坦幅山山頂通往北方的大路。

此時他們有些累了，就在哈克尼離這條大路不遠的一條僻徑，搭帳棚過第一夜。他們發現一座糧倉，或是一座像糧倉的建築，先察看一番，確定裡頭沒人後搭起帳棚，讓帳棚前端頂著糧倉。這麼做是因為那晚風很大，而且他們露宿經驗少，不大會搭帳棚。

接著他們就睡下了。可是細木工生性嚴謹，要他散散漫漫度過第一晚，心裡實在不踏實，怎麼也睡不著，決定出帳棚拿槍守護夥伴。糧倉立在原野上，離路不遠，只有籬笆與路隔著，所以他一槍在手，在糧倉前來來去去踱步。不多時，他聽見嘈雜人聲，聽來人很多，而且他覺得那些人不斷靠近，朝糧倉而來。他並未即刻叫醒同伴。又過了幾分鐘，吵鬧聲愈來愈大，餅乾匠叫他，問他怎麼回事，很快走出帳棚。另一位跛腳縫帆工最累，仍一動不動在帳棚裡睡著。

如他們所料，他們聽見的人是直直朝糧倉來的。此時，他們其中一人就像站崗的衛兵般問道：「誰在那裡？」那些人沒有馬上回答，其中一個對後頭的人說：「唉呀！唉呀！希望全落空了。有人搶在我們前面占了糧倉了。」

此話一出，他們全停下腳步，似乎嚇著了。看來他們一共十三人，有男有女，共商著對策。聽他們的對話，我們的旅人很快就發覺這些人跟他們一樣，也是受了磨難的可憐人，在找安全的棲身地。此外，我們的旅人也不用怕他們來打擾，因為他們一聽見有人問：「誰在那裡？」那些婦女便彷彿很害怕似地說：「別靠過去，他們說不定得了瘟疫呢。」其中一個男人說：「我們去問問看。」那些婦女說：「不行，說什麼也不行。我們靠著仁慈的上帝，才能逃這麼遠的路。求求你，別冒險。」

聽他們這麼說，我們的旅人就知道他們是審慎的好人，跟他們一樣在逃命。衝著這點，約翰對他的細木工同伴說：「我們也盡量給他們打打氣吧。」於是細木工對他們叫道：「喂，好人哪，我們聽了你們的對話，知道你們跟我們一樣，都是要逃離可怕的瘟疫。別怕，我們不過就是三個窮人。只要你們沒得瘟疫，我們也傷不了你們。我們沒睡在糧倉裡，是在糧倉外的小帳棚。糧倉你們用吧，我們會搬到別的地方去，反正隨便在哪裡，都可以很快再架好帳棚。」就這樣，細木工理查和他們其中一個男人談了起來。那個人說他叫福特。

福特：你能保證說，你們全都很健康嗎？

理查：當然，我們正想跟你們說這個呢。你們用不著緊張，不必擔心有危險。我們也不想讓你們冒任何風險，所以我才會跟你說，我們沒用糧倉，我們會搬走，這樣你們安全，我們也安全。

福特：你們人真好，這麼慷慨。既然有理由相信你們很健康，沒有染上瘟疫，我們又何必要你們搬走呢？你們都安頓好，甚至都躺下休息了吧？如果你們願意，我們就進糧倉歇一會兒，不必麻煩你們了。

理查：那好。可是你們人多，對我們的威脅還大過我們對你們的威脅，希望你也能保證，你們全都很健康。

福特：感謝上帝，雖然倖免於難的人這麼少，終歸還是有的。雖然不曉得以後會怎樣，至少目前我們都還平安。

理查：你們是哪個教區來的？瘟疫傳到你們教區了嗎？

福特：唉唉唉，瘟疫來得這麼可怕又嚇人，不然，我們也不會這樣逃出來。相信留在那裡的人，沒幾個活著的了。

理查：你們是哪裡人？

福特：我們大部分來自克里波門教區，只有兩、三個來自克拉肯威爾教區，不過是在靠這邊的那一側。

理查：你們怎麼這麼晚才逃出來呢？

福特：我們已經出來一段時間了，人盡量在一起，待在伊斯靈頓那邊。那裡有棟老房子沒人住，我們就住下了，用的是自己帶去的生活用品。可是瘟疫也來到伊斯靈頓。我們簡陋住所隔壁那一戶人家得了瘟疫，給封閉了，嚇得我們逃出來。

理查：那你們要去哪裡？

福特：我們聽天由命，不曉得該上哪裡，不過上帝會指引崇敬祂的人。

他們沒再談下去，全都到了糧倉，費了點麻煩才進去。糧倉裡沒別的，淨是乾草，但乾草幾乎塞滿糧倉，他們盡量把地方弄舒服些，然後歇下。但是在他們睡前，我們的旅人看到一位老人（似乎是其中一位婦人的父親）和大夥一起禱告，睡前祈求上帝賜福，給他們指引。

那個時節天亮得早。因為細木工理查守第一哨，軍士約翰接替他，在早上守衛。兩夥人熟識起來。看來，福特他們離開伊斯靈頓時，本想往北去高門，但在霍勒威給攔下來，無法通過，便穿過原野，越過山頭，朝東走到木板河，這麼避開了城鎮。他們一路讓宏恩西在他們左手邊，紐因頓在右手邊，從那頭走到斯坦福山附近的大路。這就跟三位旅人在山另一頭做的事一樣。現在他們打算穿過沼地，過河前行到艾平森林，希望能在那兒棲身。看來他們並不窮，至少沒窮到有所匱乏，還有足夠的糧食，能好好過上兩、三個月。他們說，希望到時天冷了，能遏止瘟疫；再不然瘟疫最猖狂的時候也該過去，到時大概也沒多少人活著了，感染瘟疫的人很少，瘟疫將會消退。

這也是我們這三位旅人遇到的境況，只不過他們行裝似乎較齊備，且打算盡量走遠一點。而福特他們只打算走一天的路程，這樣或許每兩、三天就能打聽到倫敦的情況。

可是，咱們的旅人卻碰上始料未及的問題。他們要用馬馱行李，就必須沿著道路走，而另一群人卻是有路走路，沒路走原野，沒有限制，隨心所欲。除非要買必需品，否則無須經過任何城鎮，也不必走近任何城鎮。當然，他們採買時備受刁難。

可是我們這三位旅人只能沿著路走，不然就得破壞許多田園牧地的籬笆和門，以便穿越原野。非到萬不得已，他們是絕不願那麼做的。

無論如何，我們這三位旅人亟欲加入這群人，跟他們一起碰運氣。他們討論了一會兒，決定放棄原本北上的計畫，要跟這群人去艾塞克斯。於是，早上他們收起帳棚，將行李放到馬背上，跟那群人一道走了。

他們在河邊碰上麻煩。船家怕他們有病，不願擺渡。可是，他們遠遠跟船家喊話，交涉了一番，船家答應把船留在渡口一段距離外，讓他們自行划過河。他們過河後，船家叫他們把船留在那裡，說他還有一艘船，可以自己過去把船划回來。不過，似乎至少過了八天，他才去把船弄回來。

他們先前留了錢給船家，請他幫忙買吃的、喝的，放在船上給他們自己拿。不過，我說過了，船家可沒即刻去取錢。可是我們的旅人沒了主意，不知該怎麼把馬弄過河。船太小了，不適合運馬。最後，他們把行李從馬背上卸下，讓馬游過河。

過河後，他們朝艾平森林前進，卻在瓦登斯托被當地人攔住。那兒的警官與看守人就跟別處的人一樣，不准他們前行，遠遠跟他們喊話。他們像之前那樣，解釋自己的情況，可是這些人不相信他們，說已有兩、三群人也從同一個方向來，用類似的託詞蒙混過關，結果他們路過的地方，有好些人得了瘟疫。後來，這些人因為無法應付鄉間生活（持平說來，他們是咎由自取），有許多死在火燒林那邊，陳屍荒野，也不知他們到底是死於瘟疫，或者純粹因為匱乏，受不住煎熬。

據此，瓦薩斯托人確實有理由格外小心，不讓任何他們覺得可疑的人進入鎮上。可是，細木工理查和另一個人向對方說，他們沒有理由封閉道路，不讓人穿過鎮上。他們對鎮民一無所求，只是要借道穿過鎮上罷了。如果鎮民怕他們，大可回家，關上家門。他們既不會跟鎮民客套，也不會對人無禮，只想顧好自己。

無論他們怎麼講道理，警官一夥人就是不為所動，依然堅持己見，什麼也聽不入耳。兩人交涉沒結果，回上找同伴商量。總的來說，他們十分沮喪，半晌不知如何是好。最後，軍士兼餅乾匠約翰思量了一番說：「這樣吧，交涉的事包在我身上。」他沒多做解釋，直接叫細木工理查將樹幹劈成桿子，盡量弄成槍的模樣。不一會兒，就有了五、六把火槍，遠看可以亂真。由於雨天時士兵會為保險栓纏布，以防生鏽，約翰便要大夥找些碎布爛衣，纏在槍枝保險栓的部位，其餘部分就地用泥塗污。其他人依他吩咐，兩、三人一組，在樹下生火，每堆火遠遠相隔。

大夥忙著這些事，他則帶著兩、三人在鎮外小路搭帳棚，與鎮民設的路障相望，還留下一人帶槍守衛。這個人荷著他們唯一的真槍，來來回回走著，故意讓鎮民看見他。約翰將馬繫在旁邊籬笆門上，找了乾柴，堆在帳棚另一頭生火。鎮民只見又是火又是煙的，卻看不出他們在做什麼。

那些鄉下人認真瞧了半天，就他們所見，只能推測他們人很多，要留在那兒，沒打算要走，於是鎮民不安了。又見帳棚那邊有一匹馬和一把槍，還有幾個人荷著槍（他們以為是真槍），在小路邊籬笆內走動，以為這夥人有好些馬匹和武器，心裡更慌。我想，看到那個陣仗，你可以確信，鎮民是給嚇到了，十分害怕。看來鎮民去找一位治安法官，詢問該怎麼辦。我不知道他是怎麼說的，不過快到晚上時，鎮民從前述路障向帳棚的哨兵喊話。

「什麼事？」約翰問道[15]。

「喂，你們想幹什麼？」警官問。

「幹什麼？你們還會讓我們幹什麼？」約翰說。

警官：你們怎麼不走？留在這裡做什麼？

約翰：這是官道，你們為什麼不讓我們過？

警官：雖然我們沒必要解釋，可是我們還是解釋過了，是因為瘟疫的關係。

約翰：我們也說過了，我們全都很健康，沒有得瘟疫，也沒必要證明自己健康，你們卻在官道上把我們攔下來。

警官：為了安全，我們有權封路。再說這也不是官道，是要付錢才能過的路。你看，這裡有道柵欄，就算要讓人過，那個人也得給錢。

約翰：我們跟你們一樣，有權保護自己的的安全。你們大概看得出來，我們在逃命，攔阻我們太野蠻了，沒有天理。

警官：你們打哪兒來，就往哪兒去，我們不會攔人的。

約翰：不行，瘟疫比你們可怕，我們不能回去，不然也不會上這兒來。

警官：那你們可以去別的地方。

約翰：不行、不行，我想你也看得出來，我們有能力送你上天，把你們教區所有人都送上天，想幾時通過官道就幾時過。可是你們這樣攔人，我們也沒怎樣。瞧，我們紮了營，要待在這裡，希望你們送吃的來。

警官：送吃的來！什麼意思？

約翰：怎麼，你們不會眼睜睜看我們餓死吧？你們擋住我們的去路，就得負責養活我們。

警官：靠我們提供伙食，你們會餓出病的。

約翰：要是你們伙食給太少，不夠的我們自己去鎮上拿。

15 作者註：看來約翰原來是在帳棚裡，聽到鎮民問話便荷槍出來查看，假裝他是上級軍官派守的人。

警官：啊，你該不是想出手逼我們給吃的吧？

約翰：我們又沒說要動武，怎麼，想逼我們出手啊？我是老兵，不能餓肚子。如果你以為我們沒東西吃就會往回走，那你就錯了。

警官：既然你敢威脅我們，那我們會提防的。依照官府的命令，我可以讓全郡追拿你們。

約翰：威脅人的是你們，不是我們。既然想來硬的，就別怪我們不給你們時間準備。我們幾分鐘內就行動[16]。

警官：那你們要我們怎麼做？

約翰：我們本來就沒要求你們什麼，只是想走官道穿過鎮上，不打算傷人，也不會行搶。我們不是賊，只是不幸的可憐人，因為瘟疫太可怕了，一週吞噬幾千條人命，才會逃出來避難。真不懂，你們怎麼一點良心都沒有！

警官：我們要自保，也是不得已。

約翰：什麼！現在情況這麼慘，你們居然狠得下心？

警官：好吧，你們可以從你們左手邊的原野進鎮，我會叫人把柵門全部打開。

約翰：走那條路的話，騎兵不能[17]帶東西通過，也接不上我們後面要走的路。為什麼就不能讓我們走這條路？還有，我們給攔在這裡一整天了，帶來的東西又吃完了。我想你們應該送點糧食來，接濟一下。

警官：你們改變路線，我們就送吃的。

約翰：那樣的話，這個郡每個鄉鎮都會封路，不讓我們過。

警官：如果每個鄉鎮都給你們食物，還能糟到哪裡去？你們有帳棚，不愁沒地方睡。

約翰：那你們會送多少食物來？

警官：你們有多少人？

約翰：用不著供應我們全部人的伙食，我們可是有三隊人馬呢。麵包嘛，要夠二十個男人跟六、七個女人吃三天的量。還有，你說一下，你講的那條路怎麼走。我們也不想嚇著鎮上的人。雖然我們跟你們一樣，沒有得瘟疫，不過我們願意改路線[18]。

警官：那你能不能保證，你們其他人不會來打擾我們？

16 作者註：這句話嚇到警官一群人，於是他們語氣馬上變了。

17 作者註：他們只有一匹馬。

18 作者註：此時他叫來一個同伴，要他傳令給理查隊長，叫他帶他的人沿著路邊走，與他們在森林會合。其實他只是裝裝樣子，並沒有理查隊長，也沒有那樣一隊人馬。

約翰：當然，你大可放心。

警官：你也得保證，我們送糧食來的時候，你們誰也不會靠近半步。

約翰：我保證不會。

鎮民依照協議，送來二十條麵包及三、四塊上等牛肉，又開了一道道柵門讓他們過，但誰也沒膽看著他們通過。就算有人看了，那時是晚上，也看不出他們其實沒幾個人。這便是軍士約翰的妙計。但此舉讓全郡戒備起來，倘若他們真有兩、三百人，全郡都會對付他們，那麼他們不是會被送進監牢，就是無法實現計畫。

他們很快察覺這一點。兩天後，他們發現好幾組騎兵，還有步兵，要追拿三夥人。據說，三夥人帶著火槍從倫敦闖出來，身染瘟疫，不僅散播疫癘，還打家劫舍。

他們見到自己行為招致的後果，很快察覺自己有危險，決定照老兵說的，再度分組。約翰和兩個夥伴帶著馬走，假裝朝瓦薩前進。其他人拆成兩組，每組稍稍拉開距離，朝艾平前進。

第一晚他們全露宿森林，彼此相距不遠，但沒搭帳棚，怕洩露行蹤。不過，理查用斧頭砍了樹枝，搭成三個小棚，大夥湊合著睡在裡面。

這一晚，他們拿出在瓦薩斯托得到的食物，好好吃了一頓。至於下一步，他們打算聽任上帝安排。由於他們是靠著老兵才逃出來的，大夥欣然推派老兵當首領，而老兵擔任首領的第一個決策看來也很好。他說他們離倫敦夠遠了，一時用不著到鄉村買補給品，應該小心別在鄉下染上瘟疫，一如他們也沒傳染瘟疫給鄉下人。又說他們錢少，必須盡量節約。他不願大家騷擾鄉下人，所以他們必須安分守己，盡量和鄉村居民和平相處。他們全都聽他指揮，次日離開了三間小棚屋，朝艾平走去。隊長（他們如此稱呼老兵）和兩位旅伴也不再朝瓦薩前進，改和大夥同行。

快到艾平時，他們在樹林裡挑了一個好地點紮營，就在官道北側，離路不是很近，但也不遠。他們在一小片低矮的截頭樹下清出營地。細木工指揮大夥砍樹幹，將樹幹圍成一圈，粗端固定在地上，細端綁起來，搭成棚子；再用樹枝和灌木增加棚面的厚度，棚子就不透風，很能保暖。他們一共搭了三間大棚子，一間專供婦女使用，還有一間安置馬兒。

次日或是再隔一日，正是艾平集市的日子。約翰隊長帶一個人去採買，買了麵包、一些羊肉及牛肉。另有兩名婦女單獨上市集，裝作跟他們不相識，也買了東西。約翰帶著馬，東西就放進木匠的工具袋，讓馬馱回營地。木匠找來木頭，湊合著做些長椅和凳子給大家坐，又做了一張桌子模樣的東西，給大家當餐桌。

頭兩、三天鎮民沒人注意到他們，之後許多鎮民出鎮察看，於是全鎮都起了戒心。一開始，鎮民似乎不敢走近。不過，他們也不希望鎮民走近。聽說瘟疫已經傳到瓦薩，傳到艾平也有兩、三天了。約翰向鎮民喊道，叫他們不要上前。他說：「我們這兒全是健健康康的人。我們不要你們把瘟疫傳給我們，你們的瘟疫也不是我們帶來的。」

之後教區官員去找他們，遠遠問他們是誰，憑什麼住在那兒。約翰坦白相告，說他們來自倫敦，都是落難的可憐人，因為眼看瘟疫就要蔓延到城裡，大勢不妙，及時逃了出來，以保性命；又因為他們沒有親友投靠，一開始是躲在伊斯靈頓，可是瘟疫傳到了那裡，才又逃到艾平。他們想當地人不會讓他們進鎮，就在荒林野地紮營，情願住得簡陋一點，忍受艱苦，也不願讓任何人擔心，認為他們會帶來傷害。

起初艾平人粗聲粗氣，叫他們一定得搬走，說那兒容不下他們；說儘管他們佯稱身體健康，但是他們可能身染瘟疫，會感染全鎮的人，所以不能讓他們待在那裡。

約翰沉著氣，跟他們理論了許久。他說在艾平一帶，所有鄉鎮都是靠倫敦養活的。多虧倫敦人向他們買農產品，他們才有錢付地租。然而，他們待倫敦居民，或是其餘給了他們這一切的人，卻是如此殘忍，實在不近人情。倘若日後有人憶及往事，談起當年有人為躲避人間最可怕的大敵，逃離倫敦，到了他們這兒，碰上的人卻如此粗暴、不友善、不仁慈，那麼艾平人在全倫敦就要名譽掃地了，只要他們一踏進倫敦，走到哪裡都會被人丟石頭，就連在市集也一樣，想必他們不會樂見那種情況。再說，難保瘟疫不會降臨在他們頭上。就他所知，瓦薩已經在鬧瘟疫了。等哪一天，他們也因為怕染病，趁著健康時逃離家鄉，卻發現自己連露宿荒野的自由都沒有，相信他們也會覺得那實在太過分。

艾平人聽了，再次告訴他們，儘管他們口口聲聲說自己身體健康，沒有瘟疫，卻拿不出真憑實據。聽說瓦薩斯托一大群暴民佯稱健康，卻威脅打劫鎮民，不顧教區官員反對，硬是通過鎮上。聽說那群人差不多有兩百人，他們的武器和帳棚看來像是低地國士兵用的。他們向鎮民勒索糧食，說不然就要賴著不走，由他們供養。他們耀武揚威，口吻像軍人。聽說他們有好些人朝朗福及火燒林的方向走，散播瘟疫，如今兩個大鎮都在鬧瘟疫，人們都不敢如常上那邊的市集。約翰他們極可能是那些暴民的同夥。如果是的話，他們為害地方，鬧得人心惶惶，全該關進郡立監獄，為惡行付出代價。

約翰答說，那是別人做的事，與他們無關。他們保證，他們只有一群人，人數從沒比鎮民當時看到的多（順道一提，這的確是實話）。他們原是互不相干的兩群人，逃亡時相遇，因為處境相同而結伴。若有人想知道他們的底細，他們一定奉告，並說出姓名及地址，這樣他們若惹是生非，鎮民就知道該向誰追究。鎮民應該看得出來，他們情願在樹林裡過苦日子，只求能有一點空間，呼吸清淨的空氣；若是那兒的空氣對健康有害，那他們就不能留在那兒，自會離開。

鎮民說：「可是我們照料窮人的擔子已經夠重了，得小心點，不要再增加負擔。你們會變成我們教區百姓的負擔，而且大概也拿不出財物來補償我們，倒是可能帶來瘟疫，造成危害。」

約翰說：「哼，說這什麼話。我們也不想增加你們的負擔。如果你們願意提供糧食，解決我們現在的需求，我們會十分感激。我們在家鄉都自力更生，如果日後上帝願意讓我們平安回家，讓倫敦人恢復健康，我們必會全額奉還你們的花費。

「至於說我們可能會死，我們保證，只要有人死了，沒死的會負責埋，不會增加你們的開支。萬一我們全死光了，最後一個死的當然沒辦法埋自己，你們可能得幫那個人付喪葬費。但我相信，這最後一個人會留下足夠的財物，補償你們。」

約翰又說：「不過，如果你們狠心完全不幫忙，我們也不會動武威逼，不會偷你們的東西。如果我們這點錢財都用掉了，死於匱乏，那也是上帝的旨意。」

約翰就這樣跟鎮民交涉，言詞理性圓融，鎮民便離開了。雖然沒答應讓他們留下，鎮民卻也沒來騷擾他們。這群可憐人就這麼過了三、四天，無人打擾。這段期間他們和鎮郊一家食堂攀上交情，遠遠叫店家幫忙買些東西，讓他遠遠就擱下，而且總是老實付錢。

這段期間鎮上年輕人常常找來，近近站著看他們，有時也隔著一段距離跟他們說話。尤其是第一個安息日，鎮上年輕人看到這群可憐人沒有勞動，而是一起禮拜上帝，還聽見他們唱聖歌。因為這些事情，再加上他們舉止溫文，不惹人厭，鎮民對他們心生好感，同情他們，對他們頗有好評。因此，一個溼答答的雨夜，一位住在附近的紳士送來一小車麥稈，共有十二綑，供他們躺臥及覆蓋棚頂，讓他們保持乾爽。一位教區牧師就住在附近，他不知道那位紳士送了麥稈去，也送了約兩蒲式耳小麥及半蒲式耳白豌豆。

他們自是非常感激，麥稈尤其是一大幫助。雖然木匠心靈手巧，做了像飼料槽一樣的架子當床，找了樹葉之類塞住隙縫，還把整頂帳棚裁開當床罩，可是睡在這樣的床上仍是潮得難受，很不舒服。這下子床鋪了麥稈，他們覺得就像是羽毛床墊似的。約翰說，要是平時睡羽毛床墊，感覺還沒那麼好呢。

有這位紳士及牧師開了先例，義助這群出外人，旁人很快跟進，每天都有鎮民送東西來，不過主要還是住在附近的人。有人送椅子、凳子、桌子，看他們缺什麼就送什麼。有人送毛毯、小毯子、床罩，有人送陶器，有人送廚具供他們煮食之用。

木匠受到這些善行鼓舞，花了幾天蓋有椽的大屋子，有像樣的屋頂，還有二樓，讓他們有溫暖的住所，為九月之後溼冷的天氣做準備。這棟屋子的牆和屋頂都鋪了許多乾草，厚實得足可擋住寒氣。木匠還在一端做土牆，蓋了煙囪。另一位同伴吃了不少苦頭，好不容易才幫煙囪接好煙道，供排煙之用。

他們這棟房子雖然簡陋，卻很舒適。到了九月初，他們聽到壞消息，瘟疫傳到在艾平一邊的瓦薩修道院及艾平另一邊的朗姆德福、火燒林，鬧得十分厲害。瘟疫也朝艾平及伍福等多數林邊村鎮而來。聽說散播瘟疫的主要是挨家挨戶叫賣的小販及進出倫敦的食品攤販，消息不知是真是假。

如果確有其事，顯然和後來傳遍英格蘭的消息不符。不過，我說過了，我無法確認進出倫敦的食品攤販是否真的都沒有生病或將瘟疫帶到鄉間。總之，有人說有，有人說沒有，兩派說法都有人跟我保證說是錯的。

我想實情可能是，這些人的健康確實好得出奇。雖稱不上奇蹟，可是確實許多人進出倫敦卻沒有染病。這對倫敦窮人大為有利，若不是這些人連番帶食品到市集但仍然健康絕佳，或比一般人健康，窮人的處境只會更糟。

可是這些才安頓下來的人愈來愈不安，鄰近鄉鎮真的鬧瘟疫了，他們不放心出去採買欠缺的東西，日子很難過。他們存糧很少，只有一些好心鄉下人送來的東西。可是令他們振奮的是，幾個不曾接濟過他們的鄉紳得知他們的事情，送來一頭大豬，亦即一頭肉豬；有一個送了兩頭羊，還有一個送了一頭小牛。總之，他們有了充足的肉食。有時也有人送起士、牛奶什麼的。有人致送穀物，可是他們無處烘焙及碾磨，就直接當成主食，吃掉了最早得到的兩蒲式耳焙乾的穀物，像古代以色列人那樣，沒有碾磨做成麵包而直接吃掉。

後來，他們終於找到方法，把穀物送到伍福一家風車房碾磨。之後餅乾匠做了一個中空乾爐，足以做出還過得去的硬麵包。就這樣，他們自給自足，完全不需鎮民幫助，也不必採買了。幸好如此，因為瘟疫很快就橫掃鄉村，聽說鄰近各村莊死了一百二十人，這對他們來說是很可怕的。因此，他們開會討論。現在鎮民無須擔心他們住在鎮上附近了，反倒是好幾戶窮苦人家放棄家園，學他們在樹林蓋棚屋住。即便如此，他們好些人仍舊染上了瘟疫。原因很簡單，他們染病不是因為搬到野外，而是（一）他們搬得不夠早，也就是他們和鄰居隨意交談，染上了瘟疫，或者也可以說，瘟疫就混雜在他們之間，無論走到哪裡，瘟疫都會跟到哪裡，搬家無濟於事；（二）他們不夠小心，安全搬出後，又回鎮上和病人廝混。

無論如何，我們的旅人發現瘟疫不僅在鄉間傳播，也在他們附近的林間帳棚及小屋裡橫行。他們擔心極了，考慮拔營遷居，不搬怕有性命之憂。

一想到這裡的人那麼善心收留他們，待他們如此溫厚、仁慈，現在卻得走人，他們心裡萬分痛苦。然而，當初為了保命，他們都走這麼遠了，現在迫於情勢，為免性命不保，仍是決定要走。他們看不出有別的出路，但約翰想到一個辦法解決眼前的難題。亦即他去找那位最常幫忙的紳士，解釋他們的苦處，懇求他協助，給他們意見。

這位善心紳士勸他們離開，以免屆時瘟疫太嚴重，生路全被切斷。至於他們該上哪裡，他也沒主意。最後，約翰問他，身為治安法官，他能不能給他們健康證明，這樣他們在路上若碰到任何治安法官，就能證明健康狀況。無論如何，他們離開倫敦這麼久了，不會再讓人擋住去路。法官閣下即刻答應，為他們開了證明，此後他們想上哪兒就能上哪兒。

就這樣，他們有了一張正式的健康證明書，上載他們曾在艾塞克斯郡一個村莊久居，經過詳查及檢驗，超過四十天未與人往來，亦未出現病徵，故此推定他們身體健康；他們離開該村，乃是因為瘟疫即將到來，而非他們有人出現病徵，任何地方都可收容他們，安全無虞。

他們依依不捨，帶著健康證明離開。約翰不想離家太遠，他們便朝瓦薩那邊的沼地前進。他們碰上一個人，似乎是看守河堰的，職司操作河堰，讓河面升高給駁船通行。他告訴他們一則壞消息，說瘟疫已經傳到所有沿河城鎮及中薩、赫福郡一帶沿河城鎮。也就是說，瘟疫傳到了瓦薩、瓦薩十字、恩菲爾德、威爾及所有沿路城鎮。他們聽了很害怕，不敢走那條路。不過，看來那個人騙了他們，他說的不盡然是事實。

然而，他們嚇壞了，決定穿過林地，朝朗福及火燒林前行。可是他們聽說有些人逃出倫敦，往那個方向走，朗福附近的賀那特森林到處都有他們的蹤影。他們沒有必需品，沒有地方住，散居山林野地，生活艱難，走上絕路，威嚇民眾，劫掠盜取、殺牛，無所不做。也有些人在路邊搭了小棚屋乞討，但幾乎根本是強迫人家救濟他們，弄得鄉間十分不安寧，不得不抓走一些人。

我們的旅人原本一心以為，到了那兒就能得到善心對待，一如他們之前也得到善待，這下願望落空了。這也意味著，他們無論到哪裡都會受到質疑，而且那些跟他們一樣在逃命的人可能會對他們動粗。

顧慮到這些，他們的首領約翰代表全體回去找曾經幫過他們的好友兼恩人，老老實實解釋他們的處境，謙遜地問他意見。他熱心建議他們搬回舊居，不然就在離路稍遠的地方住下，並說了一個合適的地點。因為時節的關係，他們很想住在屋子裡，不要再住棚屋了。快到米迦勒節時，他們找到一幢破舊老屋。那屋子大概原是別墅或供小住之用，可是年久失修，簡直不能住人。那幢老屋是在一塊農地上，他們找到農地主人徵得同意，可自由使用老屋。

細木匠心靈手巧，指揮所有人修葺房屋。短短數天，房子便足以為他們全體擋風遮雨。

屋裡有舊煙囪和舊爐，本已頹圮，但整修一番也能用了。他們又在屋子每一側增建，搭建庫房和棚子，很快就能供他們所有人居住。

不過，他們還缺木板做窗扉、地板、門及一些東西。但是由於有先前那位紳士幫助他們，大家都不怕他們。最重要的是，大家知道他們一個個身體健康，因此每個人都把家裡多的東西送給他們。

他們在此久居，不打算離開。他們清楚看到，郡中處處提防任何倫敦來的人，倫敦人走到哪裡都被人攔下，吃盡苦頭。不像他們在這兒還得到善待，得到幫助。

儘管鄉紳及鄰居大力相助，鼓勵他們，他們仍遇上一大難題。事情是這樣的，因為十月、十一月天氣漸漸溼冷，他們又還不習慣過得如此清苦，手腳冰冷，常常生病，但從未染上瘟疫。於是，十二月左右，他們又回到倫敦。

這個故事就說到這裡了，才好來談談瘟疫消退後，倫敦突然冒出來的返城人潮有何境遇。我前面提過，許多逃得了的人，在鄉下有地方避難，便去了鄉下。因此，當瘟疫變得如前述那麼恐怖時，沒有朋友可投靠的普通人逃到鄉村各角落，只圖個棲身之地。這些人有的有錢供養自己，有的沒錢。有錢的養得活自己，總是逃得最遠。身無長物的則受苦受難，就如前面說的，備受煎熬，常為了民生需求為害鄉里。結果鬧得鄉村人人心神不寧，有時甚至逮捕他們。即便是在那種時候，鄉村也根本不知該拿他們怎麼辦，而且一向怯於懲罰他們。可是鄉下人常逼得他們四處流浪，弄得他們無計可施，只好回倫敦。

得知約翰兄弟的事後，我調查一番，發現許多可憐人就像前面說的，境遇極慘，從四面八方逃進鄉村。有些人受到善心款待，尤其如果他們交代的經歷足以令人安下心，又沒有太晚離開倫敦，或可住進小棚子、糧倉及外屋。但是其他人（人數很多）或是自己在鄉林野地建小棚子避難，或是如同隱士般住在洞穴或任何找得到的地方。可以確定的是，他們吃盡了苦頭，許多人因而不得不顧危險再回倫敦。因此，這些小棚往往無人居住，但鄉下人都假定住的人染上瘟疫死在裡頭，不敢走近。要等很久以後，才有人敢走近去看。倒也不是說沒人這麼孤伶伶死去，有時這些可憐人甚至純粹是因為無人救助死的。我知道一個好例子，有人在一個帳棚還是棚子裡，發現一名死者。這個死者在旁邊牧場門上，用刀刻出歪歪斜斜的語句。看情形可能是另一個人逃了，或是一個死去，另一個盡力把他埋了。

哀哉！

我倆都要死

悲哀、悲哀

前文提過下游行船人的情況，交代過船隻如何泊在俗稱的近岸處，一行行、一列列首尾相接，從大潭往下排了很遠，直至極目之處。我聽說船隻就那樣順著河排到林尾那邊，有的還到更遠處，甚至只要風象及氣候許可，航行不會有危險，什麼地方都去。那些船上人家沒聽說有感染瘟疫的。染上的都是泊在大潭或上游德福河段之間，不過那些人常常上岸，到鄉村農家買生鮮食品、家禽、豬及小牛之類的東西。

同樣地，我發現橋過去那邊河道上的船夫，盡量泊到上游去。他們許多全家都住在自己船上，船隻架著粗布或所謂的船篷，裡頭鋪上麥稈以供躺臥，就這樣泊在沼澤岸邊。有的將船帆拿到岸上搭成帳棚，白天躺在裡面，晚上回船。我聽說河邊就這樣泊了許多小船，這些人只要有東西為生，只要能從鄉間得到糧食，就會一直待在那裡。而鄉下人確實熱心如昔，像紳士一般，不管碰上什麼狀況都十分樂意助人，但他們絕不讓那些人進入鄉鎮及房舍，而這也不能怪他們。

就我所知，有位不幸的市民被瘟疫害得很慘。他的妻兒都死了，只剩下他自己和兩個僕人，外加一名老嫗近親，曾悉心照料死者。這位抑鬱市民在附近一個村莊找著一幢空屋。這個地方不在死亡公告的範圍內，他找到屋主租了房子。幾天後，他駕車載東西過去，但村民不讓他過。他辯駁了一番，又用暴力威嚇，硬是通過街道。到了屋門口，又碰上警官阻擋，不讓東西進屋。這位先生叫人把東西堆在門口，讓馬車先走。村民押他去見治安法官，也就是村民要他走，於是他跟村民去見治安法官。治安法官命他叫車來載東西，他不肯，治安法官即命警官把車追回來，要車夫們把東西搬上車載走，不然先留著東西，等候指示；若是警官找不到車夫，或是這位先生不讓人載東西，就用鉤子把東西從屋前鉤到街上燒掉。這位哀傷的可憐人聽了帶走東西，還一邊痛哭，哀嘆他受的苦。人們要自保，不能如常待人，只能狠心一點，也是無可奈何。我不知道這可憐人後來是死是活，但聽說他那時已染上瘟疫。或許人們這樣說是因為自己苛待了人家，不這樣說交代不過去。可是他的家人全部剛死於瘟疫，他和他的東西都可能危害他人。

從傳聞就知道，倫敦鄰近城鎮的居民備受譴責，說倫敦人在危難中逃出去，他們卻冷酷相對，做出許多刻薄事。但我得說，只要幫得了忙，而且安全無虞，人們仍是樂於助人的。可是由於各鄉鎮權衡自己的情況，走投無路才逃出去的可憐人常常受到無情對待，被迫回城。因此，人們嚴詞譴責鄉鎮，到處都聽得到那些罵言。

儘管各鄉鎮小心戒備，倫敦市方圓十哩內（我相信有到二十哩）大一點的鄉鎮多少有人死於瘟疫。我聽說了一些鄉鎮的情況，如下：

恩菲爾德	32	賀德福	90	火燒林	70
宏恩西	58	威爾	160	朗福	109
紐因頓	19	哈斯頓	30	巴金一帶	200
托田罕	42	瓦薩修道院	23	布朗福	432
艾德蒙頓	19	艾平	26	金斯頓	122
巴內特及哈德里	43	德福	623	斯坦恩	82
聖阿爾班斯	121	格林尼治	231	切茨西	18
瓦福	45	艾爾薩及魯薩姆	85	溫莎	103
烏斯布里吉	117	克羅登	61		

還有一件事可能使鄉村對倫敦人更形嚴苛，尤以窮人待遇最糟。這件事前面提過，就是人們認為瘟疫會讓病人想害別人染病，或是不安好心，把病傳給別人。

病人為何會想害人，醫界爭辯不休。有人認為那是這種病的本質，說每個患者都會十分憤怒，怨恨自己的同類。彷彿有股邪惡的力量，不僅透過瘟疫四處散播，也根植在人性中，驅使病患見人就攻擊；他們說那就像是狂犬病，病犬可能原本極為溫馴，一旦染病卻見人就撲咬。

有人將此歸因於人性敗壞，說病人無法忍受自己境遇比同類慘，不由自主只希望所有人都跟他一樣不幸，處境艱難。

有人說那純粹出於絕望，說病人若不是沒意識到自己做了什麼，就是不在乎，不僅漠視旁人的安危，甚至不關心自己的安危。確然，人們自暴自棄時，甚至不在意自身安危，會輕忽別人安危也就不足為怪了。

但是，我要為這個嚴肅的議題提出一個十分不同的看法：就是事實並非如此。我認為實情完全相反，應該是倫敦鄰近村莊的居民一再受到嚴詞指責，那樣說來為自己開脫，才解釋得了他們為何讓倫敦人吃盡苦頭，冷酷無情。其實，雙方是彼此傷害。也就是說，倫敦人在危難中急著找地方避難，偏又身染瘟疫，卻埋怨鄉下人不肯讓他們進入鄉鎮，逼他們帶著行李跟家人回倫敦，說鄉下人這樣太殘忍，沒有天理。而鄉村居民則發現倫敦人一再不由分說硬闖，因而埋怨說，倫敦人染上瘟疫不僅不在乎別人，甚至想害別人得病。雙方說法都不完全是真的，也就是兩造都失之偏頗了。

鄉村確實常常接到警告，說倫敦人硬闖出倫敦，不僅尋求救濟，還打家劫舍；他們不受控制，帶著瘟疫四處跑，政府不想辦法封閉屋舍，遏阻病人感染別人。然而，給倫敦人說句公道話，除了前述那一類個案之外，不僅從未有過這種事情，還事事受到妥善管理。市長、長老議員、治安法官、教會委員一干人等，將全市及市郊治理得秩序井然。即便倫敦爆發最狂暴的瘟疫，民眾極度驚駭，受盡折磨，政府仍管理得當，社會秩序絕佳，堪為世間所有城市的典範。這點我要特別說明。

要知道，地方官員行事審慎，進行封屋這種艱巨工作時作風溫和，值得讚揚。誠然，就如前述，封屋引發民怨，可說是當時人們唯一不滿的事。民眾認為，將健康的人和病人關在同一間屋子裡實在太可怕了。因此被關的人抱怨連連，走到哪裡都聽得見。雖然他們通常是在請求悲憫，但有時卻是咒罵。他們不能跟朋友說話，只能隔著窗戶向人訴苦，言詞常讓人動容，路人聽了也難過。病家常責怪守在門口的看守人太嚴厲，有時也說他們傲慢無禮。至於看守人，或許是存心想激怒在街上跟病家交談的人，回話也夠尖酸的了。我想共有七、八名不同地方的看守人因為出言不遜，或是對待病家太惡劣被殺。我不能調查案件，不知道能不能說他們是被謀殺的。沒錯，看守人是在執勤，是執法單位派去的人。而殺死執勤的官方人員，就法律來說絕對是謀殺。可是地方官或官府都沒有授權看守人誹謗、辱罵他們看守的病家及同情病家的人，因此口出惡言可說是個人行為，而非看守人的職權。他們是以個人身分做出那種舉動，而非以受雇的身分為之。他們若是因行為不當招致不幸，只能怪他們自己不好。看守人實在很會胡亂咒罵，也不管對方是否當真該罵，所以無論他們出了什麼事都沒人同情。大家都說，不管怎樣都是他們活該。在我的印象中，不管人們對看守自己家的看守人做了什麼，都沒有人受罰，至少沒有什麼大不了的懲罰。

人們如何逃出被封閉的屋舍，怎麼欺騙或制伏看守人逃走，前文提過，在此不贅述。可是我要說，瘟疫期間地方官員作風溫和，賑濟家庭，尤其在遷移病患方面，都先徵求病人同意才將人移出封閉的屋舍，送到瘟疫醫院或別處。住所被封閉的人若能證明身體健康，又願意待在別的處所不出門，直到隔離期滿，也可以搬出被封閉的屋舍。地方官員也非常關心病家是否能取得需要的東西。我是說供應病家必需品，包括藥物及食物。他們不僅向當差的人下達必要命令，長老議員還常常親自騎馬去這些人家，將人叫到窗前，問他們有沒有受到妥善照顧，有沒有缺什麼必需品，看守人是否時時為他們送信及採買需要的東西。如果病家答是，那麼一切都沒問題；可是如果他們說補給品不足，看守人不盡責，待他們不好，看守人多半會給換掉。

誠然，病家的申訴未必公允。如果看守人能說服地方官員，說他沒有過失，病家是在詆毀他，就可繼續留任，病家則會受到斥責。可是這項措施有個缺點，就是如果讓病家和看守人當面對質，雙方可能惡言盡出，而官員站在街上也很難好好審理窗內人的申訴，做出裁決。因此官員通常站在病家那邊，撤換看守人，這樣犯錯的可能性最低，傷害最小。畢竟，若是看守人遭到冤枉，補償很容易，再給他一個類似的工作就行了；可是如果病家真的受虐可能會出人命，這種損害是無法彌補的。

除了前面提過的逃亡事件，看守人和被禁錮的可憐人之間常常發生各種狀況。有時病家要看守人做事，看守人卻不見蹤影，或是醉了，或是睡著了。那他們必會受懲，而他們確實是自作自受。

儘管政府諸多用心，然而封閉屋舍將健康的人和病人關在起，卻造成極多問題，有時也釀成慘劇。若是可能，政府是該想想封屋造成的問題。然而，這項措施有法源依據，是以公眾利益為念，因此執行時造成的一切個人傷害都必須算在公眾利益帳上。

整體說來，封屋究竟是否有助於遏阻瘟疫，至今仍然存疑。我實在不認為這項措施有用。儘管病人住家都盡可能確實封閉，可是瘟疫正猖狂時，沒有什麼能阻擋瘟疫肆虐。當然如果病人全都被確實關住，就不能接觸健康的人並感染他們。然而，實情並非如此。我只說一次，實情是瘟疫是在不知不覺中散播的，散播的人看來也沒有病容。他們不知道自己感染了誰，又是誰感染他們的。

白禮拜堂有戶人家一名女僕生病，屋子給封了。那名女僕只是長了些斑塊，並沒有瘟疫病徵，而且康復了。可是這戶人家卻有四十天不能自由進出，既不能透氣，也無法活動筋骨。由於缺乏新鮮空氣，加上心裡又驚又怒又惱，還有隨著不公待遇而來的千頭萬緒，這戶人家的主婦發了燒，幾個訪查員說是瘟疫，但醫師說不是。無論如何，這家人因為訪查員舉報或是檢驗官的新報告，封屋令才解除幾天，又得再次封屋。他們又惱又悲，而且就跟上次一樣，被局限在室內，不能呼吸新鮮空氣。多數人都病了，這個得這個病，那個得那個病，主要是壞血症一類的病，只有一個病情嚴重，是急腹痛。這戶人家的幽禁期間一延再延，有一回訪查員來檢查病人，原想讓他們重獲自由，可是不知他們還是其他隨行的人，卻把瘟疫帶來，全戶都受到感染，不是全都死了，就是幾近全亡。他們不是死在第一次隔離的瘟疫，而是那些本該保護他們遠離瘟疫的人染上瘟疫，再傳給他們。這種事常有，封屋造成的問題中這點確實是最糟的。

大約那個時候，我碰上了一點麻煩，初時頗為苦惱，心煩極了，不過我並未因這件事遭逢不幸。這個麻煩就是索肯城區長老議員命我做檢驗官，負責我家那一帶的住家。我們教區大，獲派任的檢驗官少說有十八名。官府稱我們作檢驗官，人們則稱我們為訪客。我竭力推辭，舉出許多理由與長老議員的人爭論，強調自己完全反對封屋，要我違背立場做事，我深信將會成效不彰。然而，對方只稍作讓步，說市長指派的檢驗官得做兩個月，而我只要做三週即可，前提是我得找到能勝任的人頂替，做完剩下的任期。簡單說，這只是一個小惠，因為很難找到可靠的人來接這種工作。

不過，封屋確實有一項作用，我也明白那是十分重要的作用，亦即瘟疫病患因而受到幽禁，不能帶病亂跑，否則處理起來非常棘手，也很危險。患者神思紊亂，會做出駭人至極的事。初時這種事層出不窮，後來官府封屋，他們行動受限，狀況才改善。不僅如此，窮人也毫不忌諱病情，挨家挨戶乞討，說他們染了瘟疫，希望人家給點破舊衣服讓他們包紮爛瘡，或是乞食兼討舊衣，或是討些他們譫妄時想到的東西。

有位可憐的貴婦，是一位殷實公民之妻，就不幸死在這種人手上（如果真有此事），地點是在阿德斯門街一帶。凶手邊走邊唱歌，絕對是瘋了。人們只當他喝醉，但他自稱染上瘟疫，這話大概不假。他碰上這位貴婦，想要吻她。婦人被這名莽漢嚇壞了，拔腿就跑，可是行人很少，又全離她太遠，幫不了忙。眼看就要被抓住時，她轉身猛力一推，那人因身體已虛往後栽。十分不幸的是，她離那個人太近了，那個人抓著她，把她拉倒，而且比她先起身，抓住她就是一吻。更糟的是，那個人得逞還不夠，還說他身染瘟疫，婦人憑什麼沒跟他一樣也得瘟疫。她年紀輕，又懷著孩子，本來就夠害怕了，再聽到男子說他染上瘟疫，尖叫一聲便昏了。後來她雖然好了些，沒幾天卻仍是死了。我一直沒聽說她是否染上瘟疫。

還有一個瘟疫病人去拜訪一戶熟識的人家。他敲了門，僕人讓他進屋，說主人在樓上。他跑上樓，全家正在吃晚餐，給嚇了一跳，不知他的來意，正要起身招呼，他請大家坐著別動，說他只是想來辭行。他們問：「某某先生，你要去哪兒？」他說：「就是離開啊，我病了，大概明晚會死。」儘管很難描述，但不難想見這家人極為驚愕。這家的女兒都還小，她們和婦女差點沒嚇死，有的衝出這扇門，有的衝出那扇門，上樓的上樓，下樓的下樓，幾個人擠成一團，把自己關進房裡，對著窗外尖聲叫救命，彷彿嚇得失去理智。男主人是比她們鎮定，但也又駭又怒，氣得想把他扔下樓，又考慮到這個人的狀況，覺得碰他太危險。他滿心恐懼地站在原地，像是給嚇呆了。可憐的瘟疫患者，身心都病了，站在那裡把一切看在眼裡，一動不動像是受了驚。最後他轉過身，說有多平靜就有多平靜地說：「啊！這就是你們的反應？你們都給我嚇著了？那我回家等死好了。」說完旋即下樓。讓他進屋的僕人舉著一根蠟燭跟著，但是不敢從他旁邊走過去開門，站在樓梯上看他會怎麼做。這個人自己開門出去，隨手摔上門。這家人良久才從驚嚇中回過神來。不過，這件事並沒有帶來不幸，他們也才能大感慶幸談起這件事（這點讀者可以確定）。儘管那個人走了，這戶人家還是忙亂了一些時候，不對，我聽說是好幾天。他們燒了各種東西來燻每個房間，並輪流用瀝青、火藥、硫磺的煙燻烘衣物什麼的，這才敢安心在屋內各處活動。至於那可憐人後來是死是活，我不記得了。

若非官府封屋禁錮病人，必然會有大批發燒發得腦筋糊塗、發了狂的人持續上街遊蕩。即便有這項措施，仍有許多這樣四處遊蕩的人見人就動粗，甚至像瘋狗一樣到處跑，見人就咬。我毫不懷疑，那些病得發狂的患者如果咬了人，那他們，我是指任何因此給咬傷的人，必然也會跟咬人的人一樣染上瘟疫，無藥可救，出現瘟疫病兆。

我聽說有個瘟疫病人身上長了三處腫塊，因為實在痛得難受，穿著襯衣就下床，套上鞋子，還要去穿外套。看護不依，一把抓過他的外套。他撂倒看護，從她身上跨過去，下樓上街，身上僅穿著襯衣，直奔泰晤士河。看護跟在後頭追，叫看守人攔住他。但是看守人膽怯，不敢碰他，放他過去。他跑下斯提爾院的階梯，扯掉襯衣跳進河裡。他善泳，一下便游了一大段距離。此時正是所謂的漲潮（即河水向西流）他一路游到法爾康的階梯，上了岸。那時是晚上，四下無人，他光著身子在路上跑了半天，待滿潮又跳進河裡，游回斯提爾院，上了岸，再跑上街回到自己家，敲了門上樓，躺回床上。這狂野之舉治好了他的瘟疫。也就是說，他手腳的劇烈運動拉扯到長腫塊的部位，亦即腋下及鼠蹊，讓腫塊成熟去膿；而河水冰冷，為他退了燒。

我只能說，這件事我交代得不如其他事情詳細，是因為它超出我所知範圍，我不能保證真假。尤其是這個人因為放肆冒險康復，我承認我覺得不大可能。但由此還是可以看出，病人給病痛折磨得腦筋糊塗，會做出許多險事。我們所說的神智不清，當時是很常見的。這種人若非因為封屋給幽禁起來，在街上遊蕩的還會多得多。若說這種嚴苛措施有任何好處，我認為這就是最大的好處了。

話說回來，人們對封屋措施極為不滿，怨聲載道。病患因疼痛難當或高燒失去理智，給關在屋裡，甚至被綁在床上及椅子上，以防他們自戕。他們會發出駭人怒吼，抗議自己被幽禁，說若不是封屋，他們就自殺了，而現在卻求死不得。那嘶叫聲聲淒厲，誰聽了也會心痛的。

放任病人滿街跑後果不堪設想，因此地方官竭力阻止。這種事多半發生在晚上，而且總是來得突然，官方的人往往一時無法趕來制止。就算病人白天闖出去，當班的人也不想插手。畢竟病人若是病到那個程度，必定病情嚴重，傳染力非同小可，碰他們再危險不過了。再說，病人通常跑個不停，不知道自己在做什麼，跑到突然倒下死去，或是跑到元氣耗盡倒下，大概半個鐘頭、一個鐘頭後死去。而在那段時間，他們必然會完全恢復神智，發出最令人不忍的厲叫，深深哀嘆自己的情況及苦難，聽來真是可憐極了。這種事發生了很多起，後來官府才嚴格執行封屋。初時看守人並不像後來那樣認真把關，將人關在屋內。也就是說，早期看守人（我是說部分看守人）玩忽職守，讓他們負責看守的人溜走，或是縱容他們外出。後來不論外出的人有病沒病，看守人都受到嚴懲，他們才認真執勤。又見奉命監督的警官只要發現他們沒盡責，便要懲處他們，看守人行事就更謹慎了。人們受到嚴格管束，反感油然而生，十分不耐，心裡說不出地不滿。必須承認，倘若官府當初及早防範瘟疫，事態或許不致如此，但先機已失，封閉屋舍絕對有必要。

當時若非如此（病人如前述那樣幽禁）倫敦會成為歷來最恐怖的地方。死在街上的人肯定跟死在家裡的人一樣多。這是因為病人病情正嚴重時往往會發狂，神智錯亂，除非是行動受限，否則絕不會聽勸待在床上。許多沒被綁起來的人，發覺自己不能自由外出就跳樓了。

這場大難到了那個時候，人們已不和人交談。因此，各家各戶出了什麼特殊的事，不可能有誰完全清楚。我尤其相信，至今仍然沒有人知道，究竟多少人神智不清時淹死在泰晤士河及那條源自哈克尼旁沼澤的河（通常稱為威爾河或哈克尼河）。每週死亡公報上的溺斃人數確實很低，誰也不可能得知那些人是不是意外淹死。但我相信，就我所知道的人數，加上我觀察到的情況，那年溺斃的人比公告的總數多。許多死者從未找到，仍被列為失蹤人口。以其他方式自盡的人，狀況也一樣。白十字街那一帶，有個人燒死在自己床上。有人說他是自焚，有人說照料他的看護背信忘義燒死他。不過大家一致同意，他確實染上了瘟疫。

當時我常想，幸蒙我主寬厚為懷，那年倫敦沒鬧火災，至少沒有大火，否則就糟了。不是得放任火勢延燒，就是糾集大批人力滅火，顧不得那樣感染的風險有多高，不去想得進入什麼屋子、摸到什麼東西，也不管會接觸到什麼人。但在那一整年，只有克里波門教區兩、三起小火災，都很快撲滅，此外就沒有火災。我聽說天鵝巷那邊，過了古斯威爾街，靠近老街街尾，聖約翰街那兒有戶人家染上瘟疫，狀況很慘，全戶都死了。最後一個人死在地板上。她大概是自己躺到火爐前死的。爐裡燒著柴火，好像柴火掉出來燒到地板和托樑，延燒到屍體前，但並未燒到死者就熄了（她只穿著無袖襯衣）。雖然那是小木屋卻沒被火燒掉，似乎有些奇怪，但我不願評判真假。自治市雖然翌年受火災重創，這一年卻無甚火災。

說來確實奇怪，人們被折騰得發狂，而就像我說的，人們發起狂來又獨自一人時會走極端，什麼事都做得出，那一年卻居然沒有其他火災。

常有人問我，政府小心翼翼，找出鬧瘟疫的屋舍全數封閉，派人嚴守，街上怎麼還有那麼多瘟疫病人？我一直不知道該怎麼直截了當回答這個問題。

我承認，我不知道答案。唯一想得出來的解釋是，倫敦這麼大，人這麼多，哪戶人家受到感染不可能馬上查到，悉數封閉。因此病人能自由外出，甚至愛上哪兒就上哪兒，只要沒人知道他們來自哪一戶染疫人家就成了。

誠然，就像許多醫師告訴市長的，有時瘟疫來勢太猛，患者病情惡化極快，一下就死了。四處訪查誰病了、誰沒病，依規定將他們幽禁在家，根本不可能辦到，也完全沒有意義。有時整條街幾乎家家戶戶都受了感染，而在許多地方，有些人家每個人都病了。更糟的是，等有人知道哪戶受感染，病人差不多都死了，其餘的人怕被關也全跑了。再把那些屋舍冠上鬧瘟疫的名號封起來，作用微乎其微。畢竟，不等有人知道哪戶人家受感染，瘟疫早在屋內肆虐完又走了。

知道這一點，明理的人或許就能了解，不論地方官或任何人採取什麼辦法，都無力阻擋瘟疫擴散。因此，封屋根本不足以控制瘟疫。此舉帶來的公眾利益不大，而受禁錮的人家卻壓力沉重，其利弊真是不能相抵，甚至不成比例。我依照官方賦予的權限執行這項苛法，常常發現封屋無法達成目標。例如，身為檢驗官，即俗稱的訪客，我有責探查各病家的情況，可是我們鮮少訪視已出現明顯病徵的人家，而是去人已經逃走的住家。地方官憎惡這種情況，指責我們調查不周。然而，這意味著等有人發現病人，病人已病了很久。這個危險的職務任期是兩個月，我才做一半任期就已經知道，僅憑在病家門口詢問，或是訪查其鄰居，絕無法得知任何家庭的實際情況。至於說進每戶人家搜查，當局不敢要求民眾配合，也沒人敢做這種差事，暴露於瘟疫及死亡的危險，毀掉自己的家庭，毀滅自己。就算真的實施這種苛法，任何得配合搜查的誠實公民也絕不會留在城裡，這是無庸置疑的。

我們確認病家狀況的唯一方法，就是問病家鄰居或病家一家人。但這種方法不盡可靠。因此，就如前面說的，我們始終弄不清楚病家狀況。

誠然，戶長若發現家人染上瘟疫，出現病徵，有責依照規定在兩小時內通知當地檢驗官。但民眾使出種種辦法規避責任，疏漏通報。幾乎所有民眾都會想方設法，讓家裡想逃的人都逃走。不管逃的人有病沒病，戶長鮮少在人跑掉前通報。顯而易見，只要這種情況存在，就絕不能認為封屋足以遏阻瘟疫。正如我在別處提過的，這樣逃掉的人沒有幽禁在自宅，儘管可能真以為自己健康，但許多人其實病了。這些人有的就在街上走呀走，走到倒下死了。他們並非突然感染瘟疫，如中槍般霎時死去，而是瘟疫在體內潛藏已久，暗襲肺腑，等侵襲到心臟，給心臟致命一擊時才顯出病徵，一下就死了，看來就像是突然昏厥或中風。

我知道，即便是醫師，有些也一度以為這種在街上暴斃的人是倒下那一刻才染上瘟疫的，彷彿上天突然取他們性命，用雷劈死的。可是醫界後來發覺，只要檢查這種死者，總能在他們身上找到瘟疫病徵，或其他早已染病的跡象，於是醫界改變了看法。

往往就是因為如此，我們檢驗官才會像前面說的，無法及時得知瘟疫侵襲哪一戶，等知道了封屋，不但為時已晚，有時甚至連留下的人都死了。襯裙巷有兩戶人家同時鬧瘟疫，數人生病，可是病情隱瞞得很好。負責他們那區的檢驗官是我鄰居，他一直不知道這件事，後來才有人通知他那些人全死了，該派運屍車載走他們。原來兩戶的戶長打了商量，做好安排，檢驗官來時一起出現為彼此作答，互相遮掩；或是要一些鄰居說他們身體健康，或許鄰居真以為他們很健康，直到死亡洩露了他們的祕密，運屍車晚間去這兩戶收屍，大家才知道他們病了。可是等檢驗官命警官封閉兩戶人家，他們只剩三個人，一戶兩個，一戶一個，已經快死了。兩家的看護說，他們已經埋了五個人；兩戶人家受感染已有九天或十天，本來人很多的，可是其他人都走了，有的病了，有的沒病，或者該說不知病了沒有。

在同一條巷子，有戶人家也受到感染，但十分不願被禁錮。當屋主無法再隱瞞病情，便自己封屋；也就是說，他在家門上畫了大紅十字，上書天主垂憐。由於每區有兩位檢驗官，於是兩位檢驗官都以為是另一位派警官去封屋的。這戶人家如此蒙混過關，雖然病了，還是能自由進出，隨心所欲。後來屋主的伎倆終於被拆穿，他和健康的僕人及家人一塊逃走，根本沒被關過。

就是因為這些事情，所以我在前文說，要靠封屋遏阻傳染病擴散，就算不是根本不可能，也困難重重。除非人們對封閉自宅毫無怨心，而且願意合作，一發現自己染病便老老實實依規定向官方通報，這樣封閉才有用。但我們不能指望人們如此守規矩，而如前文說的，檢驗官也不能登門搜索住家。因此，封屋的所有好處都會被抵銷，只有少數屋舍及時遭封閉，而這些都是一些瞞不住病情的窮苦人家，以及那些病得做出駭人舉動的病家。

我花了點錢找到人頂替我做檢驗官，馬上辭去這份危險的差事，沒做滿規定的兩個月，不出三週就離職了。其實三週也夠久了，那時是八月，正是瘟疫開始在我們這兒肆虐的時候。

做了檢驗官後，我禁不住告訴鄰人對將人關在自宅的看法。我們確切見識到，政府種種苛刻措施雖然嚴密，卻有一項缺失，就是我說過的，這些辦法不能達成目標，病患照樣天天在街頭遊蕩。我們一致認為，若是有哪戶人家感染瘟疫，就該撤離健康的人，和病人隔開，這樣在許多方面來說都合理多了。若有人想和病人在一起，聲明他們甘願留下，即不在此限。

我們的想法是，僅有受到感染的人家才得撤出健康的人。至於將病患關在屋內，那算不得幽禁。病人若是還有理智、有判斷力，就不會抱怨不能外出。而當病人病到神思紊亂，腦筋糊塗了，自會大叫，抗議被關起來太殘忍。我們認為，撤離健康的人十分合理及公平。為了他們好，他們應該和病人隔開；而為了保障其他人的安全，他們應該幽居一陣子，看看是否健康，不會感染別人。至於天數，我們認為二、三十天就夠了。

若能提供屋舍給這些健康人住，讓他們進行這種半隔離，那麼他們雖然行動受限，但比起和病人關在一起，自然不會覺得那麼委屈。

不過，在此有一點要提的是，後來喪事多到人們無法如常敲喪鐘、哀悼、悲泣或為彼此服喪。不僅如此，連為死者準備棺木也辦不到。一段時間後，瘟疫看來是如此嚴重，簡單說，他們根本不封屋了。官府試過封屋之類的種種措施，發覺無效而停辦，也似乎是夠了。瘟疫四處蔓延，銳不可當，就如次年的大火四處延燒，火勢猛烈，百姓絕望，放棄救火。瘟疫終於猛烈到人們靜靜坐視一切，你看我、我看你，宛如放棄了希望。一條條街道看來孤寂無人，不僅屋舍被封閉，根本連居民都沒了，門戶大開，窗扉在風中搖動，無人去關。一句話，人們向恐懼屈服，認為一切措施及防疫方法皆徒勞無功，一切沒有希望了，一切均將荒蕪。就在人們絕望至極時，幸蒙上帝出手相助，打擊瘟疫。瘟疫消退之快，就如瘟疫初起時一樣令人意外。這顯示出倘若瘟疫有中介，那就是來自上帝，來自上天，我會在適當的地方再提這一點。

我得繼續說瘟疫正熾時的情況。瘟疫恣意肆虐，甚至造成一片荒涼，人們驚駭不已，甚至就像前面說的，陷入絕望。實在很難說得上來，究竟是何種情感，充沛到能支撐人們走下去，渡過瘟疫最熾的時期。接下來要說的事，我想跟其他事情樣令人痛心。白禮拜堂屠夫路上的哈洛巷是大街小巷交會之地，人潮匯集之處。我見過一個人幾近全裸地跑出哈洛巷，大概是從家裡出來的，不然就是自床上掙脫跑到街上。他手舞足蹈，唱著歌兒，擺出千百種滑稽姿態，後頭跟著五、六名婦孺，哭著叫他看在天主分上回家，懇求旁人幫忙抓他回去。但一切都是枉然，沒有人敢碰他，也不敢靠近他。我說，有什麼比這更令人痛心？更令一個能自省的人永難忘懷？

這件事我是從家裡窗戶看到的，看得我心頭萬分難受。我注意到，這個受盡折磨的可憐人身上一直承受著極度痛苦。他長了兩個腫塊，既弄不破也化不了膿。看來外科醫師為腫塊上了強力腐蝕劑，想藉此消除腫塊。那時腐蝕劑還在腫塊上，如熱熨斗般炙著他的血肉。我不知道這位可憐人後來怎麼了，但我想他就那樣四處遊蕩，直到倒地死去。

無怪乎倫敦的外貌看來教人心驚。原本在街上走動的大概都是我們這兒的人，可是那時大家不大外出了。皇家交易所確實沒有關閉，但進出的人少了。路上的炭火也沒了，給幾天前一場又大又急的雨淋得幾乎全熄。不僅如此，有些醫師堅持炭火非但無益，反倒有害健康。他們強烈抨擊燒炭的措施，向市長抗議。然而，另有一些醫師，而且是名醫，則反對他們，說明為何炭火能大大緩解情況。我記不住雙方完整的論點，只記得他們彼此駁斥。有人贊成燒火，但說一定得是柴火，不能燒炭。而且燒什麼柴也有講究，要富含松脂的，最好是杉木或雪松，燃燒時才有濃烈氣味。有人說木炭含硫磺和瀝青，所以該燒木炭，不能燒柴。其他人則兩派說法都不贊同。總之，市長下令不再燒火了，主因是瘟疫實在頑強，雖然採取了種種遏阻措施，情況卻不但沒緩解，反而更糟，顯然任何辦法都奈何不了瘟疫。地方官茫然無措是因為他們沒能控制瘟疫，而不是沒有擔當，不肯做事。持平而論，他們既無怠惰，也沒有偷懶。但是做什麼都沒用，瘟疫照樣囂張，人們驚懼地無以復加。可以說，人們自暴自棄，像前文說的那樣，陷入絕望。

在此有一點要說明的是，我說人們陷入絕望，並不是指對宗教感到絕望，不再相信有永世，而是人們不再抱持希望覺得可以逃過瘟疫，活著見到瘟疫結束。瘟疫是如此猖狂，銳不可當，八、九月瘟疫最熾時染疫的人鮮少活命。非常奇怪的是，這與六、七月及八月初的一般情況恰恰相反。我也提過了，那時許多人染上瘟疫，體內帶著疫毒還活了許多日子。現在情況相反，八月下半及九月前三週染疫的人，至多兩、三天就死了，許多人染病當天即逝。我不清楚這是否為三伏天[19]造成的，還是像占星家說的，是因為天狼星帶來邪惡的力量；還是說，那些體內潛藏疫毒的人恰巧都在那時發病。總之，當時一晚就死三千人以上。而占星家為了服眾，更是挑明了說，死者全死在同一個時辰，即凌晨一點到三點。

此時許多人驟逝，人數比以往更多，多到數不清，我家這一帶就有好幾個。一戶地界附近的人家共有十口人，離我家不遠。週一看來一切安好，那晚一名女僕與一位學徒病了，翌晨死去；同時另一名學徒及兩個小孩也染上瘟疫，其中一人當晚死去，另兩人週三死亡。總之，到週六中午，戶長、主婦、四個孩童及四名僕人全死了。整幢房屋都空了，只有一名老嫗居住，她是屋主兄長遣來照管東西的。做哥哥的住在附近，沒有染病。

那時許多屋舍成為空屋，住戶全死了。尤其地界再過去一點，從摩西與亞倫巷彎進去，那邊好幾戶人家連個活人都不剩。好些人家最後一個死的人，要過上一段時間才搬走埋掉。有些人寫文章說，這是因為活人來不及處理死者，但這絕非事實。實情是院落或巷道裡死了太多人，無人倖存以去通知埋葬工或教堂司事來埋人。我不知道這件事有幾分真假，但聽說有些屍首被這麼一耽擱，腐爛得難以搬運。偏偏運屍車又只能到高街的巷門，搬運屍首更形困難。我不確定當時有多少屍首只好放著不管，不過確信那些只是少數。

我前面提到，人們對生命絕望，自暴自棄。這造成奇怪的影響，有三、四週時間，人們變得莽撞又冒險，不再避開別人，也不躲在家裡，無處不去，也跟人說話。一個人可能會跟另一個人說，我不問你近來可好，也不說我狀況如何，反正我們必死無疑，不用在乎誰病

19 三伏天：Dog-days，古希臘以天狼星升起標誌夏季最熱的日子來臨。

了、誰沒病。就這樣，人們喪失希望四處跑，不在乎碰上些什麼人。人們在公眾場合聚首。令人驚訝的是，人們湧入教堂，不再關心身旁坐的是誰、又該離誰遠一點，也不在意聞到了什麼臭味，不管別人的身體狀況。人們只當大夥全是死屍，進教堂一點也不謹慎，群聚在一處，彷彿只在乎能不能上教堂，不看重自己的性命。當時人們是那樣熱中上教堂、熱切聽講道，可見如果人們覺得每次上教堂都可能是世間最後一次，那麼他們會有多看重上教堂禮拜上帝。

這也帶來了其他不可思議的影響。人們上教堂，完全不再計較講道壇上的人是誰，捐棄教派成見。無疑，在這麼一場可怕的大難裡，許多教區教堂的牧師都死了。有些牧師則是沒膽量面對瘟疫，設法逃到鄉間。有些教堂因此人去樓空，給遺棄了。因為瘟疫前幾年國會推行「教會統一法」，原本非國教派牧師無法佈道，那時則出來接任神職，教堂牧師也毫不顧忌讓他們幫忙。因此，俗稱的「噤口牧師」很多都開了口，公開向民眾佈道。

在此我們或可說（但願我提這點不是錯誤），死亡近在眼前的念頭，差點就讓堅守原則的人捐棄成見。這主要是因為，生活安逸時我們覺得不必急著消弭爭端，對立於焉形成，人們持續心懷敵意和偏見，違背仁愛精神，破壞基督教的團結，長期對立。瘟疫若是再持續一年，就能消弭這些分歧。人們面對死亡，與致命疾病打交道，這種經驗能去除怨心，化解人們的敵意，讓人換一個角度看事情。由於當時民眾讓非國教派牧師佈道，於是這些本屬相同教會的人和好了。而帶著嚴重歧見脫離國教的牧師也樂於上教區教堂，參與他們本來不認同的禮拜儀式。可是，當瘟疫不那麼嚴重了，局勢不再那麼可怕，一切又走上回頭路，恢復原狀。

我提這點只是要記錄歷史，無心論述什麼來改變某一方或雙方的立場，讓雙方更能寬容相待。那種論述我不認為應當在此提出，提了也沒用。人們之間的裂痕似乎加大了，而且愈來愈大，不是愈來愈小。我是何許人？有什麼能耐改變他人的想法？但是，我還是要重申，死亡顯然能化解歧異，讓大家死後再度成為好弟兄。大家的教派或許不同，但我希望在天堂人人都不再有成見，沒有猜忌，奉行相同的教條，擁有相同的見解。既然在天堂裡我們都得以至誠相待，和諧相處，互相關愛，無所保留，那麼何不在人間言和？為什麼我們做不到，我無言以答，也不該再多說。只能說，這令人遺憾。

我可以花上很長時間娓娓道出那些苦難，描述周遭每天發生些什麼事情，講講病人在神志惛然下做出什麼驚人之舉，讓人看了就害怕，鬧得連他們家人也怕了。我可以照前文的寫法，告訴你有個男人給綁在床上，無法解脫，不巧床邊有蠟燭，他搆著了，把自己燒死在床上。還有另一個人受不住病痛折磨，一絲不掛地在街上又唱又跳，為自己的幻覺所迷。可是，說完了這些，還能再說什麼？還有什麼比這更能將當時的慘狀歷歷呈現在讀者面前，或讓讀者更明白那種苦難紛擾？

我得說那段日子很糟。有時我的信心都瓦解了，喪失瘟疫初起時的勇氣。別人因為絕望外出走動，我卻躲在家裡。前文提過，我曾到黑牆、格林尼治一趟，之後就跟先前隱居半個月時一樣，幾乎沒踏出家門。我說過了，我數度懊悔冒險留在城裡，沒跟哥哥全家一道離開，但為時已晚。我隱居起來，足不出戶很久，直到忍耐不住又出去。然後，就是前文提過的，官府召我去做一份可憎的危險差事，不得不出門。不過我在瘟疫鬧得正厲害時離職，再度隱居，持續了十天或十二天。那些天裡，我從自家窗戶看見我家這條街上許多淒涼慘事。最教我難受的一樁，就是看到那名從哈洛巷出來的可憐人在病痛中又唱又跳。我還見過許多可怕的事情。哈洛巷的那一頭，難得有哪一天、哪一夜沒出事。那邊住了許多窮人，多數在肉鋪工作，或是從事與屠宰牲口有關的工作。

有時那條巷子會有一群群人衝出來，多數是婦女，吵吵嚷嚷，混雜著尖叫哭號，彼此呼喊，聽不出是怎麼回事。幾乎每天深夜，運屍車都一直停在那個巷口等著載屍體。運屍車不能進巷，否則走一小段路就前進不了，而且無法掉頭出來。教堂墓園很近，如果運屍車裝滿離開，很快會再回來。窮人送出死去的骨肉或朋友，他們的哭喊言語無法形容，教人毛骨悚然。看那兒死者那麼多，真會讓人覺得那邊應該已經沒有活人，不然就是那兒人多，足以組成一個小城了。有好幾回，他們大叫謀殺，有時是叫失火了。不過，很容易就知道這些叫聲全來自那些受盡折磨的病人，都是些瘋言瘋語。

我相信當時各地情形都是如此。有六、七週時間，瘟疫比前面提過的更猖狂，狀況很慘。我說過，地方官讓社會井然有序，但那時秩序不復存在；也就是說，不再是白天看不到路死屍，也看不到治喪的跡象。當時瘟疫太嚴重，只得暫時忍受那種失序。

有件事我不能不說。我確實認為這個事情很特別，至少看來是上帝彰顯了正道。這件事就是，預言家、占星家、算命仙，以及俗稱的法師、術士之流，那些排算命天宮圖的人及有夢兆的人，這夥人全消失了，不知所終，一個也找不到。他們利欲薰心，冒險待在城裡，利用人們的瘋狂與愚昧確實一度大發利市，但我深信他們很多人都在這場大難中倒下。現在他們沉寂無聲，許多去了永恆的居所，無法預言自己的命運或是推算自己的天宮圖。有些人甚至說他們全死了，我不敢那樣講，但我可以說，大難過後從未聽說他們有誰又出來行騙。

我要回頭說那段可怕日子裡的所見所聞。前面提過，我已經講到九月。我相信，那時狀況之恐怖是倫敦首見。就我讀過的史料，倫敦以往的大瘟疫都沒那麼嚴重。八月二十二日到九月二十六日，死亡公報上的數字加總起來，幾達四萬人，而那前後不過五週時間。詳細數字如下：

八月二十二日至二十九日	7,496
至九月五日	8,252
至九月十二日	7,690
至九月十九日	8,297
至九月二十六日	6,460
總計：	**38,195**

這個數字夠大了，但如果再考量那些讓我確信紀錄不實的理由，以及紀錄與現實的差距，你也會和我一樣深信那幾週都死超過一萬人，週週如此，而且在那幾週前後，有數週人數也應當相對提高。當時人們說不出的慌亂惶惑，尤以城內為甚。情況如此恐怖，連奉命去搬運死者的人亦喪了膽，他們也死了好幾個人。儘管他們有些得過瘟疫又康復，可是運屍時，甚至有人就在坑邊正要把屍體倒進坑裡卻突然暴斃。這種混亂以城裡最嚴重。市民本以為可逃過瘟疫，認為死亡危機已過，那時希望卻成了空。聽說有輛駛往索迪奇的運屍車被車

夫拋下，或是只剩下一位車夫，而他駕車時死了。總之，那些馬兒繼續走著，把車弄翻，屍體掉得到處都是，頗為可怕。另有一輛運屍車，好像是在芬斯柏瑞原野的大坑被人發現的，車夫若非死了，就是棄車跑走，總之那些馬跑得離坑太近，結果車掉下去，把馬也拖下坑。因為馬鞭就在坑裡屍堆上，大家猜測馬夫跟著車掉下坑了，給壓在車下，但我想沒人知道真相。

聽說在我們阿德門教區，有好幾回運屍車滿載屍首停在教堂墓園入口，但看不到打鈴人，看不到車夫，什麼人都看不到，更沒人知道車上死者是誰。其實負責運屍的人常不知道死者是誰。有時屍首是從陽台或窗戶用繩子吊下來的，有時是運屍工搬到車上的，有時是別人搬的。他們自己也說，沒費神算人數。

地方官的警覺心受到嚴格考驗。必須承認，他們警覺心再高也不為過。無論必須付出什麼代價，無論有多麻煩，無論在市區還是郊區，有兩件事他們從未忽略：

一，市面上時時都有充足的食物，價格也無甚上漲，變動根本微不足道。

二，屍體都有掩埋或掩蓋。任何人白天從城裡一頭走到另一頭，看不到人下葬或治葬跡象。前面提過，只有九月頭三週他們沒有做到這一點。

第二點或許難以置信。瘟疫後出版的一些著作說死者沒有埋葬，但我肯定絕無此事。如果定要說有這種事，那也必然是我前面提過的，活人設法逃走而留下死者，沒有通報官府。整場瘟疫裡這些案例根本只是少數，這點我很肯定。我曾在我們教區做過一陣子這方面的工作。照我們教區的人數來看，我們的狀況跟任何地方一樣慘。我確定死者都有下葬，亦即只要官府知道哪裡有人死了，沒有置之不埋的，不會無人收屍，或是沒有埋葬工安葬他們。死者無人埋的說法顯然不攻自破。至於住家及坑洞裡的屍首，例如摩西與亞倫巷的情況，那根本不算數。官府只要發現屍體，必會即刻處理。至於第一點，也就是糧食不足或昂貴的事，儘管我之前就提過了，下文也會再提及，但在此得先提以下事項：

一，食品價格無甚增漲，尤其是麵包，在那年年初，也就是三月第一週，一便士可買十盎司半小麥麵包。瘟疫最嚴重時是九盎司半，沒有更貴的了，完全沒有，整季都沒有。大概自十一月起，又變成十盎司半。我相信，在這種恐怖的大瘟疫裡，從未有任何城市能做到如此。

二，始終都有麵包師傅及烤爐烤麵包，供應民眾。這點我也覺得很奇怪，但部分原因是有些人家會請麵包店代為烘烤他們的生麵糰，也就是他們會遣女僕送麵糰去烤。這在當時很普遍。有時女僕會帶病回家，亦即染上瘟疫。

前面提過，在這場可怕的瘟疫中僅有兩家瘟疫醫院，一家在老街再過去的曠野，一家在西敏，都完全不強制病人就醫，也根本無此必要。數以千計窮人受盡折磨，沒人幫助，沒有日用品，沒有食物，全憑施捨度日，若能住院受照顧，他們會很高興的。我想，這確實是倫敦市府整個公眾管理上唯一的疏漏。我們這兒沒人進得了醫院，可是醫院卻在病人入院時，或是病癒出院時（許多人的確康復出院）收了錢或是擔保品。許多良醫派駐醫院，讓很多人病情大有起色，這點下文再提。我說過了，送到那兒的人主要是僕人。他們幫主人家採買必需品，因而染上瘟疫。這種情況下如果僕人回到主人家病倒了，主人讓他們住院，就能保全家中其他人。整個瘟疫期間，他們都在醫院受到妥善照顧。倫敦瘟疫醫院總共僅有一百五十六人下葬，而西敏那家醫院僅一百五十九人。

雖然我說希望能有更多瘟疫醫院，但絕不贊成逼迫所有病人住院。若是官府聽從建言不去封閉民宅，而將病人迅速從居所送進醫院，那麼在當時乃至現在，狀況必然糟得多，瘟疫會在運送病人時跟著擴散。而且，將病人從住處搬走，並不能清除其住處的疫害，而留在住所的家人卻又能自由活動，必然會將瘟疫傳給別人。

百姓也往往用這種辦法隱瞞實情，藏匿病人。結果待檢驗官發覺，有時全戶都病了。再說，有時瘟疫病人太多，所有公設瘟疫醫院根本不足以收容，官府人力也不足以及時發現病人送醫。

當時這一點就已受到審慎考量，我也常聽人談論這件事。我說過，地方官員硬是封閉民宅逼人屈從，防堵人們想方設法騙過看守人逃走，委實夠忙了。但是執行上的困難，卻凸顯出他們不能反其道而行，不能逼病人下病床離開住所。若要那樣做，市長手下的人是辦不到的，得動用軍隊。然而，此舉必會招致民怨，逼得民眾豁出去，凡是要來抓他們、他們兒女及親戚就醫的人一律殺掉，根本不管人家來是要做什麼的。我說，這麼一來，本已焦躁、慌亂至極的人們會完全發狂。可是地方官基於各種考量，認為治民應以寬厚為上，心存體諒，不該威逼而令人心生恐懼，因此並不將病人拖出住宅，也不強迫他們離開。

這讓我又想起瘟疫初起的時候。我是說，當瘟疫顯然會傳遍全城時，家境較好的人最早發慌，連忙離城。就像我提過的，離城的人實在很多，那麼多大小馬車、貨車、馬匹載人匆匆離去，彷彿全城人都要逃走了。倘若那時發布相關命令，特別是強迫民眾必須如何如何的命令，只會嚇慌老百姓，市區及郊區將一併陷入極度混亂。

但是地方官員很明智，設法安撫民心，制定極好的規範管理民眾，維持良好秩序，事事盡量做好，行事讓各階層民眾可以接受。

首先，市長及行政司法官、長老議會、一些共同議會議員或其代理人達成共識，向百姓宣誓，說他們不放棄倫敦，會留在城裡隨時為民眾效勞，在各地維持良好秩序，事事秉公處理，並且發放公家善款給窮人。簡單說，他們發誓會盡忠職守，傾其所能，但求不負民眾所託。

為了達成目標，市長、行政司法官一干人等幾乎天天開會，為維護公眾和諧做必要的安排。雖然他們治民盡可能溫和仁厚，不過那些自行其是的惡棍若行竊、打家劫舍、洗劫死者或病人，一概依法懲處。市長及長老議會也數度聲明，要民眾不可犯法。

還有，警官及教會委員奉命必須全數留在城裡，若要離開必須先找到稱職人選代理職務。他們必須為代理人作保，取得所屬轄區同意，還要擔保說如果代理人死亡會馬上找到其他人接替，否則將予嚴懲。

本來瘟疫初起時，民眾驚懼不已，紛紛談起大逃亡，說倫敦可能成為空城，只剩窮人，而鄉下可能盜匪四起，秩序遭大批難民破壞。現在官府這樣公開宣誓，民心大安。官員也信守承諾，無畏無懼地勇敢履行職務。市長及行政司法官再三視察街道及危險地區。雖然他們並不喜歡太多人擠上前求助，可是只要民眾有緊急的事，他們從不阻止人們近身，並耐著性子聽人發牢騷申訴。市長特地請人在市政廳搭個平台，有人來申訴時，他就可以站在上面審理，和群眾稍稍隔開，盡可能保障他露面時的安全。

同樣地，正規警官，即俗稱市長的手下，時時輪班，隨時待命。一有正規警官病倒或染上瘟疫，旋即找人遞補，執行其職務，直到確認病人是否能康復。

行政司法官及長老議員依職務守在各自轄區，也是用這套遞補辦法。而行政司法官的手下，即警員，則輪班值勤，供當地長老議員差遣。因此，司法系統得以運行無礙。其次，官府特別注意自由交易的命令有無落實。每到集市日期，市長及一位行政司法官或是兩位行政司法官都出動，騎馬視察，看看命令是否如實執行，確定鄉下人得到一切可行的協助，往返市集不受限制；同時確認街道上沒有駭人物事，以免鄉下人看了害怕，不願再進城賣東西。此外，市長特命麵包坊公會主席率其助手監督各麵包坊，確保他們依規行事，麵包大小都符合市長每週決定的尺寸。而且，所有麵包坊店主有責讓烤爐時時運轉，暫時失去倫敦一般公民的權利。

如此一來，市面上隨時有很多麵包，價廉如昔，這點前面提過了。市集裡糧食非但從未短少，甚至頗為充裕，充裕到我常納悶官府是如何辦到的，自恨過於膽小和謹慎，盡量不出門，而鄉下人卻自由自在，大膽上市集，彷彿市區沒有瘟疫，沒有染病的風險。

地方官員確實令人欽佩，竟能讓街道時時保持整潔，沒有任何駭人物事及死屍，或是任何不堪入目、惹人嫌惡的東西。唯一例外的時候，是我前面說的，有人突然在街上倒下或暴斃。這種屍首通常會用布或毯子蓋起來，或是晚上就近移到教堂墓園。所有必須執行的可怕事項、所有淒涼又危險的工作都在晚上進行。搬病人屍體、埋死屍、燒病人衣服都在晚上。前面提過，埋屍的大坑位於數個教堂墓園及墳場。屍首都在晚上運到大坑，而且全得在白天前埋好，結束工作。因此，白天完全看不見也聽不到瘟疫的跡象，至多就是街道空蕩蕩，有時會聽到窗內及屋舍傳出怒吼，再者就是商店歇業。

城中街道也沒比外圍地區來得清靜寂寥，只有一個時候例外，亦即我前而提過的，瘟疫向東傳遍全城時。總的來說，瘟疫是在城中一頭發源，漸漸朝別處擴散；在西邊發過威了，才向東傳到我們這兒。因此等瘟疫朝著一邊來，另一邊的情況已經緩解。

譬如，瘟疫是從聖吉爾斯及西敏那邊開始的，亦即始於野地聖吉爾斯、霍爾本聖安德魯、聖克萊蒙丹恩、野地聖馬丁及西敏。這些地方七月中旬時情況最慘，到七月下半瘟疫就緩和了，漸漸轉移到東邊，在克里波門、聖墓、聖詹姆斯、克拉肯威爾、聖布萊茲及阿德斯門等地肆虐，當時市區及南華克那邊的全部教區、整個斯戴尼、白禮拜堂、阿德門、瓦平、瑞特克里夫幾無瘟疫，因此那邊的人作息如常，不甚關心瘟疫，照舊工作和開店。整個市區、城區東郊及東北郊、南華克的人都隨意交談，彷彿沒有瘟疫這回事。

甚至位於北郊及西北郊的克里波門、克拉肯威爾、主教門、索迪奇受到全面感染時，別處情況卻還算好。例如，七月二十五日至八月一日死亡公報的病亡總數如下：

克里波門聖吉爾斯	554
聖墓	250
克拉肯威爾	103
主教門	116
索迪奇	110
斯戴尼教區	127
阿德門	92
白禮拜堂	104
城牆內全部九十七個教區	228
南華克全部教區	205
總計：	**1,889**

因此，簡單說，那週克里波門及聖墓兩個教區的死亡人數，要比整個市區、整個東郊、南華克所有教區加起來，還多了四十八人。就這樣，全英格蘭一直認為倫敦市民健康良好。尤其是在鄰郡及周圍市集（倫敦食糧主要供應地）甚至市民健康惡化許久之後，還認為市民健康無虞。這是因為鄉下人從索迪奇、主教門或是老街、坦原進市區，看到外圍街道空蕩蕩，屋舍門窗緊閉，店鋪歇業，行人寥寥無幾，都走在路中央。進市區後，見到的情況就比較好，市場和店鋪照常營業，人們如常外出走動，只是人潮不若往昔。這種情況持續到八月下半、九月初。

接著情況大變。西區及西北區教區瘟疫漸漸消失，市區及東郊、對岸南華克那邊則開始受到瘟疫大肆摧殘。

市區看來著實淒清，商店歇業，街道冷清。人們的確有許多原因不得不上大街，因此中午時大街行人相當多。但即便是大街，康丘路及買賣路早晚也罕見人蹤。

那幾週的死亡公報在在證實了我的見聞，非常吻合我做的推估。我所提及的幾個教區死亡數字如後。

依據每週死亡公報，城西及城北下葬人數減少，如下：

九月十二日至十九日

克里波門聖吉爾斯	456
野地聖吉爾斯	140
克拉肯威爾	77
聖墓	214
索迪奇聖李奧納	183
斯戴尼教區	716
阿德門	623
白禮拜堂	532
城牆內全部九十七個教區	1,493
南華克全部八個教區	1,636
總計：	**6,060**[20]

這項改變確實奇怪，而且悲哀。若是這種情況多維持兩個月，幾乎沒人能存活。但我說，上帝是仁慈的，如你所見，那時原本狀況淒慘的城西及城北，情況大為好轉。這頭開始

看不見民眾，那頭民眾又開始外出了。隨後一、兩週，情況更好。也就是說，城裡別處的民眾心情更加振奮了。例如：

九月十九日至二十六日	
克里波門聖吉爾斯	277
野地聖吉爾斯	199
克拉肯威爾	76
聖墓	193
索迪奇聖李奧納	146
斯戴尼教區	616
阿德門	496
白禮拜堂	346
城牆內九十七個教區	1,268

20 數字有誤，應為6,070。

南華克八個教區	1,390
總計：	**4,900**[21]

九月二十六日至十月三日

克里波門聖吉爾斯	196
野地聖吉爾斯	95
克拉肯威爾	48
聖墓	137
索迪奇聖李奧納	128
斯戴尼教區	674
阿德門	372
白禮拜堂	328
城牆內九十七個教區	1,149
南華克八個教區	1,201
總計：	**4,328**

現在，市區及前述的東區、南區境況實在悲慘。如你所見，瘟疫主要是發生在這些地區，也就是市區、河對岸八個教區，以及阿德門、白禮拜堂、斯戴尼教區。這個時候，就是前述死亡人數飆高的時候，一週死八、九千人，但我相信實際數字應為一萬人到一萬兩千人。我認定官方紀錄絕不可能準確，箇中原因解釋過了。

非但如此，有位名醫在瘟疫後出了一本拉丁文書，記述瘟疫情況。他的書裡說，有一週死了一萬兩千人，還有一晚死了四千人。我不記得哪一晚這麼可怕，死那麼多人，但這些證實我前面說的，死亡公報人數不可靠，這點下文再提。

儘管看來可能像是重述事實，不過且讓我再次描述市區及我家一帶當時的慘況。市區及前述其他地區雖然許多人逃到鄉下，但仍舊有很多人留下，而且人數可能比平常多。這是因為很長一段時間，人們堅信瘟疫不會傳到市區，不會傳到南華克，也不會傳到瓦平或瑞特克里夫，一點也不會。不僅如此，西郊及北郊的人就抱著這種信念，搬到了城東及城南以保平安。我深信，若非如此，瘟疫擴散到那些地區的時間或許會晚一點。

21 數字有誤，應為5,007。

在此，我也該再說明一下瘟疫如何在人群間散播，供後人參考。瘟疫不僅是病人傳染給健康的人，看來健康的人也會散播瘟疫。我來解釋一下。我說的病人，是指染病消息已經傳出去的人，或許已臥病在床接受治療，或是身上長了腫塊，就是那一類的人。這些人大家可以提防，他們不是臥病，就是病得根本瞞不住。

外表健康的人是指已經染上瘟疫的人，是真的病了，體內有疫毒，但看來正常，甚至連他們本人也不自覺有病。很多人都是病了好幾天才知道的。他們走到哪兒，死亡就跟到哪兒，威脅每個靠近他們的人。就連他們的衣服也會散播瘟疫，摸過的東西也一樣。他們發熱流汗時傳染力最強，偏偏他們又容易出汗。

這些人是誰根本不可能知道。我說過，他們也未必曉得自己病了。在街上突然昏倒的往往就是這類人。他們很多死前都還能外出活動，直到突然冒汗、發昏，坐在別人門前死去。誠然，人不舒服時，他們會奮力掙扎回家。有些一撐到進家門就死了。有些人身上出現病徵時尚不自知，回家一、兩個鐘頭後才死，可是在外活動時卻一切如常。他們很危險，是健康的人應該畏懼的，偏偏不可能知道他們是誰。

正因如此，大瘟疫時，人們再怎麼小心也無法防堵。也就是說，人們無法判別誰病了、誰沒病，否則受到感染的人就不致完全沒察覺自己生病。我知道一個人，一六六五年倫敦瘟疫時，他始終隨意和人交談。他隨身攜帶解毒劑或興奮劑，感到危險時就服用。他自有一套辦法來探知危險，這套辦法我前所未聞，後來也沒聽人說過，不曉得究竟靈不靈驗。他說他的腿受過傷，一碰上不健康的人，傷痕就會刺痛和發白。因此，只要一覺得舊傷刺痛，就是走人的時候，或是該小心一點，服用他特別準備的防身藥品。現在，當他和自認健康的人在一起時，腿傷常常刺痛。那些人看來也很健康，但他會即刻站起來向大家說，各位，這裡有人有瘟疫。人們聽了一哄而散。這確實是所有人的殷鑑。在鬧瘟疫的地方，和人隨意說話是躲不過瘟疫的。人們染病時不知不覺，在不自覺生病前又傳染給別人。這種情況下，除非能夠追溯病人跟誰說過話，在那些人自己察覺生病前就把他們關在屋內，否則把健康的人關在屋裡，或是將病人移走，都無濟於事。但是，沒有人知道該追溯到什麼時候，又該做到什麼程度。畢竟，沒有人知道自己是在何時何地被誰傳染的。

我想，就是因為如此，才會有這麼多人說空氣不潔，給瘟疫玷污了，無須介意自己是跟誰說話，反正瘟疫就在空氣中。我見過他們對此出奇激動與詫異。一個心煩意亂的人說：「我從未接近病人屍體，也只跟健康的人講話，卻染上了瘟疫！」另一個人說：「我肯定是受到天譴了。」然後開始搬出大道理。而第一個人接著叫說：「我沒有靠近過有問題的東西或病人。我肯定瘟疫就在空氣裡，吸到了會沒命，所以這是天災，沒辦法提防的。」這種想法終於使得許多人對危險麻木，不那麼在乎了，愈來愈不謹慎。到瘟疫最嚴重時，人們已經失去初時的戒心，奉行土耳其宿命論，說如果上帝想懲罰他們，不管人在外頭還是家裡，結果都一樣，絕對逃不掉。他們大膽外出，甚至進入受感染的人家，和病家往來，前往探病。簡單說，妻子或親人生病時，他們也照樣一起睡，結果就跟當年的土耳其人一樣，也跟採取土耳其做法的國家一樣，亦即他們也受了感染，成千成百地死去。

我對上帝的敬畏之心從未減少。我們應時時謹記，瘟疫這種事情，是上帝降下的天譴與意旨。這場瘟疫無疑來自上天，以懲戒一個城市、一個地區、一個國家，是上帝復仇的先兆，是要疾呼受懲的國家、地區或城市謙卑懺悔。我這樣說的根據，就在《耶利米書》第十八章第七節及第八節：「我何時論到一邦，或一國說，要拔出、拆毀、毀壞。他們轉意離開他們的惡，我就必後悔，不將我想要施行的災禍降與他們。」我要提醒世人，碰上瘟疫時仍要對上帝抱持敬畏之心，不可或減。正因如此，我才將這些點點滴滴付諸文字。

我認為，沒人應該將這些大難歸咎於上帝及上帝的旨意。實情恰恰相反，上帝眷顧了許多人，解救他們，沒讓他們染病，就算染了病的依然得救。而我認為，我得到的救贖近乎奇蹟。我記下這些事情，確實滿懷感恩。

我說啊，瘟疫這種病，是源自一些自然因素。我們必須考慮到，瘟疫確實是由自然途徑傳播。瘟疫擴散是人類行為造成的，但雖是如此，瘟疫卻是不折不扣的天譴。神創造了大自然，維繫大自然的運作。所以說，神認為不論是要降福或降下天譴，都很適合利用尋常的自然法則，而祂通常也樂於透過自然的力量完成想做的事。不過，在有必要時，祂會以超自然的方式行事。散播傳染病顯然不是什麼特殊的事，無須用到超乎自然的方式，只要利用自然法則，通常就能完全達到上天想要的效果。而疫病散播的方式裡，有一項是在暗中傳播，人無法察覺，無可避免，給上帝用來復仇綽綽有餘，不需要動用超乎自然的方法，亦即神蹟。

傳染病本身就是這樣無孔不入，散播時無聲無息，再小心提防也無濟於事。我得說，我相信凡是在這裡染病的人，染病的途徑都很尋常，就是被人傳染的，也許是接觸到病家衣物，也許是碰到病人，也許聞到病人的臭味。我知道的許多鮮活事例，讓我不得不相信這一點，而且我相信沒有人能反駁這些事例。

瘟疫最初傳進倫敦的途徑也證實了這一點。瘟疫寄身在黎凡特的貨物，到了荷蘭，再到倫敦，運到隆阿克路一戶人家，在那兒拆了封，引發倫敦瘟疫。因為人們十分輕忽，跟病人交談，瘟疫便從那戶人家擴散到別戶。那邊教區負責處理喪事的一干人等，也受到感染。從這些根本事實就能歸納出，瘟疫大致是一個人傳給另一人，一家傳給另一家，沒有別的散播方法。第一戶染病人家死了四個人。他們一位街坊聽說那第一戶人家的主婦病了，前往探病，把病傳給自己家人，全家都死了。一位牧師接到通知，去第二家陪第一位病人禱告，據說他馬上就病了，家裡跟著死了好幾個人。醫師初時沒料到會發生普遍感染，這才著手調查。醫師查驗了死者，向人們確認說，就種種可怕的跡象來看，大概是瘟疫，可能發生大流行。可是，那時已有許多人和病人說過話，可能已經染上瘟疫，根本無從防堵起了。

這些醫師的看法與我後來的觀察吻合。亦即，瘟疫的危險之處，在於傳染時不知不覺。患者誰也不能傳染，只能傳給近身的人。可是一個人染上這種病卻未必自知，和健康的人一樣如常外出活動，把病傳給一千個人，這些人再傳給更多人。可是，傳染的人或是被傳染的卻什麼都不知道，可能要好幾天後，患者才會覺得不適。

例如，在這場瘟疫中，許多人絲毫沒察覺自己病了，待身上出現病徵，大概活不過六個鐘頭，才知道自己染了病，驚訝得說不出話來。人們稱之為病徵的斑塊，其實是壞疽斑。長了壞疽的部位會凸起如瘤，大小如銀便士，硬度如老繭。人病到那個地步就沒救了，必然會死。不過，我也說過了，他們完全不知道自己病了，不覺得自己哪裡有問題，要到出現要命的病徵時才知道。但人人都必須承認，病徵出現前他們已病情嚴重，而且病重了一段時間，因此他們呼的氣、汗水及衣服早就具有感染力好幾天了。

這種事發生過很多次，相信醫師們會記得比我更清楚。我曾聽說一些這種事情，來舉個例子。

有位市民一直平安無事，沒有染上瘟疫。就這麼到了九月，當時瘟疫主要是在市區肆虐。他說起自己是如何安全，又如何小心，從未接近過病人，言語間頗為沾沾自喜，我想也有點自鳴得意。有一天，另一位市民（他的鄰居）跟他說：「某某先生，別太自負。誰也說不準誰病了、誰又沒病。一個人這個鐘頭還活蹦亂跳，看來一切正常，說不定下個鐘頭就死了。」第一位市民說：「沒錯，我並不是真的那麼安全無虞，只是一直沒生病。」就如我前面說過的，人們因此變得過度鬆懈，尤以市區民眾為甚。他說：「沒錯，我不認為自己安全，不過我相信，我接觸過的人都沒問題。」他的鄰居說：「是嗎？你前天晚上不是跟某某先生去了青草教堂街的牛頭酒館？」頭一個人說：「是啊，我是去了。不過，沒有理由認為那裡的人有問題。」他的鄰居聽了不再多說，不想嚇他。這樣反倒讓他更好奇，又看到他的鄰居欲言又止，更是按捺不住，追問：「怎麼，他不會是死了吧？」他的鄰居仍是沉默不語，只是抬眼看天，自顧自喃喃說了一句話。第一位市民見狀，臉色發白，只說：「那我也死定了。」他馬上回家，因為沒有感到不適，就請一位附近的藥師給他開防病藥物。可是這位藥師拉開他的衣服，朝他胸口一看，嘆了口氣，只說：「你只能聽天命了。」這個人幾個鐘頭後就死了。

從這種案例來看，病人可能病上數日而不自知，但已具有傳染力，所以官員把病人關起來或移走，根本杜絕不了瘟疫。

在此或可想想，一個人從染上瘟疫到病情無可挽回，究竟有多久是外表健康，卻能感染所有近身的人？我相信，即便問最老練的醫師，他的答案也不會比我更直截了當。畢竟，一個普通人可能注意到一些醫師忽略的事。醫界似乎普遍認為，瘟疫可能在體內或血管中長期休眠。否則，從瘟疫地區來的人在港口及碼頭上岸，何必強制隔離？人們會想，四十天實在太長了，跟瘟疫這種對手交鋒，要嘛征服它，要嘛屈服，用不了四十天。就我自己觀察到的情況，我不願去想說人們得了病具有傳染力的時間可以超過十五、六天。這樣說是因為當一戶人家遭到封閉，裡頭有人死於瘟疫，其他人有十六、七天沒有生病的跡象，受到的管制就沒那麼嚴了，看守人默許他們偷偷外出。人們也不大怕他們，認為瘟疫大敵在他們家裡時他們都沒病，可見身體很好。然而，有些案例中瘟疫潛伏的時間還要長得多。

總結這些見聞，我得說，雖然上帝指引我留在城裡，可是依我看，對付瘟疫最好的藥方，就是遠離瘟疫。我知道人們會給自己壯膽，說上帝會在險境中保護我們，而在我們自以為安然脫險時打擊我們。數以千計的人抱著這種觀點留下，結果成了一車車倒進大坑的屍首。如果當初肯逃離危險，我相信他們能平安無事，好歹也會比較安全。

遠離瘟疫是根本之道，只要記住這點，那麼倘若日後再碰上瘟疫或相似的情況，相信官府管理民眾的做法將大異於一六六五年，也會異於我聽說的國外方法。總之，官府會考慮將人民分成小群體，讓人及時撤離，遠遠相隔。像瘟疫這種傳染病，人愈多為禍愈烈，打散人群就能降低傷害，才不至於像之前那樣，近百萬人在一起任瘟疫宰割，而日後若再發生瘟疫，倫敦必然也會有那麼多居民。

瘟疫就如大火，如果發生地點只有幾間房舍，就只能燒毀那些房舍；如果僅一棟，亦即孤立房屋，便只能燒毀一棟。可是，如果是屋舍稠密的城鎮，損害就會擴大，火勢延燒，吞噬所有燒得到的房舍。

我可以提出許多方案供市府參考。市府若是察覺可能又要鬧瘟疫了（但願別再出這種事了），照我的提議去做，就能妥善管理轄區內的危險人物，而且官員不致冒太多風險，對官員也比較好。我所說的危險人物，是指乞丐及挨餓的苦力一流，主要就是那些碰上難世無法自立的人，即所謂的無用之人。至於富人，就讓他們打點好自己及其僕人、兒女，如此市區及鄰近地區就能好好淨空，留居的人不會超過一成，也就只有這些人可能感染瘟疫。但假設留下的有兩成，共二十五萬人，而瘟疫確實來襲，那麼因為人口大減，他們要防範瘟疫就容易多了，比較不會受瘟疫威脅。這樣預防瘟疫的成效，應該強過人口相同，但比倫敦小的城市，例如都柏林和阿姆斯特丹等等。

確實有數以百計的人家，甚至是數以千計的人家逃走。可是他們很多都太晚動身，不僅在路上病發死去，而且將瘟疫帶到所經之處，傳給他們投靠的人，枉費逃亡，讓原本預防瘟疫的最佳辦法變成擴散瘟疫的途徑。這也證明了前述觀點。這點我在前面只約略提及，在此必須多做解釋。這種病侵入人類臟腑後，病人會有許多天外表正常，待瘟疫耗盡病人的精氣就沒救了。這整個期間，對別人來說他們很危險。我認為，瘟疫就是如此。這些人把病傳給行經的城鎮，也傳給他們去過的人家。這意味著英格蘭幾乎每座大城或多或少都有瘟疫，而那兒的人總是說，是倫敦某甲或倫敦某乙把瘟疫帶去的。

不能不提的是，我說那些人真的那麼危險，是假定他們完全不知道自己病了。如果他們明知自己生病還外出接觸健康的人，無異於蓄意謀殺。這麼一來，就完全證實了前述一般人的想法，即人們認為病人全然不在乎把病傳給別人，而且存心害人生病，但我認為事實並非如此。我相信，人們會這樣想，部分原因是有人病了而不自知。

我承認個案不足以代表全部，但我能說出好幾個人，就他們鄰居及倖存家人所知，其行為是完全相反的。在我家這一帶，有戶人家的戶長染上了瘟疫，他認為是他的一個工人傳給他的。得病那天，他去工人家看他交代的工作做完沒有。才走到工人家門口，他就覺得身體不對勁，但還不清楚怎麼回事。次日，他發病了，病得很重，即刻要人把他移進自家院子裡的外屋。外屋裡有間工作室，工作室上頭有個房間（這個人是火盆師傅）他臥病該處，死在那兒。他不肯讓鄰居照料，而是從外頭找了看護。他不准妻兒或僕人進他房裡，以免把病傳給他們，而是要看護向家人轉達他的祝福及禱告。看護傳話時也跟他們離得遠遠的，怕把病傳給他們。他知道，只有這樣旁人才不會染病。

在此，我也必須一提，我想瘟疫跟所有疾病一樣，不同情況下病程也不同。有人是馬上病倒，發高燒、嘔吐、頭痛難當、背痛，被病痛折騰得胡言亂語及發怒。有人是在頸項、鼠蹊或腋下長出腫塊，痛苦難當，飽受磨難，得痛到腫塊弄破為止。也有些人就像我說的，初時沒有症狀，瘟疫無聲無息地攫掠他們的精力，在他們發昏、暈厥、毫無痛苦地死去前，都不大知道自己病了。

我不通醫理，說不上為什麼明明是同一種病卻有不同的症狀，或是為什麼不同的人會有不同病程。至於在此寫出我確實觀察到的發病情況，那也超出我的本分。畢竟，醫師自己會做觀察，而且觀察得遠比我仔細，何況我的看法可能多少與他們有異。我只是記下所知、所聞、所相信的事情，寫出我的看法，並就我記錄的事情寫出瘟疫顯露出來的不同特性。不過，或可補充一點：雖然前兩類病程，就是那些病情外顯的病人，病時最是痛苦，我是指發燒、嘔吐、頭痛及各種疼痛，就算病死也是死得很痛苦；可是最後一種病程才是最糟的。前兩類病人常可康復，尤其是腫塊弄破的病人康復得更多。但最末一種病人卻是必死，無藥可醫，無法救治，死路一條；對旁人來說，也最糟糕。因為旁人及病人都受到蒙蔽，無法察覺病人，結果病人跟人交談時，疫毒便以無法描述，也確實無法想像的方式，滲入對方的血液，帶來死亡。

像這樣一方傳染別人、一方受傳染，但雙方都無所知悉的情況，在下列兩類常見事例中很明顯。經歷過當年倫敦瘟疫而今還活著的人已經很少了，但這兩類情況他們一定都知道好幾個案例。

一，父母四處走動，彷彿身體健康，且相信自己身體健康，直到他們不知不覺中染病，毀掉全家。若是他們對自己的健康起了絲毫疑慮，決計不會那麼做。我聽說有戶人家就是這樣被父親傳染了。幾個家人先出現症狀，但父親尚未察覺自己病了。經過細究，父親發現自己已病了一段時間。一發現家人是因自己而感染，他就發狂了，本想自盡，但被照料他的人制止。幾天後他就死了。

二，另一個情況是，許多人依其自我判斷，或是自我觀察數日，自認健康，只是食欲不振，或是胃部稍有不適。甚至有些人胃口一直很好，食欲極佳，只是頭有點痛，請醫師看看是什麼毛病，卻十分訝異地發現自己死期已近，身上出現了瘟疫病徵，或是病已重到無法醫治。

想來真教人難過，上述第二類人察覺生病前，可能已有一、兩週時間成了活瘟神，害死他寧死也要保護的人，甚至是在柔情親吻、擁抱兒女時，把死亡帶給他們。然而事實如此，而且這種事常有，我能舉出好幾起事例。倘若打擊悄然而至，宛若暗箭飛來，既看不見也無從察覺，那麼幽禁或遷移病人的種種措施又有何用？那些措施只針對出現病容或已感染的人，可是有數以千計的人外表健康，卻走到哪裡就把死亡帶到哪裡，感染碰見的人。

醫師常感困惑，尤其是藥師及外科醫師，不知如何判別一個人究竟病了沒有。但他們一致認為，瘟疫潛進許多人的血液，掠奪那些人的精力，而他們不過是一具具會行走的腐屍，呼出的氣息具感染力，流的汗有毒，只是外表跟常人一樣健康，甚至不知道自己病了。我說，醫師全都同意實情如此，就是提不出辨識病人的方法。

我的朋友希斯醫師認為，或可從他們呼出的氣味得知。但就如他說的，誰敢去嗅那氣味來檢查對方病了沒有？畢竟，要辨識病人，一定得把瘟疫的臭氣吸進自己的腦子，才能判別氣味！我聽說，有些醫師認為，也許可以讓人對著玻璃呼氣來辨別。熱氣會在玻璃上冷凝，用顯微鏡或可看到外形奇異、醜惡、駭人的生物，狀如惡龍、毒蛇、妖魔，看著就教人害怕。但我很懷疑其真假。我記得那時沒有顯微鏡，不能試驗這個辦法。

另有一位學者認為，病人呼的氣夠毒，可以馬上毒死鳥兒。不僅是小鳥，連公雞或母雞也會死，就算不是當場死亡，也會得俗稱的鳥痘[22]。特別是如果牠們生蛋的話，全都會是臭蛋。這些觀點，我從沒發現任何實驗證明，或是聽說有誰親眼見過。因此，我不加評論，只想說我認為這個看法很可能是對的。

有人提議說，應該對著溫水用力呼氣，病人會在水上留下不尋常的穢物，或是好些穢物，尤其會有黏糊糊的物質和穢物混在一起。

總的來說，我認為瘟疫本來就完全不可能察覺，也無法憑人力防止瘟疫擴散。

確實是有一道難題，至今我仍想不出完全合理的解釋。就我所知，唯一的答案是這樣的：第一個死於瘟疫的人逝於一六六四年十二月二十日左右，地點在隆阿克路一帶。據一般說法，第一個患者在屋裡拆開一個來自荷蘭的絲綢包裹，就此染上瘟疫。

之後，一直沒聽說那一帶有誰死於瘟疫。要到二月九日，亦即七週後，同一棟屋子才有另一人死掉。然後一片沉寂，我們十分放心地和人群接觸了很長時間。到了四月二十二日，死亡公報上才又出現瘟疫死者，死亡的兩人不是在同一戶人家，但住同一條街。就我記憶所及，那是在第一戶人家隔壁，距上次事件九週。其後兩週平安無事，接著瘟疫在好幾條街道出現，四處擴散。現在問題似乎是：那整段時間中，瘟疫潛伏在哪裡？既然都停止那麼久了，為什麼沒有就此消失？除非瘟疫不是一染上就發病，一個人可以染病好幾天不發病，不對，該說是好幾週不發病。那麼，只隔離幾天是不夠的，而要更長。不該只有四十天，而是六十天，或者更久。

誠然，如我一開始提到的，那年冬天很冷，許多經歷過那場瘟疫的人都清楚，寒霜持續了三個月。醫界說，那可能遏阻了瘟疫。可是有識之士必須容我說，依據他們的觀點，瘟疫或可說只是冰凍起來，就像河水結冰一樣，冰融之後就會恢復原有的活力及水流。然而，這場瘟疫主要停歇期間是二月到四月，當時卻已無寒霜，天氣和煦。

這一切矛盾有別的解釋可以說得通。我想，我記得的事可以做補充資料。這個解釋即是，事實受到隱瞞。亦即從十二月二十日至二月九日，從那時再到四月二十二日，這兩段長時間裡沒有人死於瘟疫並不符合事實。每週死亡公報是唯一的反證，而那些公報並不可靠，

22　鳥痘：roupy，使家禽流膿的病。

至少我認為如此。那些公報不足以支持一項假說，不能據以解答這麼重要的問題。那時我們認為，問題出在教區人員、訪查員及奉命呈報死者情況和其死因的人員。我相信這種看法是非常有依據的。初時人們極不願意鄰人知道自己家裡出了瘟疫，因此他們會以錢財或其他方法行賄，讓呈報上去的死因記成其他疾病。我知道後來許多地方都有這種事情。我相信，甚至所有鬧瘟疫的地方都有這種事情。只要翻翻每週死亡公報，就會看見瘟疫時期死因為其他疾病的人數大增。例如，七、八月瘟疫最嚴重時，死因為其他疾病者，每週常有一千人到一千兩百人，甚至近一千五百人。倒不是死於那些疾病的人真的增加那麼多，而是眾多家庭及屋舍真的出了瘟疫，設法讓呈報上去的死因記為其他疾病，以免屋舍被封閉。例如：

瘟疫以外之病死人數

七月十八日至七月二十五日	942
至八月一日	1,004
至八月八日	1,213
至八月十五日	1,439
至八月二十二日	1,331

至八月二十九日	1,394
至九月五日	1,264
至九月十二日	1,056
至九月十九日	1,132
至九月二十六日	927

毫無疑問，這些人至少有一大半是死於瘟疫，但是官方人員卻被說服，將死因記為其他疾病。公報上幾項疾病的死亡人數如下：

	八月一日至八月八日	至八月十五日	至八月二十二日	至八月二十九日
熱病	314	353	348	383
斑疹熱	174	190	166	165
飲食過度	85	87	74	99
齒疾	90	113	111	133
總數	**663**	**743**	**699**	**780**

	八月二十九日至九月五日	至九月十二日	至九月十九日	至九月二十六日
熱病	364	332	309	268
斑疹熱	157	97	101	65
飲食過度	68	45	49	36
齒疾	138	128	121	112
總數	**727**	**602**	**580**	**481**

還有幾項死因也跟這些一樣人數增加。顯而易見，增加的原因相同。這些項目有年老、肺癆、嘔吐、膿腫、腸胃絞痛一類，其中許多人無疑染了瘟疫。但因為是否被列為瘟疫影響甚巨，只要還有希望，人們無所不用其極地隱瞞病情。若是家中有人死去，就設法讓訪查員向檢驗官呈報說死因為其他疾病。

這就是為什麼從死亡公報上首度記載有人死於瘟疫，到瘟疫大肆擴散、瞞都瞞不住，我說過了，不太可能其間那麼久都沒有瘟疫死者。

此外，從當時的每週死亡公報顯然也能發現真相。雖然那時公報沒有記載瘟疫死者，而有記載之後瘟疫死亡人數也未增加，可是死於與瘟疫類似疾病的人卻增多了。例如，一週內有八人、十二人、十七人記為斑疹熱，但瘟疫死亡人數卻是零或區區數人，而往常斑疹熱的人數則是一人、三人或四人。同樣地，我前面說過，有個教區及其鄰近教區下葬人數週週上揚，超出其餘所有教區，卻沒有人的死因被記為瘟疫。這一切告訴我們，雖然那時瘟疫看來是停止了，後來才意外爆發，但其實瘟疫一直在擴散，一再傳播。

也可能是說，最初帶來瘟疫的那批貨物當時或許沒拆封，至少沒有全部拆封，而瘟疫就藏匿在沒拆的部分，或是藏在第一名患者的衣服上。再怎麼說我都無法想像，有人可以染上瘟疫病情沉重，必死無疑，卻能活上九週，而且健康狀況好到他們甚至沒察覺自己病了。然而，如果真是那樣，那麼我的看法更為正確，亦即瘟疫潛伏在外表健康的人身上，感染與患者說過話的人，而傳染的人和被傳染的人對此一無所知。

正因如此，情況十分混亂。人們開始相信瘟疫可能出其不意，由外表健康的人散播。人們變得極為畏縮，提防每個近身的人。有一回在阿德門教堂一個公眾集會，我不記得那天是不是安息日了，在一張坐滿人的長椅上，突然有人覺得聞到臭味，心念一閃，認為那兒有瘟疫患者，便低聲告訴鄰座的人，接著起身離開。鄰座的人馬上跟進，結果整張長椅上的人都聽說有瘟疫患者，他們及鄰近兩、三張長椅上的人全都起身離開教堂，沒人知道是什麼事或什麼人讓他們不舒服。

大家見狀馬上口含各種方劑，有些是草藥醫師調配的，有些是醫師開的，以免自己被別人呼出的氣體感染。因此，那個時候只要教堂人多，門口便會五味雜陳，氣味比藥房還濃烈，卻未必有益健康。總之，人人自備預防藥劑，弄得整個教堂像嗅瓶，一角全是香水，一角則是芳香藥物、香膠、各種藥材及草藥，一個角落是嗅鹽及酒精。不過我注意到，當人們開始認為，或者該說是當人們確定外表健康的人會散播瘟疫，教堂與集會場所的人群就比往常少得多。關於倫敦人，有一點是要說的。在整場瘟疫裡，禮拜或聚會從未完全停止，參加公眾禮拜的人數也沒有減少，只有瘟疫格外嚴重時一些教區上教堂的人才變少。即便如此，為時也不長。

看著人們平時怎麼也不敢踏出家門，卻敢上教堂禮拜上帝，委實奇怪至極。我是指在人們陷入絕望前的時期。由此可見，儘管瘟疫初時很多人下鄉，後來見到瘟疫加劇又有很多人嚇得躲進樹林，瘟疫期間市區人口仍極為稠密。這麼多人在安息日上教堂做禮拜，真是驚人。尤其是在瘟疫已經消退的地區，或是在瘟疫還不大嚴重的地區，做禮拜的人更多。這點我稍後再談，在此先說人們互相傳染的事情。一開始人們對瘟疫及其傳染方式都沒有正確觀念，只提防那些真正病重的人、提防戴帽或結領巾的人（頭和頸部長腫塊的人往往用衣物遮掩，實在駭人），然而，若是一位紳士衣著整齊，頸上配戴領圈，手戴手套，頭戴帽子，頭髮梳得一絲不亂，大家見了卻一點也不怕，尤其如果這個人是鄰居或相識的，便會安心聊上半天。可是後來醫師確認說，不僅接觸病人有危險，接觸健康的人也一樣，亦即外表健康的人，而那些自認完全未受瘟疫侵襲的人往往最致命，人們這才普遍意識到危險，以及何以危險。於是，大家提防起所有人，許多人把自己關在家裡，以免外出碰到人，也不讓那些跟旁人接觸過的人進入家中或近身；如果要跟人打交道，也是維持在接觸不到對方呼吸或氣味的距離。當人們不得不遠遠和陌生人喊話，則必定隨身攜帶預防藥劑，口中也含一些，以防萬一。

必須承認，人們做了這些防範措施，比較不會置身險境。瘟疫也不像先前那樣，那麼容易侵入這些人的家。數以千計家庭因而得以保全，說來這也是多虧了上帝指引。

可是，貧民什麼話都聽不入耳。他們照常隨性而為，衝動躁進，染病就滿口怨言，哀哀哭泣，健康時卻根本不照料身體，魯莽又冥頑不靈；有工作就做，也不管到底是做什麼，連最危險、最容易染病的工作也做。如果問為什麼，他們會說：「我相信上帝自有安排。如果我病了，那也是上帝的意思，是命該絕了。」云云。不然就是說：「不然能怎樣？總不能餓死啊。我看病死、餓死都一樣。沒有工作我怎麼辦？不做這個就只能當乞丐。」不管掩埋死者、照料病人，或看守病家都極為危險，窮人做這些差事理由大致相同。的確，迫於窮困是非常正當、充分的理由，沒有比這更好的理由了。可是那時的當務之急不再是民生所需，他們卻仍是這套說法，甘冒風險，結果極多人染上瘟疫。他們境況本來就不好，一旦病了處境更糟，也因此大批大批死去。就我觀察，我找不到有好好管理錢財的窮人。我是說，健康的貧苦勞工當時的收入比以往多，卻照舊浪費、奢侈，完全不為來日打算，一生病就陷入絕境，貧病交迫，既沒有食物，身體也不健康。

我常親眼目睹窮人的苦楚，也見過一些慈善救濟。好心人平日會接濟窮人，送他們食品及藥物，幫助他們。在此確實有必要記上一筆，當年人們心地善良，市長及長老議員收到的善款金額不僅大，而且極大。這些錢都用來幫助病患。此外，每天都有許多百姓捐出大筆善款，救濟患者，且派人探問個別病家有何困難，才好幫助他們。還有一些善心婦女大力襄助這項義舉。她們確信上帝會保佑她們，親自分送救濟品給窮人，甚至拜訪窮苦病家，指派看護照顧需要照料的人，並請藥師給他們開藥方、藥膏及其他需要的東西，又請外科醫師視情況割開腫塊和包紮。她們不僅實地幫助窮人，也為窮人禱告，祝福他們。

有人說，那些好心人沒有一個在這場災難中罹難。我不願那樣說，但我可以說，我從沒聽說他們有誰感染瘟疫。我提這點是希望能夠激勵後人碰上磨難時行善。無疑，施捨窮人是放賑給天主，天主將會回報這些人。苦難時冒生命危險幫助窮人的人，可以冀望天主保佑他們平安。

做這些大善事的可不是少數人（這點我無法一筆帶過），市區、市郊及鄉間的富人也慷慨奉獻。簡單說，因為有這些巨款，無數人才不致餓死、病死，存活下來。我始終查不出那些善款究竟有多少，相信也沒人知道。不過聽一位這方面的專家說，賑款不是區區數千鎊，而是成千上萬鎊，都是要接濟苦難倫敦的窮人。非但如此，還有人跟我說，據他評估，他確信一週收到的善款超出十萬鎊，由教區委員、市長及各區長老議員分發，同時也依宮廷的特別指示分發。此外，還有前面提過的善心團體及個人的義舉。這種情況持續多週。

我聽說，僅僅克里波門教區一週就分得一萬七千八百鎊濟貧。我承認這個金額實在很大，但如果真有此事（我相信確有其事）那麼其他傳聞可能也是真的。

除了這樁事之外，這座大城無疑也得到諸多幫助，其中值得記上一筆的義行還很多。但照我說，人們這樣互相扶持實在了不起，讓上帝心生喜悅，進而打動全國民心，慷慨奉獻，救濟倫敦貧民，讓情況往好的地方發展。許多方面都感覺得到這點，尤其成千上萬人因而保住性命，恢復健康，有成千上萬戶人家不致匱乏及餓死。

既然提及上帝那時行事如此仁慈，在此必須再談談瘟疫的發展。我已經數度提及，瘟疫在城裡一頭發生，穩定向別處緩緩擴散，一如飄過頭上的烏雲，在天邊一頭變得濃厚，讓天色變暗，但在另一頭消散。同樣地，瘟疫從西向東肆虐，一邊向東行，一邊在西邊消退。這意味著城裡沒有瘟疫罩頂的地區，或是瘟疫肆虐後倖存的人，就能去幫助別人，當時情況正是如此。倘若瘟疫同時傳布全城及郊區，在各地肆虐，就像有些發生在國外的瘟疫那樣，那麼倫敦全體居民必然無法招架，如那不勒斯瘟疫一樣，一天就死兩萬人。而且，人們也將無法互相幫助。

不能不提的是，在瘟疫恣意蹂躪之處，人們處境確實悲慘，民眾驚恐萬狀，言語無法形容。但是，就在瘟疫降臨之前，或是一結束後，人們的態度卻完全不一樣；危險一消失，就忘了自己受過的恩典。我只能說，這是人之常情，當時確實很多人如此，這點下文再談。

不能忘記提的是這場大難期間的貿易情況，包括國際貿易及國內經濟。

國際貿易無庸多言。歐洲貿易國全都怕我們。法國、荷蘭、西班牙、義大利港口全面拒絕讓我們的船隻停靠，不相往來。我們與荷蘭的關係確實很差，雖然當時國內得應付瘟疫這種大敵仍出兵與荷蘭激戰。

我們的商人因而全面歇業。他們的貨船哪兒也不能去，出不了國。他們的商品及貨物，亦即我們的物產，外國也不會碰。大家怕我們的貨品，也怕我們的人。他們確實有好理由害怕，羊毛製品散播瘟疫的能力跟人一樣強。如果包裝工人是瘟疫患者，那麼疫毒就會藏匿在羊毛製品中，碰那些東西就跟接觸患者一樣危險。因此，英格蘭商船到了國外，就算貨物上了岸，也必然會在指定地點拆封晾著。可是，倫敦船無論如何進不了港，更卸不了貨，其中管制最嚴的是西班牙和義大利。不過在土耳其、愛琴海群島，以及土耳其人、威尼斯人的地方，管制確實不是很嚴，一開始完全不設限。有四艘船走河道往義大利航行，要去來亨[23]及那不勒斯，可是無法卸貨，便轉往土耳其，在那兒自由進港卸貨，完全未受刁難。只不過有些貨物在土耳其沒有銷路，有些則已賣斷給來亨商人，船長們沒有權利也未獲令處置那些貨物，因此貿易商做生意十分不便。不過那沒什麼大不了的，只是手續繁瑣一些。船長們通知在來亨及那不勒斯的貿易商，他們便來領貨，一併用別的船把不適合司麥那[24]及斯堪達隆[25]市場的貨物裝運到義大利。

在西班牙及葡萄牙更是不方便。他們說什麼也不讓我們的船靠港，倫敦船更是根本進不了任何港口，遑論卸貨。據報一艘我們的船偷偷將貨弄上岸，有成綑的英格蘭布料、棉花、粗呢一類的貨品，全給西班牙人燒了，涉嫌把貨物運上岸的人全數判處死刑。這件事我想多

23 來亨：Leghorn，義大利西北沿海地區。

24 司麥那：Smyrna，即今土耳其伊茲密爾（Izmir）。

25 斯堪達隆：Scanderoon，即今土耳其伊斯肯德倫（Iskenderun）。

少是真的，我雖不能確定，但不無可能。畢竟倫敦瘟疫那麼嚴重，走私會造成極大傷害。

我這聽說，我們的船把瘟疫傳到那些貿易國家。狀況最慘的是葡萄牙阿爾加威省法羅港，死了好些人。不過我不能確認這則消息。

雖然西班牙及葡萄牙很畏懼我們，可是確如前面說的，瘟疫初時是集中在靠西敏那頭，倫敦商業區如市區及沿岸地區，至少七月前狀況都很好，水路在八月前是通的。七月一日前，全市僅死了七個人，特區只有六十名死者，斯戴尼、阿德門及白禮拜堂教區共有一名死者，而南華克八個教區僅兩名死者。不過這對其他國家來說沒有差別，壞消息已傳遍全世界，說倫敦市鬧瘟疫，沒人過問情況發展，或是瘟疫從哪兒開始，又傳到了哪裡。

此外，瘟疫擴散後蔓延極快，死亡人數驟增，沒必要粉飾，也無庸費神讓外國人認為情況沒那麼嚴重。每週死亡公報的人數就足以說明一切了。而每週死上兩千人到三、四千人，也足以讓世界各貿易國起戒心。之後，就連市區都大鬧瘟疫，我想，這讓全世界都提防起倫敦了。

此外，你可以確定這些傳聞什麼事情也沒遺漏。瘟疫本身非常可怕，人們受盡折磨，這些從我講的事情就看得出來。可是，傳言誇大其實，毫無節制。我們的國外朋友，特別是我哥哥的主要客戶，他們在葡萄牙及義大利聽到傳聞說倫敦一週死兩萬人，一堆堆屍首無人處置，活人要埋葬死者都來不及，健康的人很少，照顧不了病人；這種他們聞所未聞的疾病，已擴散到全英國。話給傳成這樣，實在不必太訝異。我們告訴他們實情，說死亡人數不及一成人口，而瘟疫時留在城中的人是五十萬；人們再度上街走動，逃走的人也回來了，街道人潮如昔，只是家家戶戶可能都有親戚、鄰居死去云云。但我們的國外朋友覺得這些話難以置信。如果現在在那不勒斯或其他義大利沿海城市問起這件事，他們會說許多年前倫敦發生過一場可怕的瘟疫，一週死兩萬人云云。這種情況就像我們在倫敦也聽說過的，那不勒斯一六五六年發生瘟疫，一天就死兩萬人。不過我很高興知道此說純屬虛構。

然而，這些浮誇傳聞重挫貿易。這既不公平，也造成傷害。瘟疫過後極久，我們和那些國家的貿易往來才恢復。而佛蘭芒人[26]及荷蘭人，尤其是荷蘭人，從中大發利市，獨霸市場，甚至向英格蘭幾個沒鬧瘟疫的地方買商品，當作本國貨物運到荷蘭及法蘭德斯，再轉運到西班牙和義大利。

不過，他們有時會被查到而受罰，也就是他們的貨物會被充公，船隻也充公。這是因為如果英國貨真的和英國人一樣受到瘟疫感染，而人們碰觸或拆開貨品，聞到那氣味又真有危

26 佛蘭芒人：Fleming，指法蘭德斯地區（Flanders）的居民。

險，那麼那些走私客不僅是將瘟疫運載回自己的國家，也會危及跟他們買貨的國家。這種生意可能害死許多人，有良心的人是不可能做的。

我沒有資格說那些人是否造成任何傷害，也就是在國外造成瘟疫。不過，說起我們國內的情況，我大概就不必有所保留了。瘟疫遲早會被倫敦人帶到外地；不然就是我們倫敦人與各大城市做生意，不得不和形形色色的人交談，從而散播瘟疫，不僅將瘟疫傳遍全倫敦，也傳到所有大城鎮，尤以工商重鎮及海港為甚。就這樣，英格蘭所有大城或早或晚出現瘟疫，愛爾蘭有些地方也有，但不是太普遍。蘇格蘭人的情況我沒機會查。

要提一下，瘟疫持續在倫敦肆虐時，外港卻貿易活動興盛，主要是將貨物賣到鄰國及英國殖民地。例如，倫敦對外商業活動完全停止後，有數個月時間，英格蘭科徹斯特、亞茅斯及赫爾那邊，還將鄰近地區的貨物出口到荷蘭及漢堡。同樣地，布里斯托及艾斯特因為有普利茅斯港，運貨到西班牙、加那利群島、幾內亞和西印度群島都很方便，到愛爾蘭更方便。可是因為八、九月倫敦瘟疫大幅擴散，情況極為嚴重，那些市鎮全數或多數先後受波及，貿易全面禁止，這點等講到國內貿易再細談。

不過有件事一定得提，就是從國外回來的船（毫無疑問數量很多）有些在海外各地航行已久，完全不知道鬧瘟疫了，至少不知道情況那麼嚴重。這些船如常駛入河川，依職責運送貨物。只有八、九兩月時，瘟疫可說集中在倫敦橋下游的地區，無人敢出來做生意。不過這種情況僅持續幾週，回國的船隻，尤其是貨物不易腐敗的船隻，一度泊在快到大潭[27]的地方，或是河川淡水的部分，甚至下游的梅威河都泊了好幾艘船；其餘船隻泊在諾爾及林尾下游的霍普。因此，到了十月下半已有大批回國船隻，這種情況多年未見。

整場瘟疫裡，沿岸穀物貿易及新堡煤炭交易憑藉水運，完全沒有停歇，受到的影響微乎其微。對受盡磨難的可憐市民來說，這是好事一樁，否則他們處境會更慘。

第一個貿易管道是從赫爾港及亨伯各地，以小船運出來自約克郡及林肯郡的大量穀物。另一個輸出管道是諾福克的林恩、維爾斯、柏南及亞茅斯，這些地方在同一個郡。第三個輸出管道則是梅威河、密爾頓、菲維薩姆、海口、沙港及肯特、艾塞克斯沿岸所有小城和港口。

在蘇弗克沿岸，穀物、奶油及起士貿易熱絡，以小船維繫貿易活動，持續將貨物運到至今仍稱為大麥碼頭的市場。陸運中斷後，許多鄉村農民不願再進城，穀物就從這裡源源不絕運到市區。

27 大潭：即泰晤士河上供回港船隻停泊的水域，包括從倫敦塔到綠帽岬及石灰屋區兩側的河川。

這也得歸功於市長行事審慎，盡量降低船長和船員送貨來時的危險。不論他們想何時辦集市（不過他們鮮少做此要求），穀物都可在他們指定的時間即刻賣掉，穀物商會馬上將穀物卸下運走，如此船長及船員鮮少需要下船，而貨款總是泡在醋桶裡送上船給他們。

第二項貿易是向泰茵河畔新堡買煤。若非有這些煤，倫敦處境會極糟。那時不僅街道需要燒掉大量煤炭，百姓人家也燒掉許多。我們依照醫界的建議，整個夏天都燒煤炭，天氣最熱時也不例外，用掉許多煤。確實有人反對此舉，堅稱屋舍和房間暖洋洋，會助長血氣中原已存在的酸性及熱氣，讓人火氣更大；他們說誰也知道瘟疫是在熱天散播，冷天消退。他們斷言，溫暖的天氣會助長疾病，增加疾病威力，所以傳染病全在熱天惡化，瘟疫就是如此。

其他人則說，溫暖的天氣是可能散播疾病，一如氣候悶熱時天地間會出現害蟲，無數毒物也壯大了，並在我們的食物、農作物甚至身上繁殖，產生臭氣，引發感染。還有，空氣中的熱氣，亦即我們常說的熱天，會使身體放鬆、昏昏沉沉，耗損元氣，毛孔張開，人就容易染病，或是受外界影響，如致病的有毒氣體及任何空氣中的物質。可是火的熱氣，尤其是居家燒的炭火，或在我們周遭的炭火則遠非如此。那種熱是不一樣的，由於炭火來得又快又猛，不能滋養毒物，反倒會在燃燒時消除那些熱天產生和沉積的毒氣。此外，煤炭常含有硫磺及氮的微粒。他們斷言，燒這種瀝青物質很能淨化空氣，可如前述那樣燒掉有毒粒子，讓空氣恢復潔淨，這樣人吸了空氣才不會生病。

後者這種觀點當時很普遍。我必須承認，我也認為有道理，倫敦居民的經驗亦證實了這種觀點。家中不時燒炭火的人家，許多從未染上瘟疫，我的經驗也是如此。我認為，在房裡燒炭可讓室內宜人又衛生。我衷心相信，若非如此，我們整戶人不會都那麼健康。

回頭談煤炭買賣。維持煤炭買賣並不困難，這主要是因為當時我們在與荷蘭打仗。剛開始，荷蘭政府特准民船武裝起來，攔截我們的運煤船。我們有許多船遭劫，其餘船隻便戒備起來，結隊行動。後來也許這些荷蘭民船怕了，也許他們的主子荷蘭政府怕了，禁止他們打劫，以免他們染上瘟疫。總之，我們的運煤船出航安全多了。

為了保護那些北部煤炭商，市長規定一次只能有幾艘運煤船泊在大潭，並且下令由駁船及木柴販子（即碼頭工人或煤炭商）找來的船將煤運走，往下游最遠通常是運到德福及格林尼治，有的則運更遠。

其他船隻將大量煤炭運到特定地點，如格林尼治及黑牆等地，在那邊靠岸卸煤炭，一堆堆放好。每堆煤炭都很大，彷彿要放起來賣似的，但其實運煤船走後煤就搬走。因此，船員不必和工人交談，也不會有靠近的機會。

雖然防範措施如此嚴密，仍無法完全杜絕瘟疫散播到煤炭業，也就是還是有船員染病，死了很多人。更糟的是，還把瘟疫帶到伊普威治及亞茅斯，帶到泰茵河畔新堡及其他沿海地區，特別是新堡及桑德蘭死了很多人。

如前述，燒這麼多炭火，煤炭用量確實非比尋常。有一、兩回運煤船中斷往返，我不記得是天候不佳，還是受到敵人阻撓，結果煤價飆漲，甚至高到一查爾特隆[28]四鎊。不過運煤船一恢復往來，價格很快下降，加上後來船隻通行更自由，煤價十分公道。

我算了一下，當年在街道燒的炭火，一週少說也用掉兩百查爾特隆。若是此舉持續下去，用量就非常可觀了。因為這是公認的必要措施，政府燒起煤炭並不吝嗇。可是有些醫師大加反對，炭火只燒了四、五天就停止。那時炭火是這樣安排的：

海關、比靈斯門、王后碼頭、三鶴酒館、黑修士區、布萊德聖井宮門口、利登霍街及青草教堂交會點、皇家交易所南北出入口、市政廳、布萊克威爾布市門口、聖海倫那市長官邸門口、聖保羅西邊出入口、波區教堂門口，這些地方各燒一處炭火。我不記得城門有沒有，但在橋墩有一處，就在聖馬格那斯教堂旁。

我知道官府燒炭的措施一直遭人非議，說這些炭火害死更多人。不過，我相信那些人無一提出佐證，我完全不相信他們。

倫敦製造業及貿易活動與英格蘭經濟脫不了關係，因此該來介紹當時英格蘭的經濟。很容易想見，瘟疫剛爆發時人們非常害怕，經濟活動大致都停止了，只有食品及必需品還在販售，但連這些東西的需求量也大減。許多人逃離，始終有許多人在生病，外加許多人死了，因此食品消耗量就算達平日的一半，也不及三分之二。

不過，蒙上帝眷顧，穀物和水果大豐收，但乾草及牧草很少。因為穀物豐收，麵包很便宜；又因為牧草少了，鮮肉很便宜。但同樣的原因，奶油及起士卻很貴。在白禮拜堂地界過去一點點的市場，乾草一車四鎊。不過這沒影響到窮人，各式水果極多，如蘋果、梨、李、櫻桃和葡萄。因為城裡人口少了，價格就更便宜，然而窮人因食用過量水果，引發腹瀉、腹痛和噁心等等毛病，使他們更容易染上瘟疫。

不過，來談談經濟。首先，出口貿易停頓，至少是時常中斷，經營困難；連帶地，主要用於外銷的貨品普遍停產。雖然有時國外商人堅持要貨，可是貨很少運得出去。水路多半不通，英格蘭船進不了港，這點前文提過了。

28　查爾特隆：chalder，乾貨度量衡單位。

這麼一來，英格蘭各地出口貨品幾乎全面停產，只餘一些外港還有，但那些地方一一出現瘟疫，所以很快就停止了，全英格蘭都受瘟疫波及。更糟的是，內銷產品，尤其那些主要是賣給倫敦人的東西，因為倫敦商業活動停止，一下就不再交易了。

前面提過，城裡的手工藝品師傅、商人及技工都沒有工作。維繫這些行業雖可說絕對有必要，但眼看著政府沒有任何相關措施，各行各業的無數老手和工人均遭解雇。

這導致倫敦眾多單身人口無以為繼，靠戶長做苦力過活的家庭也是如此。我說，他們生活悲苦至極，數以千計的人後來染上病痛，受苦受難，但他們得到了善心救助。我們大可斷言，沒有人死於匱乏。至少凡是生活有困難的人，只要地方官員知道的都有得到救助。我得說這是倫敦之光，只要有人提及此事，這份榮耀就在。

鄉間製造業蕭條，本會使那兒的人處境更為艱難，但是工頭、裁縫之類的人憑著庫存原料竭力維持生產，讓窮人有工作。他們相信一旦瘟疫消退，市場需求自會攀升，足以彌補他們當時的市場損失。可是，只有財力雄厚的雇主才能這麼做。許多人太窮，沒這種能耐，英格蘭的製造業因而大受打擊。就因為倫敦市遭逢大難，全英格蘭窮人都吃了苦。

可是翌年倫敦市發生另一場可怕的大難，完全彌補了窮人的損失。可以說，倫敦一場災難使得舉國貧困又衰弱，再一場災難，甚至還是可怕的災難，卻使舉國富裕，彌補了大家。

這是因為，倫敦瘟疫次年的大火燒掉了無數家用品、衣飾及一個個裝滿英格蘭各地貨物的倉庫，為全國各地帶來無限商機，必須填補短缺，供應物資。簡單說，國內所有製造業工人都有活可做，花了好幾年才完全滿足市場，補足需求。當時因為瘟疫，國外全面封鎖英國貨。後來國外市場再度開放，加上倫敦大火導致國內市場需求大增，各種貨物銷售都很快。因此，瘟疫及大火後七年，全英格蘭各行各業都欣欣向榮，歷來僅見。

現在，我該來談談這場可怕天譴的曙光。九月最末一週，情況好轉，瘟疫威力漸弱。我記得，我的朋友希斯醫師九月倒數第二週來看我，他說不出幾天，瘟疫必然不會再那麼猖狂。我看了那週的死亡公報，死亡人數是那年最高的，病死總數有八千兩百九十七人，於是反駁他，問他有何根據。他的答案頗出我意料之外。他說：「你看看現在染上瘟疫的人數，如果這種頑疾維持兩週前的威力，上週應該是死兩萬人，不會只有八千。兩週前，病人通常兩、三天就死了，現在好歹拖個八天到十天。那時康復的人不到兩成，而現在我發現五個病人裡，死的不會超過兩個。依我看，下一張死亡公報上的人數會減少。你會看到復元的人變多了。雖然現在到處都有很多人染上瘟疫，生病的人一樣多，可是死的人不會再那麼多。這種病沒那麼致命了。」不僅如此，他很樂觀，不對，該說是非常樂觀，認為瘟疫最嚴重的時候過了，開始消退。果真如他所料，瘟疫在次週、亦即九月最後一週消退，死亡人數減少了近兩千人。

誠然，瘟疫仍然十分嚴重，下一張死亡公報的人數不少於六千四百六十人，再下一張是五千七百二十人。不過我朋友的見解仍正確，人們確實復元得比往常快，痊癒的人也多了。確實，若非如此，那倫敦會變成什麼模樣？據我朋友說，當時瘟疫病患不會少於六萬人，其中兩萬零四百七十七人死亡，近四萬人康復。要是之前，就算不是幾乎全死，也大概要死五萬人，另有五萬人染病。總之，所有人都會生病，大概沒人能倖免。

隨後幾週的情況，更是吻合我朋友的看法。死亡人數持續減少，十月再下一週少了一千八百四十九人，瘟疫死者不過兩千六百六十五人；再下一週少了一千四百一十三人，可是病人顯然很多，甚至比平時多得多，每天都有很多人染病，但就如前述，瘟疫沒那麼致命了。

然而，我國民眾生性魯莽。我不知道世界各國人民是否一樣，也不想過問。可是我國民眾行事確實莽撞，一給瘟疫嚇到便互相閃躲，不相往來，逃離市區，驚恐得莫名其妙，我認為那種恐懼實在多餘。現在愈來愈多人認為，瘟疫傳染力沒有以前強，就算染上了也沒有先前那麼致命；加上人們看到每天都有許多真染上瘟疫的人重拾健康，便輕忽、大膽起來，完全不注意自身安危，不在乎瘟疫，覺得瘟疫跟一般的發燒差不多，而且感染的人也不多了。他們不僅魯莽地跟長了流膿腫塊及紅斑、有傳染性的人往來，還和這些人一起吃吃喝喝，甚至到病人家裡拜訪。我聽說他們甚至進到患者臥病的房間。

我認為這實在不理智。我朋友希斯說，就他工作所見到的情況來看，顯然瘟疫跟以往一樣容易感染，病人也一樣多，只是病死的人沒那麼多了。但我想，雖然死者確實很多，瘟疫頂多就是可怕，潰瘍及腫塊十分疼痛，病人可能會死，但機率沒有往常高。因為這樣，再加上治療曠費時日、這種病又很令人討厭及諸多因素，足以讓任何人斷了和病人往來的危險念頭，幾乎跟之前一樣亟欲避免染上。

非但如此，外科醫師用腐蝕劑燒灼以消除腫塊，否則病人很可能死去，這也足以讓染病夠嚇人的了。還有，長腫塊可是痛苦難當。我前面提過好些案例，說長腫塊會讓人精神錯亂，神思恍惚，雖然那時的腫塊不致如此，但仍然會讓病人承受說不出的痛苦。而病人雖然確實保得住性命，卻頗有怨言，怪那些說染病沒有危險的人，哀嘆自己太魯莽，懊悔自己傻到讓瘟疫有機可趁。

人們的粗率行徑還不僅止於此。許多就這麼卸除戒心的人，受了更多苦。雖然很多人保住性命，死去的也很多。至少由於民眾這種草率行為，下葬人數減少的速度趨緩。瘟疫並不可怕的想法，如迅雷般傳遍全城，人們滿心相信，結果死亡人數首度下降後，隨後兩週人數並未遞減。我認為，這是人們太草率而令自己置身險地，先前的謹慎舉止全然拋諸腦後，也完全不再閃躲他人，由衷相信瘟疫不會找上他們，就算真找上了也死不了。

醫界傾全力斥責人們思慮不周，印發傳單廣散全城及郊區，建議人們保持謹慎，日常起居務必提高警覺。他們並恫嚇說，否則儘管情況好轉，瘟疫仍可能捲土重來；還說瘟疫一旦重起，可是比先前更致命及危險，並舉出許多理論向民眾解釋何以如此，證明其觀點。因為這些傳單內容太長，在此就不複述了。

可惜一切白費工夫。百姓太大膽，沉浸在狀況好轉的歡欣裡，看著每週死亡人數大幅下滑，心裡又驚又喜，說什麼也不信再有危險，堅信死亡危機已過。無論跟他們說什麼，一概當成耳邊風。他們開店營業，出門上街辦事，不管有無必要，只要有人跟他們說話，他們就回話，就算知道對方病了也不過問，不擔心對方可能帶來危險。

許多人原本小心翼翼採取防護措施，迴避所有人，在家幽居，憑著上帝保護，躲過瘟疫肆虐的時期。可是，很多人卻被這種不謹慎、輕忽的行徑害死。

這些草率愚行太離譜，連牧師都注意到了。他們告誡民眾，說鬆懈戒備既愚蠢又危險。人們稍加收斂，小心了些。但瘟疫不再危險的傳聞還造成另一項影響，卻是無法遏阻的。這種傳聞最早出現時不僅傳遍市區，還傳到了鄉間。人們離開倫敦久了，實在感到厭倦，很想回來，於是他們成群回城，毫無畏懼或先見，出現在街上，彷彿危機過了似的。當時每週死亡人數還在一千人到一千八百人之譜，人們卻聚在城裡，彷彿一切正常，委實教人訝異。

連帶地，才十一月第一週，死亡人數又增加了四百人。如果醫界的報告可靠的話，那週有三千人病了，且多是新近回城的人。

約翰・庫克就是一個好例子。我是說，他很能代表瘟疫消退後匆忙回城的人。他在聖大馬丁當理髮師。當初他帶著全家離城，跟大家一樣鎖上家門去鄉下，見十一月瘟疫消退，病死總數不過九百零五人，便冒險回家。他全家一共十口人，包括夫婦倆、五名子女、兩名學徒及一名女僕。他回家不到一週便開店營業，可是瘟疫找上他家，不出五天，全家死得只剩一個人。他自己、妻子、全部五名子女和兩名學徒都死了，只剩女僕活著。

可是，上帝待其他人的仁慈，卻超出我們所能冀望的。我說過了，瘟疫已經沒那麼致命，威力耗盡，而且冬季飛快來到，空氣清凜，有些寒霜。天氣漸冷後病人多數康復，倫敦市重現生機。瘟疫確實有些加重，甚至就在十二月，死亡人數增加近百人，但是後來又消退了，一切很快重上軌道。見到市區突然又人口稠密，感覺真好。因此，外地人不會察覺瘟疫耗損的人口。屋舍也不再沒人居住。幾乎看不到空屋，就算有，也是房客尚未遷入。

但願我能說，倫敦有了新氣象，人們也變得謙善。確實有很多人感懷自己得以倖存，衷心感謝上帝在危難中保護他們，這點我並不懷疑。否則在一個人口稠密至此的城市，而且瘟疫期間居民如此虔誠，若說人們不知感恩就太不厚道了。可是只在一些家庭及個人身上看得出改進，必須承認多數人的行為仍是老樣子，鮮有變化。

甚至有些人說世道變糟了，說危難使人們麻木不仁，品行敗壞，變得愚蠢、膽大、狠心，就像船員如果經歷過暴風雨，行為會更放蕩邪惡一樣。我不會說得那麼誇張，總得長期觀察才能慢慢見到改變，看到一切逐漸恢復，重回軌道。

英格蘭部分地區的瘟疫變得跟倫敦之前一樣猛烈。挪利奇、彼德堡、林肯及科徹斯特等地都鬧瘟疫。倫敦官員是制定了因應辦法，但我們實在不可能得知誰是瘟疫地區來的，杜絕不了他們來倫敦避瘟疫。市長及長老議會幾番商議後，不得不決定放棄這項規定，只能警告民眾不要招待從瘟疫地區來的人，也不可與其交談。

不過，他們的警語成了耳邊風。倫敦人自認不會再受瘟疫感染，不理會勸告。他們似乎是仗著空氣已恢復正常，認為空氣有如染過天花的人，受感染一次，就不會再受感染了。因此，人們再度認為瘟疫僅存於空氣，根本不會由病人傳染給健康的人。人們深信這種異想天開的觀點，放心往外跑，病人和健康的人混在一起。信奉宿命論的伊斯蘭教徒完全不把傳染病當回事，讓一切順其自然，可是他們沒有倫敦人頑固。那些完全健康的倫敦人，離開健康的空氣，進入城區，與病體未癒的瘟疫患者進入同一所房屋，踏進同一間房間，不僅如此，甚至還睡在同一張床上。

確然，有些人因為膽大妄為枉死。無數人病了，醫師比往昔更忙。唯一的差異是，復元的病人較多。也就是說，病人多半會復元，可是受感染生病的人確實變多。那時一週死亡人數不出一千人到一千兩百人，之前一週要死五、六千人。那時人們多半是全面輕忽，使得健康岌岌可危，而人們又是如此頑固，根本聽不進別人的好心勸告。

人們就這樣回城了。要問候朋友時，卻發現有些人家給瘟疫毀得徹底，連東西也沒留下。這種人家的財物通常都被侵吞及盜走，有的給帶到東，有的給拿到西，殘存的些許財物既找不到繼承人，也無人出面繼承。

據說國王是全民的繼承人，所以這種無主財物都歸國王所有。聽說國王將所有接收的財物都當成奉獻物，交由倫敦市長及長老議會發落，賑濟廣大貧民。我想這件事多少是真的。應該提的是，瘟疫正猖狂時，賑災活動及受苦的人要比瘟疫完全結束後多得多；瘟疫後大家覺得苦難已了，不再伸出援手，原有的一般救濟管道都關上了，窮人的日子變得更苦。有些人的狀況仍十分淒慘，貧民確實受盡磨難。

雖然倫敦已大致恢復元氣，但國際貿易仍無動靜。瘟疫之後很久，國外仍不准我們的船隻入港。至於荷蘭，由於前一年與我國發生誤解，引發戰火，和荷蘭的貿易全面中斷。西班牙及葡萄牙、義大利及巴巴里[29]，還有漢堡及波羅的海全部港口，全都迴避我們很長時間，許多個月後才與我們恢復貿易往來。

我說過了，瘟疫帶走無數人命。就算不是所有外圍教區都得增闢墓地，也幾乎是全部。如前文提過的邦丘原野就有新墳場。這些墳場有些沿用至今，有些停用。我坦承說到這件事心裡很感慨，因為有的墳場挪為他用，或是在其上動土木。死者受了打擾，遺體遭到破壞，被挖出來，有些骨骸上甚至還有肉，如糞土或垃圾般移至他處。我知道的這種地方有以下幾處：

一，古斯威爾街再過去，往米爾山的方向，在舊日市區防禦工事遺址那邊有一處。裡頭葬了很多人，其中許多是來自阿德斯門及克拉肯威爾教區，甚至是市區外。我想那裡先是成為藥用植物園，之後又改建。

二，索迪奇教區霍勒威巷盡頭，在當時名為黑渠的地方再過去。曾作為養豬場，也曾用作其他一般用途，但已不做墳場。

三，主教門街漢德巷巷頭，當時是一片綠野，專收主教門教區死者，不過也有城區外的運屍車將屍首送到那裡，尤以來自聖牆邊萬聖教區的最多。說起那個地方就遺憾。

我記得瘟疫結束後約兩、三年，羅伯．克萊頓爵士成為那裡的地主。聽說原本有土地繼承權的人都給瘟疫奪走性命，土地充公，結果國王查理二世將地轉贈給克萊頓爵士。我不知道這是真是假，總之他成了地主，要不要改建得由他作主。他在那兒蓋的第一棟房子又大又漂亮，矗立至今，面對著現今稱為漢德巷的路。雖然稱之為巷，其實跟大街一樣寬。以那棟房子為北首所蓋出來的一排屋舍，就建在墳坑正上方。打地基時，屍首被挖出來，有些清晰可見，披著長髮的頭骨是婦女的，有些尚未完全腐敗。人們嚴詞抗議，反對此舉，說這麼做太危險了，保不定會讓瘟疫再度發生。於是他們就在同一塊地上，另挖了一個深坑，將屍骨倒進去埋了，速度之快可比當年瘟疫。現在那個新墳地上面沒有建築物，變成往玫瑰巷巷頭一棟房屋的通道，就在一處聚會場所門邊，至今已經很多年了。那個墳坑有柵欄隔開通道，圍成一個方塊，下面有近兩千人的屍骨，都是瘟疫那年運屍車運來的。

29 巴巴里：Barbary，北非沿海的伊斯蘭教國家。

四，此外，還有沼原一個地方，即今老伯利恆街[30]。當時拓寬了許多，不過那兒並非一次就全部挪作他用。

五，斯戴尼教區從倫敦東區向北走，一路到索迪奇教堂墓園邊上，在那附近有一塊地用來埋葬死者。因為離教堂墓地近，仍然開放。我想，自那時起，那兒就成了教堂墓園的一部分。院原還有兩處墳場，一處變成小禮拜堂，分擔當地龐大的教區民眾，另一處在襯裙巷。

那時斯戴尼教區至少另有五處墳地改建。一處是現在薩德威爾的聖保羅教區教堂，另一處現在是聖約翰教區瓦平的教堂，兩處當時都未成立教區，屬於斯戴尼教區。

我還能舉出許多例子，不過這幾個都是我自己知道的，趁此機會記上一筆。總之，在那段苦難裡，多數外圍教區不得不闢新墓地，以容納激增的死者。可是，為何將這些新墳地挪為一般用途，打擾死者，我無法回答。我必須承認，我認為打擾死者是錯的，但不知道這件事該怪誰。

我應該提一下，貴格會教徒那時也有專屬墓地，沿用至今。當時他們也有專屬運屍車去教友家收屍。前面提過的名人索羅門．伊果曾說瘟疫是天譴，他赤身在大街小巷跑來跑去，跟人說瘟疫是來懲罰罪人的。他自己的妻子翌日就死於瘟疫，是貴格會運屍車首批載運的死者，葬在他們的專屬墓地。

我是可以記錄瘟疫時的許多大事，特別是市長與宮廷（當時在牛津）間的書信往來，以及在這場危難中政府不時下達的相關命令。不過，宮廷實在不關心瘟疫，幾乎沒做任何事，有做的事又無足輕重，我不認為有必要記錄。唯一值得記的，是王室規定倫敦市每月齋戒一次，再者就是送來濟貧物資，這兩件事前面都提過了。

人們撻伐瘟疫時離棄病人的醫師。瘟疫後他們回城，但無人求診。人們稱他們為醫界叛徒，常在他們門上貼小廣告，上寫著醫師出租！因此，有一陣子，他們不得不坐視這一切，或至少搬離住所在別處開業，結交新朋友。回城的神職人員處境相同，給人罵得很難聽。人們針對他們寫了打油詩及中傷之詞，貼在教堂門上，如講道壇出租；有的更狠，還寫售。

瘟疫帶來的不幸不僅止於此。瘟疫結束後，衝突、爭論、詆毀、指摘之情並未終止，嚴重破壞國內原有的和諧。據說這是因為民眾有舊仇，那時大家才會氣血衝動，造成社會失序。由於新赦免法案遭到擱置，政府勸告全民，要時時維持家庭和諧，和氣待人。

30 本書作者丹尼爾·狄福就葬在該地，這是他的遺願，其姊幾年前便葬於此。

但人們無法和平相處。若是有誰在瘟疫時見過倫敦的情況，看到人們互相扶持，承諾日後更加相親相愛，不再心存怨懟，那麼他們必會以為，現在瘟疫過去了，人們習氣將有所改變。但是我說過了，人們無法和平相處，紛爭不斷。國教派與長老教派不能相容。有些非國教派神職人員在瘟疫期間接替棄守教堂的國教派牧師擔任神職，一待瘟疫結束就遭到打壓，受到罰則懲處。人們病懨懨時讓他們佈道，一待恢復健康卻馬上來迫害他們。就連我們這些國教派教徒也實在看不過去，萬難苟同。

但這就是體制，我們無力阻止，只能說那非我們作為，不能由我們負責。

話說回來，非國教派教徒斥責國教派牧師不該拋下神職逃走，在人們遭遇危險、最需要慰藉時背棄人們。這點我們絕不能苟同。畢竟，不是人人都信仰堅定而有勇氣。再說，《聖經》也要我們盡量寬容待人，要有寬容心。

瘟疫是令人畏懼的大敵，以恐怖為武器，沒人有足夠的力量抵擋及承受。確實有許多神職人員面對瘟疫時選擇抽身離開，以保全性命；但也確實有許多神職人員留下來，其中很多在這場大難中倒下，履行神職時死去。

誠然，當年被國教派攆走的非國教派牧師是有些人留了下來。他們勇氣可嘉，應該加以表揚，不過這些人不多。不能說他們全都留下來，沒人到鄉下避難，就像國教派神職人員也不是全部離開。也不是說，走掉的人離開時沒有找副牧師或旁人代理職務，做好份內事，盡可能訪視病人。因此，總的來說，雙方都該寬容點。要考慮到，像一六六五年那樣的時局可是史上僅見。在那種情況下，人們勇氣再大，也未必有足夠勇氣面對瘟疫。我還沒提到說，我情願只記錄雙方神職人員在危難中展現勇氣及虔誠，冒險服務人群，而不去記錄雙方有誰怠忽職守。然而，人們不夠公允，不免使情況恰恰相反。有些留下的人不僅過於自誇，甚至痛斥逃走的人，罵他們懦弱，拋下會眾，簡直跟傭工一樣。我建議所有好人行行好，回想一下，思量當時情況有多恐怖，自然就會體認到，得有非比尋常的勇氣才會有膽留下。那可不比站在戰火第一線作戰，或是在原野中衝向馬群，而是和騎著灰馬的死神面對面。尤其是八月底、九月初，那情況之糟人們也預料到了，留下來可是自尋死路，一點也不錯。沒人會想到，甚至我敢說，沒人相信情況竟會突然緩解，死亡人數一下掉到一週兩千人，當時病患人數可是很多的。而且，那時離開的人，許多在瘟疫期間幾乎都留在城裡。

再說，如果上帝讓某些人比別人更堅強，這些人憑什麼誇耀自己禁得起打擊，訓斥沒有得到同樣恩賜的人？如果他們比別人有能耐，難道不該更加謙遜及感恩？

我想，不論是神職人員、內科醫師、外科醫師、藥師、政府官員、各種公家人員、所有冒著性命之憂工作的人，這些留下的人絕對都盡了心力，我該為他們記上一筆，以表敬意。

這些人不論做什麼工作，有好些不但是冒了險，而且死於瘟疫。

我曾列表統計這些人的人數。我是說，去統計我稱之為因公殉職的人數，各行各業一一計算。可是，憑一己之力不可能確認詳情。我只記得，市區及特區在九月前死了十六名神職人員、兩名長老議員、五名內科醫師及十三名外科醫師。不過就像我前面說的，當時瘟疫正熾，統計不可能徹底。至於那些在底下當差的人，我想在斯戴尼、白禮拜堂兩個教區死了四十六名警官及低階警官。但我的統計表誇讚不得。這是因為九月瘟疫正猖狂，我們完全束手無策，人死了不過是個統計數字。每週死亡公報出來，可能說是七千、八千或是隨便一個他們喜歡的數字。肯定的是，人一批批死去，一批批埋掉；也就是說，沒有計數。儘管就我這樣清閒的人來說，我算是很常外出走動了，不過有些人比我更常外出，也比較清楚那些事情。倘若他們的話可信，那麼九月頭三週，每週死亡人數不會比兩萬低多少。雖然其他人堅稱事實如此，但我寧願採用官方說法。況且每週死七、八千人的數字，也足以讓那段日子顯得夠恐怖了。我這做紀錄的人及讀者，也可以放心說，我的紀錄完全不浮誇，中規中矩，沒有失去節制。

基於這種種理由，我希望待一切恢復正常後，當人們思及這場災難，記得的是我們心存仁慈，寬厚待人，不是我們因為有勇氣留下而自傲，蔑視天災，彷彿逃離天譴的人全是懦夫，而留下的人沒有一個是無知才有膽留下。那其實是不顧一切的拚命，是有罪的，不是真正的勇氣。我只能記錄說，公務人員如警官、低階警官、市長及行政司法官的手下、教區官員等，其職責是管理民眾，他們履行職務所需的勇氣通常不比別人少，可能還更多，這是因為他們工作時面對較多危險，常得接觸窮人，而窮人較易受感染，受了感染境況又比一般人慘。不能不提的是，他們極多人都死了。不死很多人是不大可能的。

我尚未提及在那段恐怖的日子裡我們常用的方劑。我說的我們，是指常外出在街道走動的人，如我就是。這些方劑在冒牌醫師出的書及傳單裡談得很多，而那些人的事我已經說得夠多了。不過或可補充一點，皇家醫師會依據其臨床經驗，每日發布數種方劑，這些都有書面資料，就不贅述了。

有件事我一定得說出來。有個冒牌醫師宣稱他的防疫品最靈驗，任何人只要隨身攜帶，絕不會染病。可以想見這個人外出時，口袋會放一些這種防疫聖品，可是他也染上瘟疫，兩、三天就死了。

我不是看輕醫學的人。非但如此，我還常常提及很看重醫師朋友希斯給我的建議。不過我必須坦承，我鮮少使用防疫品，只用了前面提及的辦法，就是隨身攜帶濃郁香料，遇上臭氣或靠近墳地、死屍時就嗅一下。

我也不像有些人那樣，用甘露酒及葡萄酒之類的飲品讓精神時時高亢。我知道一位博學醫師就是這樣防瘟疫，但他喝太多了，瘟疫結束好久後還戒不掉，後半生都酗酒。

我記得我的醫師朋友常說，有些藥物及方劑對病人頗有益處，療效卓著。內科醫師用這幾味藥物可以調配出無數種藥品，就像演奏鐘琴，雖然只有區區六個鐘，只要變換敲打順序就能奏出千百首樂曲。那些方劑應該全都非常好。他說，在現在這場劫難裡，出現這麼多藥品無足為怪。每位內科醫師開藥、配藥，都是憑個人的判斷或經驗，幾乎人人不同。我的朋友說，要是查查倫敦所有醫師開的藥方，就會發現都是同樣那幾味藥配成的，不過因為每個醫師想法不同，配方或有變化。所以說，每個人依據自己的體質、生活形態及病情，都可以從一般藥品和方劑裡挑出適合自己的藥方。只不過，什麼藥最有效大家看法不一。有人認為，名為抗疫藥的沒藥蘆薈丸最好。也有人認為，光憑威尼斯解毒蜜就足以抵擋瘟疫。他說：「我想這兩種一樣好。平常可以喝解毒蜜預防瘟疫，染上瘟疫就服用沒藥蘆薈丸來治療。」我依據他的看法，數度服用威尼斯解毒蜜，喝完發了不少汗。我覺得用這個方法防疫，效果不亞於使用藥物。

至於滿城的庸醫及騙徒，我一個也沒聽信。我常常注意到，瘟疫過後那兩年，很少看到或聽說他們在城裡出現，這點我覺得有些奇怪。有人認為他們跟普通人沒兩樣，全給瘟疫消滅了，說他們為了幾個錢，把窮人帶上毀滅之路，所以上帝讓他們死於瘟疫作為懲罰。我不能如此斷言。他們無疑是死了很多，我知道的就有好幾個，可是要說他們全死了，我頗為懷疑。我覺得，他們是在瘟疫傳到鄉下前逃去鄉下了，利用鄉下人對瘟疫即將到來的恐懼招搖撞騙。

不過，這班人在倫敦一帶確實銷聲匿跡了很久。瘟疫後，的確有好些醫師印行傳單，向染過瘟疫又痊癒的人賣藥，說是吃了可以排毒。不過我得說，我相信當時頂尖內科醫師的看法。他們認為，瘟疫本身就足以淨化身體，逃過一死的病患無須服用藥物來潔淨身體。流膿的潰瘍及腫塊等等，經醫師指示予以切開，即能淨化身體，所有失調和病因都因此解除。當內科醫師四處傳揚這種觀點時，騙徒生意就清淡了。

瘟疫消退後，確實發生了一些小小的混亂。有人認為，那是有人存心製造恐慌，打亂秩序。我不知是否如此，但有時我們聽說瘟疫會捲土重來。我提過的索羅門．伊果，就是那個出名的裸奔騙徒，天天都在預告壞消息。還有好些別的騙徒說，倫敦的苦難未了，更猛烈、更嚴峻的打擊還在後頭。倘若他們話頭就此打住，或是把話挑明了，告訴我們倫敦次年會被大火吞噬，那麼等我們看到預言成真，就知道旁人不該責怪我們敬佩其預言能力，至少也該對他們感到好奇，並且更加認真地探究其意義，以及他們何以能預見未來。不過由於他們多半是說瘟疫會再來，我們便沒把他們放在眼裡；只是老聽見這些災難預言，不免時時擔心。如果有人突然死了，或是染上斑疹熱的人增多，我們即刻害怕起來，尤其瘟疫死者增多時更是害怕。那年直到年底，瘟疫死者一直在兩、三百人之譜。這些情況隨便哪一個，都會讓我們再度恐慌。

沒忘記大火前倫敦舊貌的人，一定記得當時並沒有現在稱為新門市場的地方，只記得那條路中間之處，現在稱為吹氣街。這個街名來自屠夫，他們在那兒宰羊及處理肉品（他們似乎習於用管子給肉吹氣，讓肉看來肥厚一點，因而遭到市長懲罰）。那條街尾往新門方向的地方有長長的兩排肉攤。

有兩人在那些肉攤買肉時暴斃，因此傳聞這些肉品全受到瘟疫污染。儘管這個消息讓人有點害怕，兩、三天不敢去買肉，可是後來事實證明傳聞完全不是真的。然而，沒人說得上來他們怎麼會給恐懼懾住心神。

可是，上帝讓寒冷的天氣持續下去，恢復了倫敦的生機。於是在來年二月，我們認為瘟疫已完全過去，不再那麼容易害怕了。

學者及專家倒是還有一個問題待解，亦即鬧過瘟疫的屋舍在瘟疫期間閒置，那些屋舍及其內的物品該如何淨化，才能再讓人安全居住。這個問題一開始也讓民眾有些困擾。內科醫師建議使用的香料及方法有千百種，有人說要這樣，有人說要那樣，照辦的人全花了大錢。在我看來，這錢花得冤枉。窮人只是讓窗戶日夜開著，在屋裡燒燒硫磺、松脂、火藥之類的東西，效果一樣好。前面提過，急著返家的人匆匆忙忙，不計危險就回來了，沒費神淨化房子，或者只是敷衍了事，至於屋內的東西也一樣。

不過，大致說來，小心謹慎的人確實是在屋內燻烘一番，以去除有害物質。他們先緊閉門窗，在屋內燒香料、焚香、安息香樹脂、松脂及硫磺，再點燃火藥，讓空氣一轟衝出屋外。有人是在屋內日夜燒旺火，連燒數天。有兩、三戶人家依據這個理論，開開心心讓房子著火，消滅有害物質，徹底到連房子也沒了。他們一戶在瑞特克里夫、一戶在霍爾本、一戶在西敏。除了兩、三戶燒房子的，其餘人家在火把房子燒掉前便覺得夠了，將火滅掉。我記得泰晤士街那邊，有戶人家的僕人搬了火藥進屋清疫害，可是量用太多，手法又太拙劣，把主人家屋頂轟掉一塊。那時全城尚未被火淨化，不過時間上也很接近了，不出九個月，我就看著全城付之一炬。當時有些冒牌學者妄稱，虧得有那場大火才把瘟疫完全斷了根，否則之前人們採取的措施是沒有用的。這種見解實在太荒謬，不值一提。若是瘟疫之源當真潛藏在屋裡，唯有用火燒才能消滅，那麼近郊住宅區、特區，以及斯戴尼、白禮拜堂、阿德門、主教門、索迪奇、克里波門、聖吉爾斯這些大教區，房子都好好的，完全沒給大火燒到，且瘟疫時情況最慘，怎麼還能一切如常，沒有重新爆發瘟疫？

對此我不多評論。可以肯定的是，特別注重健康的人的確採取了特別行動，稱之為薰陶房子，用掉大量昂貴材料。我只能說，他們隨著心意薰陶了房子，空氣中也瀰漫著清爽、健康的氣息。花錢的是他們，但效益是大家共享的。

儘管就像我說的，窮人極為輕率地回城，可是我得說，富人可沒那麼莽撞。做生意的人確實回來了，可是他們很多都等到春天，確定瘟疫不會再次發生才把家人接回來。

宮廷的確是在耶誕後不久回來。不過貴族仕紳們除了受到重用及擔任公職者，沒那麼早返回。在此應該說明一點，儘管瘟疫在倫敦及他處肆虐，卻顯然始終未波及海軍。有一陣子在水道上，甚至陸地上，許多水手受召加入海軍，這是很不尋常的。不過那時是年初，瘟疫幾乎尚未開始，而且完全未蔓延到政府徵召水手常去的地方。雖然當時百姓根本無心攻打荷蘭，水手從軍也不甚甘願，很多都埋怨是被迫入伍的，不過說到瘟疫，他們倒有好些人很高興自己被強拉入伍，逃過瘟疫。他們夏天除役，回家但見家園荒蕪，許多家人長眠地下。雖然當初入伍離開完全違背他們的意願，能在瘟疫時離開，他們仍心存感激。我們那年和荷蘭的戰火確實熾烈，打了一場極大的海戰，雖然打敗荷蘭，我們也折損極多人員及船艦。不過如我所說，瘟疫並未傳到軍艦上，他們回來把船泊在河中時，瘟疫最猖狂的時候已經漸漸過去。

若我能以一些特別的事結束對這陰鬱一年的記述，那麼我會很高興的。我是說，我想提一下，我們感念大家的守護神上帝在這場可怕的災難中保護我們。當然，我們能得救，擺脫可怕的大敵，也多虧了全民努力。我們得救的經過確實不同凡響，我多少已提及這點，特別是在我們全都身陷絕境時，卻意外見到瘟疫停止的跡象，不由得心生希望而歡喜起來。

唯有上帝才有如此神力、如此大能，可以解救我們。瘟疫無藥可治，死亡無處不在。若是再那樣過上幾週，全城百姓、全城生靈就要無一倖免了。各地人們失去希望，每顆心都充滿恐懼。人們因為心神不寧，陷入絕望，眉宇間滿是對死亡的懼怕。

就在那時，我們大可說，人的幫助是枉然的[31]。可是，就在那時，上帝卻教人驚喜不已，削弱了瘟疫的威力，連情況也好轉。如我說的，瘟疫的惡性下降，雖有無數人生病，但死的人變少，瘟疫消退的第一週就減少了一千八百四十三人，人數真是多！

那週週四早晨，人們看到死亡公報時一解愁眉，那種轉變言語無法形容。瞧他們的神情，或可看出他們心中雖不無詫異，卻喜形於色，臉上掛著笑。原本人們外出時見人就閃，難得走在同一側，那時卻握起手來。在不大寬的街道，對門鄰居會開窗喊話，問候彼此，探

31 「求祢幫助我們攻擊敵人，因為人的幫助是枉然的。」（《聖經．詩篇》第六十篇第十一節）

問對方是否聽說瘟疫消退的好消息。有些人聽到說有好消息，會問是什麼好消息。再聽到對方答說是瘟疫消退，死亡人數少了近兩千人，他們會大叫讚美上帝，喜極而泣，說他們還沒聽說那個消息。人們如此歡欣，彷彿已踏進墳墓的人重獲新生。人們喜不自勝，做了許多瘋事，我記述得出的幾乎跟人們愁苦時做的瘋事一樣多；只是若說出來有損人們顏面，我就不說了。

我必須承認，就在瘟疫消退前一、兩週，我自己也十分沮喪。說實在話，看著那麼多人染上瘟疫，更別提還有那麼多死者，再加上處處滿溢著哀戚之情，若還有人自認能倖免於難，那人看來會像是失去理智。我家那一帶差不多只剩我們一戶沒染上瘟疫。若是那種情況繼續下去，很快我就沒有鄰居了。那三週之混亂，實在可怕到難以置信。有個人做的統計我一向覺得十分審慎，若是他的計算可信的話，那麼死者不會少於三萬人，患者則有近十萬病人這麼多，真是出人意料，教人驚訝。原本憑著勇氣撐到那時的人也膽寒了。

人們飽受磨難時，倫敦情況真是極慘，但就在那時，幸得上帝神力讓瘟疫大敵繳械，消除了瘟疫的毒性。這真是太妙了，連醫界也感到驚訝。不論醫師到哪兒看診，都會發現病人好轉，或是發了許多汗，或是腫塊破了，或是紅斑退了，而其周圍的發炎部位變了顏色，或是燒退了，或是劇烈頭痛紓解，或是出現其他好轉的徵兆。不過幾天，大家都漸漸復元。那些全戶臥病的人家，牧師陪著他們一起禱告，本來隨時要死的卻復元了，沒有人死亡。

而這一切，並不是因為發現新藥，或者有了新療法，或是內、外科醫師手術經驗豐富了。顯然，當初是神在人們不知不覺中，將瘟疫送到人間作為天譴。不管無神論者怎麼說，這都不是宗教狂熱，而是當時全人類承認的事實。瘟疫的威力就是減弱了，惡性消退，且讓學者以此為起點，證求合乎自然的解釋，就讓他們費盡心機，盡力去找答案吧。那些毫無信仰的醫師將會不得不承認，一切超乎自然，違背常理，不可解釋。若此，他們虧欠造物主的，或可減少。

倘若我說，上天降下這場瘟疫是要召喚我們知所感恩，尤其是我們曾看著情況日益惡化，知道那種恐怖，更是要感恩，那麼或許有人認為，瘟疫都結束了，我這樣講太強調宗教，是偽善；是在說教，而不是記述事實；是要別人聽訓，而不是講述我的所見所思。因此，我得就此打住，不能再寫了。若有十名痲瘋病人病癒，只有一名回去致謝，那麼我願和那名痲瘋病人一樣，心存感激。

我也不否認，從各方面來看，當時許多人心懷感恩，不再亂說胡話，即連那些向來不知感恩的人也不再亂說胡話了。當時這種風氣極盛，無人能擋，甚至最等而下之的人也感恩起來。

常有陌生人向街上完全不相識的人說出自己的驚訝。一天我經過阿德門，許多人來來去去，有個人從麥諾林斯路走過來，稍稍打量了街道，張開手臂說：「天哪，這兒變化真大。上禮拜我來這裡，街上幾乎看不到人，這會兒人卻這麼多。」我聽到另一個人接口說，這真是太好了，就像作夢一樣。第三個人說，上帝賜福，讓我們感謝上帝，還好有上帝幫忙，不然我們已經束手無策了。這些人互不相識，可是這種相互招呼的場面常常發生，天天都有。此舉雖是隨隨便便，但老百姓就這樣邊走邊感謝上帝救了他們。

我前面說過，這時人們已完全不再憂懼，但人們實在太早放下心防了。也不過就在前一週，我們若是看到頭戴白帽，或是脖子以衣物遮蔽的人，或是鼠蹊發疼、走路一瘸一瘸的人，會駭到無以復加。可是，現在街上全是這些人。持平來說，這些逐漸恢復正常生活的可憐人意外得到救贖，有此表現也是合情合理。若是說我不相信他們很多都滿心感激，就是在侮蔑他們。但我得說，一般人就像以色列子民一樣，得到救贖，從法老手中逃了出來，當他們通過紅海，回頭看到埃及人被水吞沒，他們歌唱讚美上帝，事後卻迅速忘記神的恩典。

我寫不下去了。我親眼目睹人們不知感恩，又出現種種邪行，探討其成因不是件愉快的事，若是我居然將之記下，那就太過苛刻了，或許也有失公允。因此，我該就此打住。我在災殃之年留下的筆記，是以一首粗糙但真誠的詩文為結語，就以此作為我這部記述的終語吧！

一六六五年
倫敦惡疫一場
十萬性命就此
消逝；然我存活！
H. F.[32]

32 H. F.：這個姓名縮寫與狄福叔伯亨利・福（Henry Foe）的縮寫相同，書中H. F.住在阿德門教區，狄福一生也幾乎都是住在那裡。

丹尼爾・狄福年表

一六六一	生於倫敦的一個勞工階級社區，為商人、屠夫之子。他的具體出生年有爭議，可能介於一六五九至一六六二年間。
一六六二	斯圖雅特王朝的查理二世在位時通過《禮拜統一法》，迫使丹尼爾的父親詹姆士・福（James Foe）所屬的會眾離開英格蘭教會，他們家因此改信天主教長老會。
一六六五～一六六六	倫敦先後發生了嚴重的瘟疫與火災。這場火災持續了四天，摧毀倫敦市中心的大部分地方，包括聖保羅大教堂，也大約在同一時間，瘟疫肆虐的情形告一段落。
一六六八	丹尼爾・狄福的母親愛麗絲・福（Alice Foe）去世。
一六七一～一六七九	由於當時英國禁止長老教派教徒上大學、從軍、擔任公職，因此丹尼爾・狄福到倫敦北部的紐因頓格林（Newington Green），就讀查爾斯・摩頓牧師（Charles Morton）為不信奉英國國教者開設的教會學校。
一六八三	在皇家交易所（Royal Exchange）附近的康丘（Cornhill）開始經商。

一六八四	與瑪莉·涂芙立（Mary Tuffley）結婚。他的妻子帶來大量嫁妝，他們隨後育有七子。
一六八五	查理二世去世後，由其弟詹姆斯二世繼位。狄福投入反對派蒙茅茲公爵（Duke of Monmouth）麾下，參加試圖推翻詹姆斯二世的蒙茅茲起義（Monmouth Rebellion），並僥倖逃過事後的追捕。
一六八五～一六九二	活躍於商業活動，主要販售織品、葡萄酒和菸草，也經營海上保險，足跡遍及英格蘭及歐陸。在這段期間，他開始發表政治性文章，包括〈致反對者的信〉（*A Letter to a Dissenter*）。
一六八八～一七〇二	作為威廉三世的堅定支持者，擔任許多公務員職位。
一六九〇～一六九一	以雅典人協會（Athenian Society）成員的身分為《雅典水星》（*Athenian Mercury*）期刊寫稿。此刊每週發行兩次，於一六九〇年三月十七日至一六九七年六月十四日之間出版，由約翰·鄧頓（John Dunton）擔任此刊物的總編輯。
一六九二	經商失敗破產。
一六九五	被任命為政府的稅務代表，也是在這個時候，他在名字的前面加了具有貴族感的De。
一六九七	發表短文《計畫論》（*Essay on Projects*）受到官方注意。

一七〇一　發表詩作《道地英國人》（*The True-Born Englishman*）諷刺威廉三世的反對者，並為他作為一個荷蘭移民的身分辯護。這部作品的暢銷程度超越了先前英國史上任何一部詩作，包括彌爾頓於一六六七年發表的《失樂園》。

一七〇二　威廉三世逝世後，由安妮皇后（Queen Anne）登基，開始整肅以天主教為主的異議分子。狄福匿名發表政治諷刺小說《對付反對者最簡便的方法》（*The Shortest Way with the Dissenters*），諷刺高等法院對非國教教徒冷酷無情。

一七〇三　再度因經商失敗破產，並因發表《對付反對者最簡便的方法》，以煽動和誹謗罪名被捕。在七月間以政治犯的身分，被處戴上枷具示眾。他以〈枷具讚歌〉（*Hymn to the Pillory*）明志，據說沿途他的支持者向他投擲花朵。同一年，英國發生有史以來最嚴重的暴風雨，這場風暴也成了狄福紀實作品《暴風雨》（*The Storm*）的靈感來源。

一七〇三～一七三〇　在羅伯特·海利（Robert Haley）的幫助下獲釋，並成為政府部門的間諜，以政治記者為公眾身分，連續為托利黨（Tory）和輝格黨（Whig）工作。

一七〇四～一七一三　發行政治性期刊《評論》（*Review*），此刊幾乎均由狄福一人執筆，一週發行三次，極具影響力。在這段期間，狄福四處奔走，極力促進英格蘭與蘇格蘭的統一。至一七〇六年，安妮皇后公布《聯合法案》草案，協商與蘇格蘭合併事宜。後來蘇格蘭議會決議接受。

一七一三～一七一四	再度因債務與政治評論被捕。
一七一五	出版《家庭指南》（*The Family Instructor*），是他第一部暢銷的個人行為指南。
一七一九	出版第一本小說《魯賓遜漂流記》（*Robinson Crusoe*），主要參考蘇格蘭水手薩爾咯克（Alexander Selkirk）的回憶錄寫成。接著出版續集《魯賓遜漂流記：更遙遠的冒險》（*The Farther Adventures of Robinson Crusoe*）。這個系列以第一部最受歡迎。
一七二〇	出版《騎士回憶錄》（*Memoirs of a Cavalier*）、《辛格頓船長》（*Captain Singleton*）等以魯賓遜為主角的系列作品。
一七二二	出版《大疫年紀事》（*A Journal of the Plague Year*）、《情婦法蘭德絲》（*Moll Flanders*）、《傑克上校》（*Colonel Jack*）等作品。
一七二四	出版《羅珊娜》（*Roxana*）、《大不列顛全島之旅》（*A Tour Thro' the Whole Island of Great Britain*）等作品。
一七二五	出版《健全的英國商人》（*The Complete English Tradesman*）。
一七二六	出版《魔鬼的政治史》（*The Political History of the Devil*）。
一七二八	出版《英國的商業計畫》（*A Plan of English Commerce*）。
一七三一	四月二十四日，在巴比肯區製繩人巷的住所於睡夢中過世，也有一說為腦中風。他葬於今天的邦希墓園（Bunhill Fields）。

一八七〇　邦希墓園所在的倫敦伊斯靈頓自治市鎮立了一座紀念丹尼爾・狄福的紀念碑，上面寫著：「丹尼爾・狄福出生於一六六一年，卒於一七三一年。他是《魯濱遜漂流記》的作者。本座紀念碑用以紀念丹尼爾・狄福，由《基督教世界》向英國男孩和女孩募款所建成，謹代表一千七百人的心意。一八七〇年九月。」

一八九〇　遺作《健全的英國紳士》（*The Complete English Gentleman*，手稿不全）出版。

一八九五　遺作《皇家教育》（*Of Royall Education*，手稿不全）出版。

GREAT! 54 **大疫年紀事**

史上第一部瘟疫文學，歐洲小說之父丹尼爾・狄福融合紀實與想像之震撼作品

Complex Chinese edition copyright © 2020 by Rye Field Publications,
a division of Cite Publishing Ltd.
ALL RIGHTS RESERVED
版權所有・翻印必究

作者	丹尼爾・狄福（Daniel Defoe）
譯者	謝佳真
封面設計	莊謹銘
校對	李鳳珠
責任編輯	李培瑜
國際版權	吳玲緯
行銷	何維民　吳宇軒　陳欣岑
業務	李再星　陳紫晴　陳美燕　葉晉源
總編輯	巫維珍
編輯總監	劉麗真
總經理	陳逸瑛
發行人	凃玉雲
出版	麥田出版 地址：10483台北市中山區民生東路二段141號5樓 電話：(02)2500-7696 傳真：(02)2500-1967
發行	英屬蓋曼群島商家庭傳媒股份有限公司城邦分公司 地址：10483台北市中山區民生東路二段141號11樓 網址：www.cite.com.tw 客服專線：(02)2500-7718｜2500-7719 24小時傳真專線：(02)-2500-1990｜2500-1991 服務時間：週一至週五09:30-12:00｜13:30-17:00 劃撥帳號：19863813 戶名：書虫股份有限公司 讀者服務信箱：service@readingclub.com.tw
香港發行所	城邦（香港）出版集團有限公司 地址：香港灣仔駱克道193號東超商業中心1樓 電話：+852-2508-6231 傳真：+852-2578-9337
馬新發行所	城邦（馬新）出版集團【Cite(M) Sdn. Bhd.】 地址：41-3, Jalan Radin Anum, Bandar Baru Sri Petaling, 57000 Kuala Lumpur, Malaysia. 電話：+603-9056-3833 傳真：+603-9057-6622 讀者服務信箱：services@cite.my
麥田部落格	http://ryefield.pixnet.net
印刷	前進彩藝有限公司
初刷	2004年4月
二版二刷	2021年3月
售價	320元
ISBN	978-986-344-771-9

國家圖書館出版品預行編目(CIP)資料

大疫年紀事（史上第一部瘟疫文學，歐洲小說之父丹尼爾・狄福融合紀實與想像之震撼作品）／丹尼爾・狄福（Daniel Defoe）著；謝佳真譯. – 二版. -- 臺北市：麥田出版：家庭傳媒城邦分公司發行, 2020.6
面；　公分. -- (Great! ; RC7054)
譯自：*A Journal of the Plague Year*
ISBN 978-986-344-771-9（平裝）
873.57　　109005635

城邦讀書花園
www.cite.com.tw

Printed in Taiwan.
本書若有缺頁、破損、裝訂錯誤，請寄回更換。